詩 賞

白雲開 著

臺灣 學生書局 印行

自 序

緣 起

　　1999 年我到香港教育學院任教，得以常常接觸文學教學的問題，開始形成比較具體的想法：文學賞析不是天生而就的能力，而是有步驟、可以循序漸進而習得的。因此我從語言學和文學理論中找尋文學賞析的基礎，並思考相關的分析步驟。從經驗得知，教授文學時，老師最感頭痛的文類是詩，古詩、近體詩還可以，交代典故以及名物等還不失禮；現代詩則更難，字字明白，但分析嘛卻無從入手。正因為難度大，我相信如能從現代詩入手，建立起可供學與教的賞析模式和方法，幫助也大。因此 2003 年開始，我有意識地先開發現代詩教學的方法，首先在本科單元內試驗，同年承蒙梁敏兒博士邀請合編《現代詩教與學論文集》，便將屬試驗成果的九篇學生論文放進集內，並寫了介紹這教學模式的文章，基本形成這個稱為「賞析能力點」的教學模式，它是從香港語文教育改革，「以能力為本」學與教模式下思考的結果。2004 年我還趁教授在職老師之便，在「中國現當代文學專題」單元裏，整理出幾個適用於現代詩的分析角度，一邊試驗，一邊建構；當中我盡可能交代分析步驟，好讓學員可以跟隨。課堂的反應很理想，個別老師也曾在自己學校試用，也頗有成效，因此萌生成書的念頭。經過這幾年的課堂試驗，得到包括在職老師以及教院學生鼓勵，我深信這模式可

以幫助中小學施行有效的文學教學，學生能夠逐步掌握分析方法，建立起賞析文學文本的能力。我根據課堂的錄像加以整理和補充，盡量弄得系統一點，本書就是相關成果。

本書的寫作目標和意圖

1.　本書嘗試還文學一個屬於自己的地位，它不是歷史、哲學或心理學的附庸；

2.　一般賞析不在語言、設計、結構等方面著力，往往空泛說說「語言優美」「匠心獨運」之類，便轉寫作者的遭遇，以及創作當時的社會環境，甚至是國家命運；

3.　本書企圖用實際分析文字證明不從現實、歷史角度出發，也能寫出具說服力而且客觀的分析文字；

4.　本書希望向讀者展示甚麼是適用於文學文本的分析，也嘗試為中小學的文學教學展示一條可行及應行的道路；

5.　文學常給人感性的印象；事實上，它還可從理性角度加以認識；

6.　文學既是「語言的藝術」，那麼分析也可從語言方面入手；

7.　本書以介紹分析方法「賞析能力點」為主，盡量交代完整的分析步驟，藉此加深讀者對現代詩的認識；

8.　按理，每個「賞析能力點」都能剖開每個詩文本該些方面，為了解文本打開一角天空；但不是每首詩都需要用上這裏討論的所有「賞析能力點」；

9.　書中的詩文本是作為分析材料而存在的，它們絕不是範文，因此本書不會窮盡又全面地分析任何一首現代詩；換句話說，不

要期望本書分析文字可涵蓋整個文本，兼處理文本的所有方面；

10. 本書將重點介紹、交代和示範八個「賞析能力點」，它們分別是分拆詩句、意象選用、意象分析、意象群、對比原則、重複原則、比喻原則和常態和現態。

文學教學信念

● 文學光教修辭、文學歷史、文學術語等，學生是掌握不了賞析門徑的；

● 必須有方法、有步驟，學生才可以依循、學習、模仿；好像學習武術，必須一招一式交代，空泛的「靈感」在我看來並不管用，要「創作」須先懂「寫作」；

● 不奢求一步登天當天才作家，只求循序漸進，一點一滴學會方法，懂得欣賞和分析，進而「寫」出或「仿作」出文學語言；

● 如果條件許可，在這基礎上，可產生「創作」作品也未定。

閱讀對象

1. 有意或需要教授中國文學，但苦無方法或發現現行方法並不管用的中學老師；

2. 大學本科程度的學生；

3. 預科、中學學生；

4. 有興趣分析現代詩的人士。

對不少讀者來說，尤其是中學生或少有接觸文學的人士，本書可能較為艱深，但這不是無法踰越的鴻溝，只要有心和毅力，任何人都可以掌握有關能力的。

給讀者的一點建議

除了仔細閱讀本書外，還應：

1. 多查詞典：我們對自己母語的認識其實比想像中少，不要害怕也不要輕視漢語的工具書，不懂的便查找；

2. 多認識漢語句子結構：各句子成分之間的語法關係，往往是理解現代詩的關鍵；

3. 多深入認識字詞表現的情景：從字詞到指涉情景是展開想像或聯想的起點；

4. 多想像／聯想：文學重視聯想力，不光作者需要，就是對讀者也同樣重要。

分析對象：現代詩

這書以現代詩為分析對象，除了上述難教的原因外，也由於它篇幅短小，較散文或小說更容易用於課堂教學。這裏，「現代詩」指以現代漢語寫成的詩作，但不一定像台灣現代詩般有「現代主義」色彩。這書不以「新詩」為名，主要因為這些詩有的寫於 19 世紀 20 年代，距今已 80-90 年，並不怎麼「新」。按理，稱為「二十世紀詩歌」更準確，只是過於累贅，因此這裏折衷稱之為「現代詩」。

書中分析的現代詩文本

共 30 首，包括徐志摩的〈雪花的快樂〉和〈為要尋一顆明星〉、聞一多的〈死水〉和〈也許〉、朱湘的〈爆竹〉、何其芳的〈歡樂〉、戴望舒的〈雨巷〉和〈我用殘損的手掌〉、鄭愁予的〈錯誤〉和〈水手刀〉、北島的〈回答〉和〈是的，昨天〉、顧城

〈一代人〉、〈遠和近〉、〈眨眼〉、〈攝〉、〈結束〉和〈不是再見〉、舒婷的〈牆〉、〈雙桅船〉和〈致橡樹〉、余光中的〈鄉愁〉、〈長城謠〉、〈守夜人〉、〈唐馬〉、〈我之固體化〉和〈中秋夜〉、羅青的〈茶杯定理之三〉以及黃國彬的〈聽陳蕾士的琴箏〉和〈天堂〉。

往後的方向

我深信「賞析能力點」的價值，因此打算往後繼續循這方向努力，以下是幾個我認為值得發展的方向：

一是橫向：那就是在現代詩外，將優先發展另一文體「敘事文本」（小說）的「賞析能力點」，這是由於我的研究專業在中國現當代文學，理論則是敘事學（narratology）和結構主義（structuralism），相信寫作起來應較得心應手。

另一是縱向，有兩個方面：

一是從教材入手，對象為「流行歌詞」。對於中小學生來說，文學作品始終可望而不可即，有點遙遠，要直接處理，容易產生抗拒心理；相反，為學生喜愛的「流行歌詞」實是處於「日常語言」與「文學語言」之間的理想過渡材料（跟廣告相類，我統稱之為「類文學」語言），將相關的「賞析能力點」適度用於「流行歌詞」，以收普及分析方法之效，也可提供階梯，好讓學生循流行歌詞進入文學世界。

另一縱向發展是提供基礎材料，那便是解說常見意象的特點和文化意義，供學生參考，以打好賞析基礎。

鳴謝

首先必須向 2004-05 年度參與「中國現當代文學專題」單元討論的在職老師，包括陳可美、梁素吟等表示謝意，沒有她們積極和正面的回應，我是沒有成書決心的。初稿修訂期間，我多次試驗這個教學模式，曾參與討論及接受這模式訓練的教院學生為數不下數百，他們的參與和認同、建議和批評都給我很大的動力，我也要說聲多謝。

我還要感謝替我將錄像換成文字的許珮錡，還有香港公開大學的黃自鴻博士，他替我潤飾及校對草稿，並向我提供很多有益的建議。

此外，我須對台灣學生書局表示由衷的感謝，在這個出版業普遍不景，生產成本高漲的年頭，他們仍願意出版這書，我實在感激。

自《21 世紀商用中文書信寫作手冊》以來，這書是我第二部個人著作。女兒昕曈現年僅九歲，雖然無法看懂我寫的一切，但她曾幫忙打字（以倉頡輸入法打進電腦，當然倉頡碼是我告訴她的），還朗讀過一些草稿。這書無疑也伴著她成長，有著她的痕跡。我真的希望她長大後，這「賞析能力點」教學模式已能惠及包括她的中學生，這可算是我這位老師兼父親的一點願望。最後我以此書獻給永遠愛我，永遠支持我的慈母。

詩 賞

目 次

第一章　導　言

1. 甚麼是「賞析」？

1.1.　賞析＝欣賞＋分析

　　近年來，中港台三地的中國語文課程都在進行不同程度的改革，其中香港的高中課程提升了「中國文學」科的地位❶，特別強調培養學生的「文學鑑賞能力」，「賞析」成了這個選修科的主要學習內容。可是，「賞析」這詞不是給濫用了，便是給誤解了。先說說濫用的情況：坊間的文學賞析書籍多得不可勝數，只是它們一般只聊聊作品的文學史地位如何「崇高」，談談作家如何受世人敬重，甚至連半點也沒有提及文本本身，更遑論進行具體的分析了；又或只說些內容，然後拿點技巧出來說說，便是所謂「賞析」了。這樣的內容實在夠不上「賞析」二字。

　　另一方面，卻有不少人視「賞析」為兒戲，認為「賞析」只是低層次的分析，認為「賞析」只是在文字層面做些整理工夫，無法

---

❶　請參 2006 年 9 月香港教育局頒佈的《新高中課程及評估指引（中四至中六）：中國文學科》。

登大雅之堂，仿佛如此這般的「賞析」跟高尚典雅的文學殿堂沒有多大關係。

如從詞義看，「賞析」應分為「欣賞」和「分析」兩部分。根據《現代漢語詞典》，「欣賞」指「享受美好的事物」，所謂「分析」，即「把一件事物、一種現象、一個概念分成較簡單的組成部分，找出這些部分的本質屬性和彼此之間的關係」。按這定義理解，「賞析」實是文學評論和鑒賞的主要內容，也是文學教學一個絕不能忽視，並應積極推廣的方面。如按上述的解釋，「欣賞」和「分析」分屬兩個不同的層次，「欣賞」屬「感性」層面；「分析」則屬「理性」。

1.2. 培養「欣賞」能力難，培養「分析」能力易

如從文學教學的角度，究竟哪種能力較易培養呢？我們且以音樂為例：如聽貝多芬的音樂，我們可能覺得很棒，很好聽；只是卻不知怎樣分析，也就是說：不知它好在哪裏。正因為這樣，我們可以說：讀者較容易受音樂或文字文本影響，較易受感動，也較容易在感性上對文本有模糊的感覺，因此他會有「那文本好看」、「那電影好看」、「那音樂動聽」的反應，這是感性的，屬「欣賞」層面的反應。只是，當問及他為甚麼有這樣反應時，他們卻不能說出所以然來；也就是說，他並沒有理性分析文本，也沒有深究自己喜歡這文本的原因，他不大清楚文本中哪些成分讓他產生「好看」或「動聽」的感覺。這就是說：這位讀者雖然「欣賞」這文本，但卻未有對文本進行任何形式的分析。

讀者很容易產生感性的「欣賞」感覺，可是說到教學，情況便

很不同了。要教授學生「欣賞」絕不是容易的事。正如剛才所說，「欣賞」是感性的，教學講究步驟和方法，只是感性的欣賞難以教授。「感人」與否十分主觀，即使是公認的名著也可能無法感動某些讀者；相反，一些不見經傳的文本卻可能讓讀者大受感動。正因為這樣，要提高學生屬感性的「欣賞」能力，可說幾乎是不可能的；因此我們只有循理性方面著手，培養學生的分析能力。通過培養自己的分析能力，學生才可按部就班，循序漸進地「賞析」（欣賞和分析）文學文本。

為甚麼「分析」能力較容易教授呢？那是因為「分析」排除主觀成分，要求的是客觀的證據，只要讓他們掌握訂立論點，找尋證據的方法，他們便能分析；只要他們言之有據，他們的「分析」便可成立，他們便已掌握相關的分析能力了。

2. 認識「賞析能力點」

2.1. 甚麼是「賞析能力點」？

這是筆者自創的用詞，它針對「賞析能力」，按「能力導向」的理念而設計的學習方向，也是文學學與教的學習重點。「賞析能力點」就是分析文學文本的一個角度，也是其中一個切入點，不同文類可能有不同的「賞析能力點」，也有一些「能力點」是各文類共有的。「能力點」本身沒有優劣之分，只有適用與否的問題。對某一文學文本而言，可能這「能力點」較容易開展討論和分析；可是它卻不一定適用於另一文本。此外，同一個文本，可使用不同

「能力點」作多番的分析。本書就是按「現代詩」這一文類的情況，列出一共八個「能力點」來。每個能力點各佔一個章節，章節內盡量以具體詩文本為例，展示該「能力點」的內涵和分析方法。

八個能力點可分為三類：一類是語意方面的，屬於這類的能力點有「分拆詩句」和「常態與現態」，它們分屬「歷時」和「共時」分析。

1. 「分拆詩句」就是從句子結構的角度，拆解詩句的各個成分，並詳細弄清各成分的意義和作用，以及各成分之間的關係。按理，每一詩句都可以或應該經過這樣一個「分拆」過程。只是對於那些與主題關係密切或特別難懂的詩句來說，「分拆詩句」的效果更加明顯而已。

2. 「常態與現態」這能力點則注意文本中呈現的情況（現態）與它應該或常見的情況（常態）的分別，並通過兩者的比較，認識該文學文本的特點。

另一類「能力點」是關於意象的，分別是「意象分析」、「意象選用」和「意象群」。意象是文學一個十分重要的元素，尤以現代詩文本為甚。

3. 「意象分析」涉及的是「共時」層面的了解，主要討論文本內個別意象的使用情況，以及它在社會、文化環境下的功能、作用，以及它在人們心中的形象等。

4. 「意象選用」處理的是文本中的意象，以及與之相近及相類的其他意象之間的分別，從而加深理解文本選用意象的深意、目的、功能和作用；這同樣屬「共時」層面的分析。

5.　　「意象群」則屬「歷時」分析的一種，這能力點集中分
析文本範圍內各意象之間的關係。我們可按不同意象因
某種相同或相近的特點、作用或功能，而將它們視為一
群體（意象群）加以理解。

另一類「能力點」是從文本的組織結構角度展開分析，它們是
「比喻原則」、「重複原則」和「對比原則」。這三個「能力點」
都能從文本中找到相關的字詞來，但同時也牽涉文本外其他可能文
本的成分，因此這三個「能力點」都同屬「歷時」與「共時」層
面。

6.　　「比喻原則」檢視的是文本中的比喻關係。

7.　　「重複原則」針對的是文本中包括字詞以及詩段等層面
的重複情況；

8.　　至於「對比原則」，處理的則是字詞之間以至結構上可
能出現的對比關係。

2.2.　「賞析能力點」的優點

有關「賞析能力點」的理念以及筆者對這教學模式的試驗情
況，我在別的場合裏已大致交代，這裏不贅❷。這裏，我還得強調
「賞析能力點」三個特質，即它是可見、可學和可用的。也因為這
三個特質，使得文學教學可循「賞析能力點」的方向，以理性分

---

❷　請參：白雲開：〈文學教學如何配合課程改革：建立以文學為本位的文學教
學模式〉，《語文教學雙月刊》第 28 期，2005 年 2 月，頁 3-17；及白雲
開：〈以能力為本的文學教學模式〉，梁敏兒、白雲開編：《現代詩教與學
論文集》，香港：香港教育學院，2003 年 12 月，頁 25-44。

析，培養學生賞析文學文本的能力。換言之，這三個特點正是「賞析能力點」的優點所在。

2.2.1.　「賞析能力點」是可見的

「賞析能力點」是根據「文學是語言藝術」這文學的總原則設計的。沒有語言便沒有文學，因此文學的特點當然在它的語言，也就是讀者眼前的文本中觀察得到；這也是「賞析能力是可見的」背後的理據。無論我們分析的角度屬哪一種「賞析能力點」，我們都能從文學文本中找到相關的字詞，找到那呈現該能力點的語言。既然我們能從文本中找到相關字詞，那麼有關分析便不用依靠外部材料如作者生平事跡、遭遇，作者身處的社會環境，重大歷史事件等進行分析。相反，筆者堅持「賞析」可從文本中找來相關文字作證據，有關的分析便不會無的放矢，或者胡扯亂說。這也就是「賞析能力點可見」這特點的重要性了。

2.2.2.　「賞析能力點」是可學的

「賞析能力點」講求步驟和方法，學生可通過解說，認識每一個「能力點」的層次、步驟和方法，再經過不斷練習，以其他現代詩文本作分析對象，假以時日，便可掌握「能力點」各個分析竅門，並可循序漸進，按部就班，按不同層次培養賞析能力。

2.2.3.　「賞析能力點」是可用的

這可從兩方面看：「賞析能力點」能用於文學賞析上，掌握不同「能力點」的特點和分析方法後，學生便可運用到其他詩文本上，這是毫無置疑的。本書正是按這想法寫成的。

　　另一方面，掌握「賞析能力點」後，學生也可因此加強創作的信心。由於「賞析能力點」以文本能產生的閱讀效果為重點。因此，學生通過學習「能力點」也能認識不同表達技巧和手法的作用。只要學生有創作意圖，便可選取適當的技巧進行創作。由此可見，學習「賞析能力點」是可幫助學生提高創作能力的。

2.3.　文學教學的可能方向：學習「賞析能力點」的好處

2.3.1.　可內化成學生自己的能力

　　由於「賞析能力點」教學方法以「能力」為本，教材的作用只為了幫助學生培養賞析能力，所以學習重點是「賞析能力點」，而不是文學作品。文學作品不起範本作用。以往範文教學的結果是學生將重點放在認識範本上，卻忽視了分析方法。結果，能力高的學生也盡往範本下死功夫，能將有關方法運用到其他文本分析的畢竟只屬極少數。能力不太高的學生不但無法盡知範本的好處，更遑論將有關知識轉化成能力，分析其他文本了。

　　事實上，所謂「吾生也有涯，而知也無涯，以有涯隨無涯，殆矣」。世上文本何止千萬，如不能將分析方法視為首要的學習目標，即使學生學懂分析三數篇範文，也未必能有效地轉化，結果學生還是望文興嘆，無法真正走進文字賞析的世界。按「賞析能力點」的理念學習賞析能力，當能無往而不利，即使換上別的文本，學生也能應付裕如，有效地賞析相關的文本。

2.3.2.　「賞析能力點」易學易用

　　「賞析能力點」的方法有具體的學習目標、步驟和方法。經過

導師示範和導讀，加上自己反複試驗，學生當能按部就班逐步培養
自己的賞析能力。由於整個賞析方法強調以小見大，並從語言的特
點入手，一切步驟都具體實用，因此這方法按理較容易掌握，也較
容易運用。

2.3.3. 「賞析能力點」能轉化成創作能力

　　一直以來，創作強調靈感，強調才華，仿佛創作沒有步驟可
言。其實不然，我們可以從前人經驗中歸納出創作步驟，也可從培
養「賞析能力點」的過程中，讓學生增加認識不同能力點與閱讀效
果關係的機會。當學生能掌握不同「能力點」後，便可將賞析步驟
轉化成創作步驟，這樣便可以在較短時期內，讓學生嘗試仿作，並
可進一步較有信心地創作自己的文本。

3. 賞析流程和步驟

3.1.　怎樣帶引學生進入文本分析的世界

　　所謂「賞析流程」，就是先欣「賞」後分「析」，從感性欣賞
到理性分析的過程，也是老師教授學生有關賞析方法時的過程，這
往往是步向深入分析的前奏，也是引起學生興趣的必經階段。

步驟一：感性欣賞階段

　　一般感性提問：首先，我們可向學生提問，詢問他們對某一特
定文學文本的看法，這裏以現代詩為例：「你們覺得這首詩怎麼
樣，好看不好看？」提問是普通的一問，但已是十分重要的一步。

因為只要學生願意回應，他們任何一個答案，都可成為進一步提問，以及逐漸步入仔細分析過程的起點。

1.1 正面回應——好看

如果學生的答案是正面的話，如「這詩很好看」，我們可循序漸進引導學生進入理性分析階段，「很好看」只是一感性的答案，學生的認識還停留在「欣賞」表層，單單這樣的答案，絕夠不上甚麼「賞析」，它只是一個任何人都可提供的答案。即便如此，我們也不能掉以輕心，輕易放過，因為這樣的答案正是協助學生進入理性分析之門的切入點。我們可以通過進一步提問，帶引學生思考「很好看」背後的原因。

2.1 負面回應——不好看

如學生的答案是負面如「這詩不好看」，我們也可進一步追問他們認為不好看的是甚麼，然後再問他們背後的原因。通過這些提問，我們可以進一步了解學生的喜好，並因此可開展討論文本的不同表達方法，以及這些方法的閱讀效果；還可審視學生他們認為不好看的原因與文本的特色有甚麼關係。

3.1 負面回應——不知它寫甚麼

有時，學生面對的不是好看不好看的問題，而是明白不明白的問題：「我根本不懂這詩在說甚麼！」雖然回應是如此的負面，但我們仍可針對這回應，展開進一步的討論。

4.1 無可無不可的回應

學生任何答案，那怕是一些看似無法回應的答案，如：「一般啦！沒甚麼特別。」之類，按理我們仍可慢慢誘導，引起學生對詩文本的注意。只要能引起學生的興趣，賞析的流程還是可以繼續

的。

步驟二：從感性到理性階段

　　從分析過程中，滲透分析語言的方法，從而增加理性成分，好讓欣賞得以過渡到分析裏去。我們可因應學生剛才的回應，進一步提問，著學生給予具體評語或理出原因：

1.2 正面而具體的評語

　　我們可要求學生指出「好看」的具體情況：「你們可不可以說得具體一點，例如它哪方面好看？」

　　如學生指出「好看」的原因在於它「意境很美」，雖然這個答案仍很主觀，也很抽象，但只要我們沿著這方向前進，「賞析」之路還是會慢慢走進理性分析之門的。

2.2 負面而具體的評語

　　至於認為「不好看」的情況也相近，可要求學生具體指出不好看的地方：「你們可不可以說得具體一點，例如它哪方面不好看？」

3.2 理出原因──難明？

　　如果覺得難明，可要求學生交代難明的原因：「你可否說出它難明的原因？」藉此引導學生盡量理性地思考問題，並找尋答案。

4.2 理出原因──沒有感覺？

　　跟「難明」的情況相近，我們也可要求學生多想原因，多從理性分析情況：「你可否說出你沒有感覺的原因？」

步驟三：初步理性分析階段

　　從文本中找證據，並說出理由：

1.3 找正面評語的證據

　　我們這樣問：「你能從文本中，找出最能代表你這評語的詞語或句子嗎？」「為甚麼這詞或這句最具代表性？」或按「意境很美」的思路追問：「你認為文本裏哪裏的意境最美麗」？如學生能具體指出他認為最美的意境所在，他便已初步從語言層面找到進一步分析的基礎。

2.3 找負面評語的證據

　　我們也可問相近的問題：「你能從文本中，找出最能代表你這評語的詞語或句子嗎？」「為甚麼這詞或這句最具代表性？」

　　找完證據後，如沒有別的，可考慮將焦點改變：

2.3.1 從比較正面處入手

　　詢問學生是否仍能從詩中找到一些覺得比較可取的地方：「這首詩真的如此一無是處？是否可找到比較可取的地方？」如學生能說出甚麼的話，便可按「正面回應」看，再沿上述步驟展開討論，畢竟進行「賞析」，比較難在過於負面的環境下開展。

2.3.2 從主題入手

　　如仍沒有多少可取地方的話，可轉變方向，找尋該詩的主題：「你能不能說說這詩寫的是甚麼？請盡量說出來，是寫愛情、親情、生活、人生，還是……？」然後著學生找能歸納成主題的字詞或句子：「何以見得？你能從文本中找來證據嗎？」

3.3 找具體難解的個別字詞或句子

　　既然學生認為這首詩難解，便乾脆讓他們指出最難解的地方：「那麼，可不可以挑出哪一句是你認為最難明白的呢？」我們便從該地方出發，嘗試作仔細的分析。接著便可因著學生原來最不明白

的詩句，向他們解釋該詩句難明的原因：可能是「常態」與「現態」的不同，也可能是日常邏輯與這詩的內在邏輯的不同（請參「常態與現態」一章）。有趣的是，學生認為最難明白的詩句往往是文本中最精彩的部分。只要我們能跟他一起解通該詩句（這個請參「分拆詩句」一章）；他對詩的認識，以至他分析文本的能力便能提高，他對分析文學文本的興趣可能也因此得以提高，信心也可大大增強。

4.3 轉變方向

找完「沒有感覺」的原因後，如沒有別的話要說，便可嘗試轉變方向。

4.3.1 從文字的表面意思入手

誘導的方法還是通過提問：如該詩並不怎麼長，我們大可逐句詢問學生，看看他們能了解多少，可先從文本用語的表層意義入手，詳情可參「分拆詩句」一章。

4.3.2 從主題入手

也可找尋該詩的主題，具體方法可參前面第 2.3.2 節。

步驟四：進一步理性分析階段

有了上述的基礎後，便可進一步拆解個別詩句。我們可根據他提及的個別字詞或詩句，展開進一步的理性分析，主要從語言角度出發，了解該字詞或詩句的語言特點，如該字詞是不是一個形容詞加上名詞的組合，那形容詞起著怎麼樣的修飾作用，它的感情色彩是褒義、貶義還是中性，那名詞可否視之為意象展開進一步分析等等。這方面可參考「分拆詩句」一章的作法，展開賞析詩文本的旅

程。

步驟五：深層理性分析階段一

掌握個別詩句的情況後，便可擴大分析範圍至整個文本，將重點放在分析其他意象上，這包括意象的具體分析、意象選用和意象群等，這些都屬文本層面的分析方向，具體方法和步驟可參「意象整理」、「意象選用」、「意象群」等章節。

例如可從該詩句個別意象出發，向學生介紹意象在詩文本的重要性，意象的內涵和特點等；也可跟學生交代該詩文本各個意象之間的關係：除了比喻、對比和重複原則所顯示的關係外，還可從「意象群」角度出發，讓他進一步認識文本意象組成的意象群。

步驟六：深層理性分析階段二

當完成了整個文本屬於語言方面的分析後，我們便可按個別詩文本的特點和個別結構的情況，轉而分析文本的整體結構，包括比喻、重複和對比原則，這仍屬文本層面的分析，具體方法和步驟，可參「比喻原則」、「重複原則」、「對比原則」、「常態與現態」等章節。

步驟七：結合主題理性分析階段

有了以上語言和結構方面的基礎後，便可處理屬於語意層面的課題，焦點放在整理上述分析與詩歌主旨的關係上，具體方法可參「常態與現態」等章節。以上的各種方法，當可讓學生從中體會賞析的樂趣，讓他們親身感受理性分析的效用；通過理性分析，讓學生能看透文本，抓住文本的深層意義，以及個別詩句與詩主題的關

係。這樣，學生便能培養自個兒的文學賞析能力。

注意事項

　　各過程之間並無不可變更的規則；只要能引起學生興趣，本著由感性欣賞導向理性分析的原則，老師大可按實際情況靈活調配上述的步驟。

現代詩賞析具體流程

階段	層面	具體步驟及提問			
感性欣賞	一 從感性出發展開賞析流程	提問(感性)：「你們覺得這首詩怎麼樣，好不好看？」			
		感性答案	正面答案：「好看！」❶	負面答案：「不好看！」	負面答案：「不知它寫甚麼！」	無可無不可答案：「一般啦！沒甚麼特別。」
從感性到理性	二 具體化：歸納成可作理性分析的論點	正面而具體的評語：「你們可不可以說得具體一點，例如它哪方面好看？」	負面而具體的評語：「你們可不可以說得具體一點，例如它哪方面不好看？」	說出難明理由：「你可否說出它難明原因？」	說出沒有感覺的原因：「你可否說出你沒有感覺的原因？」

階段	序	步驟	內容一	內容二	內容三	內容四
初步理性分析	三	理性化：文本中找證據，從文本中找相關位置	找證據：「你能從文本中，找出最能代表你這評語的詞語或句子嗎？」	找證據：「文本中，找出最能代表你這評語的詞語或句子嗎？」	找證據：「那麼，可不可以挑出哪一句是你認為最難明白的呢？」	找證據：「何以見得？你能從文本中找來證據嗎？」
		理性分析	「請說出你的理由」			
			轉變方向			轉變方向
			從比較正面處入手：「這首詩真的如此一無是處？是否可找到比較可取的地方？」	從主題入手：「你能不能說說這詩寫的是甚麼嗎？」		從文字的表面意思入手 ／ 從主題入手：「你能不能說說這詩寫的是甚麼嗎？」❷
進一步理性分析	四	進一步分析：詩句層面	拆解個別詩句，進行初步表層分析❸			
			分析個別意象❹❺			
			分析個別詩句的結構❼❽❾❿			
深層理性分析	五	文本層面分析：將	分析其他重要意象，包括具體分析、意象選用和意象群等角度❸❹❺			
	六	分析擴至整個詩歌文本	分析文本整體結構，包括比喻、重複和對比原則等角度❼❽❾❿			
結合主題理性分析	七	語意層面	分析詩歌文本的主旨			

❸請參本書的「分拆詩句」一章　　❼請參本書的「比喻原則」一章
❹請參本書的「意象整理」一章　　❽請參本書的「重複原則」一章
❺請參本書的「意象選用」一章　　❾請參本書的「對比原則」一章
❻請參本書的「意象群」一章　　　❿請參本書的「常態與現態」一章

3.2.　自我檢測的賞析步驟：以鄭愁予〈錯誤〉一詩爲例

　　賞析過程原本可以是無意識下進行的，只是一般來說，從邏輯次序看，還是有跡可尋，但我們也不必視以下步驟為必然；只要賞析活動持續，不必過於拘泥個別步驟的先後和詳略：

1. 我喜歡鄭愁予整體自我感受：先從感性出發，了解自己對文本的整體感受

   「我喜歡鄭愁予〈錯誤〉」

2. 將感受具體化：書之於文字

   「我喜歡詩中的情調」

3. 檢視上述感受的來源：從哪裏得來這般感受？

   「就是寫黃昏街道的環境的句子，即第 5 行『恰如青石的街道向晚』」

4. 將感受綜合成閱讀效果，可選擇適當的形容詞交代這種感受

   「『向晚的街道』一句寫得很淒美」

● 理性分析：

5. 針對相關字詞，分析產生上述感受的原因

   「正因青石能反射向晚夕陽的餘暉，讓冷清寂靜的氣氛添加『夕陽無限好，只是近黃昏』的淒涼，加上馬蹄踏上青石的清脆的『達達』馬蹄聲（第 8 行），更進一步加強淒冷的氣氛，這正是我喜歡這詩的原因」

6. 進一步從「意象選用」角度分析選用「青石」意象

   「『青色的街道向晚』一句中的「青石」一詞的選用效果值得仔細分析……」，詳情請參「意象選用」一章

7. 進一步拆解其他詩句

「上述的淒冷氣氛從第 1 句已能見到，這句『那等在季節的容顏如蓮花的開落』可以按句子成分將它拆開……」，詳情請參「分拆詩句」和「比喻原則」相關的部分

8. 處理詩中其他意象，如「城」、「窗扉」等的內涵，以及共同組成的意象群及結構特點

「如『向晚』的『青石』如何與『等在季節的容顏』以及『達達的馬蹄』互相呼應，製造如此淒清的效果……」

4. 文學教學該如何？正確認識文學的「特點」：「文學」是語言的藝術

4.1.　文學應有自己的身分

　　文學的身分一直不清晰，它介乎於語文、歷史、文化三者之間，課程文件中的「文學」科，不是側向文學史，便是視之為文化載體，而成為文化一部分，又或變成學習語文的工具；本身變得沒有地位。可是，作為一個重要學科，文學絕對應有自己的身分，這個認識十分重要，它足以影響我們怎樣教文學；只是文學到底是甚麼呢？

4.2.　文學能反映現實嗎？

　　一直以來，「文學反映現實」被認為是金科玉律，也因為如此，「文學」與「現實」的關係仿佛十分密切似的。可是，只要我

們仔細想想，便發現這句話並不如想像般那麼順理成章了。簡單來說，文學需要語言作為它的表現工具，它只是「語言」，也只能是「語言」。相反，「現實」包羅萬象，具體如杯碟，抽象如氣氛都屬「現實」的範圍，如要「文學」反映「現實」也就是說「語言」能反映現象的萬事萬物了，這有可能嗎？一個剛倒滿咖啡的杯子，如何用文學的語言來表達呢？「一個盛滿咖啡的杯子」是否反映現實呢？「盛滿」的程度有客觀的標準嗎？似乎沒有！至於現實的這樣一個杯子，我們可以從直觀掌握咖啡的多寡，文學語言則無法辦到了。再者，上述句子沒有交代杯子的形狀、大小，有沒有花紋、圖案，以及咖啡的顏色、濃淡，還有周遭的環境、氣氛如何。可是面對放在眼前的咖啡，我們是可以「看到」以及「感受到」以上所有情況的。總的來說，文學語言以至任何語言都無法窮盡現實界的一切，因此「文學反映現實」這句話是站不住腳的。

也許有人會說，文學當然不能反映全部現實，但它能反映部分現實這一點是千真萬確的。可是，我們不禁要仔細思量：誰人決定文學反映哪些「部分」的現實呢？他根據怎麼樣的標準呢？如果我們認為反映部分現實的文學「能反映現實」，不就犯上了「以偏概全」的邏輯錯誤嗎？

此外，文學文本以文字或口語表達，無法真正做到真實，只能依靠文字或口語傳遞，必須經讀者想像，才能在讀者腦海中形成具象，只是不同讀者背景、身份、教養不盡相同，要「真實地」反映這個「局部」現實似乎也絕不容易。

4.3.　文學是語言的藝術

　　「文學是語言藝術」這句話十分強調文學和語言之間的關係，沒有語言，便沒有文學，這大家該無異議吧。文學不是文藝，文學需要一個文字的載體，文字可以以口語形式表達（例如說書），但文學和語言是有差距的，經過藝術處理的文字才說得上是文學。語言是文學唯一的表意工具，因此文學的特性一定要從語言說起。

　　如前所述，文學不能離開語言，但不管它是口語還是書面語，它也只能是語言。當然，文學語言跟我們日常使用的語言畢竟是不同的。文學就是將日常語言加以處理，加進藝術元素。因此「文學是語言藝術」這一點，相信還是可以站得住腳的。

5.　日常語言與文學語言

　　文學的特點在於它是「語言的藝術」，它不是語言本身，它只是其中一類「語言」而已。簡單來說，「文學」的語言與日常使用的語言不一樣，我們稱前者為「文學語言」，後者為「日常語言」。

5.1.　實用語與詩性語

　　接下來我們且看語言和文學之間的關係。根據俄國形式主義（Russian Formalism）的看法，他們從現代語言學角度，突顯文學與語言的分別，認為文學語言是有別於日常語言的，其中托馬舍夫斯基（Boris Tomashevsky, 1890-1987）從說話者的目的、表達形式、聽者的態

度等，指出實用語與詩性語的分別：

> 在日常生活中，詞語通常是傳遞消息的手段，即具有交際功
> 能。說話的目的是向對方表達我們的思想。因為通常我們能
> 夠檢驗對方對我們的說話到底理解了多少，所以我們不甚計
> 較句子結構的選擇，只要能表達明白，我們樂於採用任何一
> 種表達形式。表達本身是暫時的、偶然的，全部注意力集中
> 於交流。說話是交流過程中偶然的伴旅，假如面部表情和姿
> 態也能勝任交流的傳遞作用，那我們也會像使用詞語一樣來
> 使用這些手段。點頭、擺手經常代替表達並成為對話的有機
> 成分。（請注意：在劇作中，舞台說明指示演員該用甚麼樣的表情或姿
> 勢完成對白內容。）
>
> 文學作品則不然，它們全然由固定的表達方式來構成。作品具
> 有獨特的表達藝術，特別注重詞語的選擇和配置。比起日常語
> 言來，它更加重視表現本身。表達是交流的外殼，同時又是交
> 流不可分割的部分。這種對表達的高度重視被稱為表達意向。
> 當我們在聽這類話語時，會不由自主地感到表達，即注意到表
> 達所使用的詞及其配搭。表達在一定程度上具有本體價值。❸

5.2. 語言的不同功能：雅各布森的系統

文學作品具有獨特的表達藝術，特別注重詞語的選擇和配置。

---

❸ 托馬舍夫斯基著，張惠軍、丁濤譯：〈藝術語與實用語〉，《俄國形式主義
文論選》，北京：三聯書店，1989 年 3 月，頁 83。

比起日常實用語言來說，它更加重視表現本身。這種將日常語言跟文學語言分別開來的論述，到雅各布森（Roman Jakobson, 1890-1957）更發展成一套較為完整的傳意系統來。他從日常語言的「言語」（discourse）中，理出六種成分，它們是「說話者」（addresser）、「受話者」（addressee）、言語所處的「語境」（context）、說話者和受話者的「接觸」（contact）形式、所用的「代碼」（code），以及言語中的「信息」（message）本身。

　　雅各布森認為上述六種成分不會絕對平衡，不同情況下，這種交流活動會傾向某一方面，該成分便處於支配地位。雖然「言語」的其他成分仍產生不同功能，但個別成分由於處於支配地位，該項功能也將因而顯得更為突出。他因此整理出相應的六種不同語言功能來：

　　　　對應「說話者」的是「情感的」（emotional）
　　　　對應「受話者」的是「意動的」（conative）
　　　　對應「語境」的是「指稱的」（referential）
　　　　對應「接觸」的是「交際的」（phatic）
　　　　對應「代號」的是「元語言的」（metalingual）
　　　　對應「信息」的是「詩學的」（poetic）❹

雅各布森認為屬於文學範疇的「詩學」功能，不是從社會背景、主

❹　雅各布森：〈結束語：語言學與詩學〉（Closing Statement: Linguistics and Poetics），見 *Style in Language* 一書，ed. Thomas Sebeok，（Cambridge: M.I.T. Press, 1960），pp. 353-357。

題內容（即語言中的「語境」）而來，也不是從作者（說話者）或讀者（受話者）而來，而是從研究和認識作品（即「信息」）本身而來。這種重視語言的藝術特質，強調文學審美功能的看法，成為俄國形式主義以及結構主義（structuralism）的重要理論基礎，也為文學擺脫歷史、心理、政治等的羈絆，成為獨立學科，提供了堅實論據。

5.3.　日常語言與文學語言的分別

如從日常語言與文學語言的分別看，那麼在日常語言中，雖然並不排斥其他如「詩學」或是「情感」功能，但最能起支配作用的必是「指稱」功能。換句話說，我們使用日常語言的主要目的就是傳達信息，因此語言符號必須能發揮它「指稱」相關信息的功能，這種語言才屬有效。當然，日常語言中並不排斥「詩學」功能，以商業廣告為例，它屬日常語言的一種，也有很明確而且實際的目標，那就是起說服消費者消費的作用，因此能將以上信息準確傳遞，以達到促銷的目的是這類語言至關重要的功能。只是，有時為了達到上述目的，語言加進若干「詩學」功能也是常有的事，譬如廣告語言刻意有別於日常用語，加進諧音成分，使聽眾或讀者混淆，從而提高他們對產品的興趣，也是廣告語言常有的慣例。與之相對，文學語言則不強調「指稱」功能，而重視它的「詩學」功能，也即是文學符號自身的選擇和搭配。

如果從語言角度分析，日常語言與文學語言的分別是很明顯的，只是囿於習慣或傳統「文史哲不分家」的觀念，我們將本屬十分清晰的劃分弄得模糊了。日常語言和文學語言目的不一樣，要求也不一樣。日常語言目的在溝通，因此要求寫或說得準確、清楚、

結構嚴謹等;文學語言則不同,它的目的在感人,因此要求寫得含而不露,在於間接朦朧。下表簡單地表現日常語言與文學語言的分別:

	日常語言	文學語言
特點	理性 規範語言	感性 非規範語言
目的	有明確／功利目的	不含功利目的
	溝通	產生美感
	準確表意	感人／讓人感動
		引起共鳴
		誘發想像
效果	直接	間接
	清楚明白	朦朧
	人人明白	與眾不同
	一目了然	含蓄
	平實	出人意表,意想不到
	平穩	新鮮感,創新
	結構嚴謹,層次分明	看似混亂
	有板有眼	引發思考
	邏輯性強	另類邏輯
		動人悅耳

只是我們使用語言時並不如此截然劃分,簡單來說,語文的目的固在溝通,但其實不排除感人的一面,也正因為這樣,上述生硬的定義惹來很大非議。

可是,為了作理性分辨,以上的定義和劃分是有必要的。例

如：甲問乙「我們該到哪裏上課？」這句的重心在「上課的地點」，所以如要達到理想的表意效果，乙便應直接說出哪裏是上課的教室，如「203 室」。日常語言最重要的功能是表意，將意思清晰地從「甲」傳達至「乙」，這樣便產生溝通的作用，它不講求美，也不理會情緒。當然日常語言也可能有文學成分，但大家並不怎麼看重：你可以在日常語言中增加描述成分，但卻並非描述重心。只要我們找到語言的重心，便會知道言語的主要功能。日常語言中，最接近文學的是廣告，因為廣告也會用上很多富文學色彩的語言，如樓房銷售廣告常見「背山面海」、「坐擁……」、「飽覽……」等用語，無一不是加進了誇張成分。只是加進這些成分的目的是為了促銷樓盤，雖然這類文本有「詩化功能」，但佔支配地位的還是「指稱功能」，寫得天花亂墜的用語還是處處聯繫著那個銷售的樓盤，所以廣告文字仍屬日常語言的範圍。

　　至於文學語言，情況便很不一樣，它強調語言的「詩化功能」。這裏先舉一例：諸葛亮為向蜀後主劉禪進諫，因此寫下〈出師表〉，三國時期「表」很明顯是實用文字，它有「指稱功能」。這篇千古傳誦的作品原是臣下向皇上表奏時所用的文件，因此在當時，〈出師表〉的「指稱功能」明顯具支配地位。只是時移世易，現今我們再讀〈出師表〉，相信無人會深究它勸說劉禪的功效——它的「指稱功能」，卻將注意力放到它的「詩化功能」上。

　　當然，文學文本不可能光有「詩化功能」，它同時也有「指稱功能」，只是後者不及前者重要而已。同樣道理，閱讀文學作品可以看到當代社會的面貌，這是因為作品中的語言仍保有它的「指稱功能」，只是這並不是文學作品的價值所在。我們喜歡欣賞作品，

並不是因為它可以作歷史見證，而是它語言中的「詩化功能」，因為文學文本表達「甚麼」不是文學的重點，文學的重點在於文本「如何」或「怎樣」表意，那就是：「詩化功能」才是文學文本的價值所在。

中國語文課程裏作文的寫作要求，其實是按日常語言的標準釐定的。要求寫得準確，表達得清楚明白，這是日常語言。至於文學語言，要求可不一樣，我們不是每篇文學文本都能一看便看懂，也不是每一篇我們都知道它在說甚麼。這是因為文學語言重在「詩化功能」不重「指稱功能」，否則它也不算文學語言了。

如果我們用日常語言的標準衡量文學文本，會發覺很多文本不合日常語言的要求。因為文學重視文字呈現的方式，而不是說些甚麼。文學問的是「為甚麼」：為甚麼文學文本要這樣表達呢？為甚麼不是「春風又暖江南岸」，而是「春風又綠江南岸」呢？為甚麼要用「綠」字呢？很明顯，這是嘗試拉開讀者與文本之間關係的作法，目的讓讀者感到新意，這便是重視呈現方式多於內容的情況。要注意，這裏說的「內容」範圍比較狹窄，要是說文學不重視內容一定遭人詬病，但文學在重視「內容」的同時，更重視「表達方法」。例如愛情、忠君愛國等課題在文學文本中經常出現。既然諸如社論之類的議論文都可談「忠君愛國」，那麼我們為甚麼要看千多兩千多年前杜甫或屈原有關「忠君愛國」的文本呢？看社論甚至看曾憲梓先生的「愛國論」不是更直接、更有時代感嗎？由此可見，文學的特點和價值不在內容和主題，而在文本的「表達」和「呈現」方式。

6. 兩種屬於文學
——語言藝術的分析方法：歷時及共時分析

6.1.　歷時分析

　　歷時（diachronicity）和共時（synchronicity）這兩個屬語言學層面的分析方法來自瑞士語言學家索緒爾（Ferdinard de Saussure, 1857-1913）。

　　如果我們同意文學是語言的藝術的話，要在文學賞析加入理性成分，借助長於對語言作理性分析的語言學實在是順理成章的事。換言之，我們可以借用語言學的理性分析方法分析文學文本，進行文學的賞析工作。索緒爾強調語言有「歷時性」及「共時性」兩個層面，歷時是跟時間有關，共時則和空間有關。

　　我們先看「歷時分析」，「歷時」比較容易了解，因為這是我們常見的時間順序的概念，如歷史就是讓我們看到一個個由頭到尾按次序發生的事件。從語言角度看，「歷時」主要探討語言的實際情況。例如「我是中國人」這句話，我們應怎樣理解呢？我們可嘗試從語法的概念作切入點，即將此句句子分析成主謂句，我們知道甚麼是主語，因為有謂語；我們知道有謂語，因為有主語，「歷時」分析就是將這點放到句子中能夠見到的成分上，讀者依靠兩者成分之間的關係而認識這句說話的意思。再如當我們教柳宗元〈江雪〉時，一般會逐字逐行教授，如首句「千山鳥飛絕」，以圖示的話，便如此：「千＋山＋鳥＋飛＋絕」，也就是按詩句原有的排列次序一一解釋。我們會教學生正確讀法為「千山／鳥飛絕」，而非「千山鳥／飛絕」或「千山鳥飛／絕」，教導學生怎樣將句子斷

開。大家也知道文章的主要架構包含字、詞、句、段四個層面，按這個架構從字到詞再到句，然後到段，這種認識語言的方法便是「歷時」方法。「歷時」是解字面的，你看到多少字、多少詞、多少句、多少段，便解那些字、詞、句、段。換言之，就是從語言表層作解釋，看到多少字解多少，這便是「歷時」的方法。語文老師一般教授課文，便用上這種方法：先行朗讀、提問，題解，再抄段落大意、主旨，再教語文知識，平仄等。「歷時」分析將重點放在能看到的文字，解釋它們的意思，以及釐清成分和成分之間的關係，我們便能由此一點一滴地累積而成我們對文章的理解。這是我們一般處理文學文本的方法。由於這方法按文本所見字詞的次序，順序解說，所以稱為「歷時」分析。

6.2. 歷時分析法重點

- 從字詞句段篇層面，強調成分之間的關係，從可見的關係，構築意義
- 這也是一直以來學習、分析、研究語文以至文學的慣常途徑
- 這種分析法是「顯」法，因它針對或分析的對象一直呈現在讀者的面前，閱讀的任務就是弄懂眼前所見的
- 這也是一般人能見能接觸的範圍
- 歷時分析藉語法規則進行是常見也是可行的，也有藉意象之間的關係（對比、重複、比喻），突破語文／語法線性的界限

6.3. 共時分析

語言還有另一個層面，和歷時層面同樣重要，但往往被人忽

視，這便是「共時」的概念。語言學所謂「共時」的概念，就是強調給挑選出來構成句子的各個成分，都是從無數的可能中，經過選擇的過程，形成句子的。換句話說，每個句子的每一成分都是經過選擇而來的。也就是說，當我們面對一個句子時，不要只看見眼前的句子，而是應該嘗試了解這句子的每一成分，怎樣從眾多的可能中給挑選出來。放到我們眼前的是選擇後的結果，共時分析就是嘗試從選用的各種可能中，展開對這最後結果的分析。

　　假如我們面前出現這麼一句「我是中國人」，如用往常的方法，即前面所提及的「歷時分析」，我們會得出這是陳述句，「我」是主語，「是中國人」是謂語的結論，然後可能進一步解釋「中國」是甚麼……。可是，如用「共時」分析角度，情況便很不一樣。既然「共時」分析的焦點放到產生這句背後的可能性上，我們便可用以下的圖表，嘗試列出這句中各成分可能的選擇來：

我	是	中國人
↓	↓	↓
余	係	唐人
朕	乃	支那人
		Chinese

從上表可以看到，我們想像每個成分的其他可能性時，並不是信手拈來，而是有根有據的，所根據的就是與我們可見的成分相同或相近的字詞。換言之，就是同義和近義詞。此外，我們也應考慮各成分的詞性和語法功能，選擇相同詞性和功能的字詞，才能通過這種「共時」分析，加深對文本的理解。由此可見，雖然我們看到的是

「我是中國人」五個字,其實它們全都不是必然的,全部是經選擇而得來的結果。

回看剛才的例子,「朕」表示獨有的身分,暗示極尊重的地位;「余」則強調謙卑,風格因屬文言字詞而變得典雅,相比之下,「我」顯得較自由,較隨便,也較隨和。再看「是」字,如改成「係」便增加了不少口語風味,帶出較濃重的廣州話味道;如改成「乃」這文言詞,語調便變成「典雅」多了,氣氛也似乎嚴肅起來。最後的「中國人」三個字,如換成「唐人」,似乎在顯示「我」對自己身為中國人感到無比自豪和光榮,因此選用「唐人」這個以國力十分強大的朝代為名的稱呼來代替「中國人」;也有可能顯示這個「我」年紀較大,選用語調偏用較古舊的說法。至於「支那人」,由於這詞屬日本侮辱中國人的用語,因此自稱「支那人」大有自貶身分和地位,甚至藉此逢迎對方的意味。至於用英語Chinese 自稱時,也許顯示這個「我」西化的教育背景,又或顯示他的讀者是西方人,因此改用英語表達……;相較而言,「中國人」三字便較為中性,也較為自然。以上的分析,跟語言的近義詞辨析之類的解說沒有分別。事實上,因為「文學是語言藝術」的關係,適用於語言範圍的方法也同樣適用於文學分析,這是絕對不應大驚小怪的。通過這樣的分析,我們對原先一句平平無奇的「我是中國人」便增加不少新的體會。通過與其他可能的比較,我們便更能了解句子成分的特點和作用了。

「我是中國人」這句話,只要稍有語文知識的人都能明白,可是這只是「歷時」的層面而已,如像上述以「共時」分析角度來看這句,相信便不是任何人都能辦到了。因為這涉及更多的語言知

識，以及更深厚的文化素養。同樣道理，我們看現代詩時，驟眼看來，詩句並不艱深，字字能明，但卻看不到內中有甚麼深意，有甚麼特別的地方。要教授這些作品，老師容易變得無從入手，摸不著頭腦，這正是因為我們只沿一般語言的「歷時」分析路子走，看不出文本的其他面貌而已。事實上，現代詩文本中的每個字都經特別挑選，有特別的作用。只要嘗試從「共時」角度進行分析，便能為理解、分析和教授文學文本開拓一片廣闊的新天地。

　　事實上，這種從字詞選擇的角度看語文的方法，在語文學習範圍內，也是常見的事。從現代漢語角度看，葉聖陶（葉紹鈞，1893-）的文筆是大家公認的，因此便有學者從葉聖陶文章的不同版本中，比較葉氏從初稿至定稿修改字詞的情況，從而了解葉氏選用字詞背後的標準，並嘗試由此加深讀者對語言的敏感度和識力。❺要提升語文能力，這實在是一可行而且便捷的方法。同樣道理，將這方法運用到文學文本的分析上，便是「共時」的分析，這方法有助於解決我們雖明白詩文本的每個字，卻無法賞析這個老問題。

　　以上對於「我是中國人」一句的分析，其實沒有用上任何文學知識，用的仍是語言和語法知識，只是使用的方向有些不一樣，我們從詞匯，尤其是近義詞方面重新認識句中每個成分，以往從語言角度討論近義詞的問題，探討的是字詞選擇或用詞得當與否的問題。現在如借助這個語言角度，了解上述句子，便是用上「共時」分析方法。「共時分析」探討的不再是得當與否的問題，而是按文本呈現的樣子，「究竟能產生怎麼樣的閱讀效果？」的問題。從使

---

❺　見朱泳燚：《葉聖陶的語言修改藝術》，銀川：寧夏人民出版社，1982 年。

用範圍，感情色彩等方面認識選定上述五個字背後的原因，以及這句子與文本其他部分的關係。

　　賈島絕詩〈題李凝幽居〉「鳥宿池邊樹，僧敲月下門」正好作為「共時」分析的例子。這兩詩句的表面意思十分明了，即使逐字解說，也用不了多少時間，可是文學文本的特點就是在於它背後無數的可能。文本是經過很多的考慮和篩選才能形成的。換言之，眼下的十個字是千錘百鍊下溶鑄而成的。

　　我們熟知的「推敲」典故，正好說明這種「共時」分析方法的重要性和實用性。話說賈島正在苦苦思考該用「僧推月下門」還是「僧敲月下門」時，遇上韓愈，賈島便向韓愈請教，韓愈認為「敲」比「推」佳，因此這詩句的最後版本便給定下來了。由此可見，進行創作時，個別字詞還沒有確定前，往往有不少可供選擇的候選字詞，作者根據某些理念、標準及考慮，才選定文本的最後版本。因此，如果我們能從「共時」角度分析文學文本，藉這方法教導學生，便可提升學生的賞析能力，也可提高他們對字詞的敏感度，還能取得擴闊學生眼界、活潑課堂氣氛、增加學生自助學習的成效。

6.4.　「共時分析」的訓練

　　可從近義詞變換之類的簡單練習加以訓練，作為「共時分析」的基礎：我們可要求學生多想諸如「死」、「鹽」和「我愛你」之類字詞的近義詞，並進而討論這些近義詞之間的異同、特點及使用範圍等，藉此學生當能提高對文字的敏感度，達到提高他們賞析力的目標。以下是這三個表達的其他候選字詞：

死：羽化、身亡、升天、逝世、離世、辭世、過去了、離開人間

鹽：氯化鈉、salt

我愛你：I love you、手語表達、圖案

　　再舉一例，如〈錯誤〉首句：「那等在季節的容顏如蓮花的開落」，可以用「共時」分析方法（詳情可參「分拆詩句」一章），找來如下列的其他可能性，接著大可跟學生一起，比較不同可能性之間的異同，以便歸納出這詩句如此安排的深意，以及這種安排與詩文本的主題以及整體結構之間的關係：

「那」	「等」	「季節」	「容顏」	「蓮花」	「開落」
↓	↓	↓	↓	↓	↓
「這」	「候」	「日」	「肌膚」	「菊花」	「起伏」
	「守」	「月」	「面貌」	「桃花」	「俯仰」
	「困」	「年」	「青春」	「薔薇」	「綻放和凋謝」
	「圍」	「歲月」	「身影」	「梅花」	
		「年月」	「花容」	「竹」	
			「花蕾」	「松」	

6.5.　共時分析法要點

● 　共時屬影響寫作／創作至大的層面

● 　一直為文學教學及語文教學所忽略

● 　寫作之先必有意念，然後找文字表達。

● 　所以寫作就是一選擇語言的過程

● 　用歷時方法，即使能夠解好文本，充其量只能提高學生的閱讀

能力，卻無助於他的寫作能力。

● 使用共時法，不單能透徹解好文本，更能加強學生的寫作信心和提升他的寫作能力。

7. 本書的設計

賞析看似抽象又捉摸不到；但筆者相信文學賞析是可以教、可以學的，而且學生也可按部就班、循序漸進地培養出賞析能力來。本書旨在介紹各種與現代詩有關的「賞析能力點」，並通過具體分析現代詩文本，展示「能力點」如何應用到分析上。論述重點在「能力點」的內容、使用方法和步驟上。因此出現在不同章節中的現代詩文本往往並沒有經過全面分析，筆鋒已轉到別處去。如果讀者希望看到通解單一現代詩文本的話，你們可能會感到失望。整部書裏只有最後一章的「綜合分析」才出現通解文本的文字，至於其他章節中的文本，都是為了解說個別賞析能力點而出現的，這是筆者必須清楚交代的事情。

7.1. 章節介紹

本書共交代 8 種「賞析能力點」，可按「歷時」和「共時」兩方面劃分：屬「歷時」的能力點，分析重點全放在可見的文本上，從文本中的現象進行分析；屬「共時」的能力點，分析重點則放在可見的文本與文本外的關係上。

第一章：導言

● 本章介紹本書的理念、「賞析能力點」的內涵、特點和意義，

以及「文學」的意涵等。

● 本章嘗試回答的問題是：甚麼是「賞析能力點」？作為讀者，
我該如何閱讀這書？

第二章：分拆詩句（歷時）

● 本章主要拆解個別詩句的結構以及各成分之間的關係，這是所
有文學賞析的基本，值得各位細意品嚐和體會。

● 本章嘗試回答的問題是：究竟詩句該如何分析呢？

第三章：意象整理（共時）

● 本章主要解說意象的內涵、特點、與人事的關係等。認識意象
是文字賞析的基礎，這方面能力需要長期積累。

● 文章嘗試回答的問題是：意象是甚麼？它如何用到文學文本
上？

第四章：意象選用（共時）

● 本章主要解說個別文本選用特定意象目的、深意、意義和作
用。這方面的能力與培養創作能力關係密切。

● 本章嘗試回答的問題是：個別文本為甚麼用上某一特定意象而
不用其他呢？

第五章：意象群（歷時）

● 本章主要處理文本內意象之間的關係，並由此認識它們在文本
中的功能。

● 文章嘗試回答的問題是：文本中哪些意象可合在一起看？這個
意象群如何發揮它的作用？

第六章：比喻原則（歷時＋共時）

● 文章主要交代文本如何以比喻為構成原則建構整個文本。

● 本章嘗試回答的問題是：我們如何通過比喻原則分析現代詩文本？

第七章：重複原則（歷時＋共時）

● 本章主要交代文本何以比喻為構成原則建構整個文本。

● 本章嘗試回答的問題是：我們如何透過重複原則分析現代詩文本？

第八章：對比原則（歷時＋共時）

● 本章主要交代文本如何以對比構成原則建構整個文本。

● 本章嘗試回答的問題是：我們如何通過對比原則分析現代詩文本？

第九章：文本的內在邏輯（共時）：常態與現態

● 本章主要解說現代詩文本的內在邏輯，從比較文本的「現態」與日常生活的「常態」，達到深入了解現代詩文本的目的。

● 本章嘗試回答的問題是：現代詩文本是以怎麼樣的邏輯組織起來的？

第十章：綜合分析（歷時＋共時）

● 本章主要集中分析黃國彬的〈聽陳蕾士的琴箏〉，用的是上面各節所提及和論述的賞析能力點。

● 本章嘗試回答的問題是：以上各「賞析能力點」如何用到單篇文本的分析上？

第二章　分拆詩句

1. 前言

1.1. 理解等同解謎

　　顧名思義，分拆詩句就是按句子結構，拆解詩文本的某一句。當我們首次閱讀一個詩文本時，常常遇到難解的地方，請不要氣餒，只要按部就班，耐心地加以拆解，我們還是可以慢慢掌握它的內在結構，從而讀懂該詩句的。拆解步驟是先從句子的表面結構，即所謂「語言層面」開始，進而語意層面以及文化層面等，期間不能避免需要處理句中的意象。一般來說，長句較容易分析，因為它的內涵較豐富，內中的成分較多，成分之間的關係也較容易整理。

　　分拆詩句是理解整個詩文本一個十分必要的手段，目的在通過拆解詩句的過程，深入了解當中各句子成分的關係，以及句中各意象的內涵，從而增加通解詩文本的機會，我們可以拆解詩句所得信息為基礎，進一步分析全詩。能夠仔細地拆解一個詩句，箇中的經驗和所得便成分析全詩的基礎。如從建立賞析能力角度看，拆解詩句所得可內化成自己的賞析能力，為日後拆解其他詩句，以至分析其他詩文本，打下堅實的基礎。正因為此，這裏我們拆解詩句時，

將盡量寫得仔細，務求讓讀者能看清每個分拆步驟，供日後參考之用。

　　一個不可解或難解的詩句就像一個謎團，例如一個這樣的符號組合是無從理解的：

　　a 田○£≒θ ゆぞ

這個符號組合包括英語、漢語、圖形、貨幣單位、數學、希臘文和日語符號，如果一詩句也由很不相同的符號併合而成，那麼能夠理解當中意義的機會是很微的，即使能解也需要多花思考，這好比鄭愁予〈錯誤〉首句：「那等在季節的容顏如蓮花的開落」。表面看來，意義似懂非懂，似通非通，教讀者摸不著頭腦，也容易使讀者卻步，視文學尤其是現代詩為畏途。事實上，只要我們掌握拆解的竅門，詩句也不一定無法解通。

1.2.　日常語言的理解

　　既然文學是語言藝術，文學文本由語言組成，因此拆解也應從語言特性入手。與文學語言相比，我們日常使用的語言較直接，而且主要目的在溝通，因此理解日常語言是一直接和明白的過程，只要掌握基本字詞和句子知識，當可在語文工具書的輔助下，了解該話的含義。日常語言跟數字方程式的表達相近，目的在傳遞信息，因此信息必須層次分明，清楚明了，表達自然比較直接；理解它也比較容易。試看以下的數學方程式：

　　$123-58+948=1013$

由於我們對數字和相關符號有基本認識，要了解這數式應沒有太大困難。

1.3.　文學語言或文學文本的理解

　　跟日常語言不一樣，文學語言以至文學文本由於重於表達，重在讀者找尋意義過程的滋味，因此文學文本有如謎語般需要讀者耐心拆解，閱讀文本的味道也由此而來。

　　如從規範語言即日常語言角度看，文學文本往往通篇犯下大量語法毛病，甚麼搭配不當、用詞不當、重複拖沓、成分殘缺等都是常情，為甚麼？因為文學文本追求的不是準確無誤，不是表意清晰；相反，它希望營造的是朦朧不清、模糊不定的狀態，嘗試達到反複尋找，從找尋中得到樂趣的閱讀效果。如與數字方程式比擬，文學文本的句子大致可以下面的方程式表達：

　　漆子＋a IV 生乙減 ei＝發死死+巳零零

與剛才的數式相比，這方程式便難解多了。這是由於這方程式用了不只數學這種理解模式，因此我們光有數學常識是不足以也不可能理解它的。

　　這方程式基本上用了數學模式為基礎（如有數學符號＋＝＋等），加上屬不同系統的語言符號，包括：英語字母（aei）、羅馬數字（IV）、中文大寫數字（零）、中文天干地支次序（子乙巳）、中文粵語諧音字（漆生發死），還有中文數學名稱（減）。

　　換句話說，這方程式之所以難解，就在於它不是由同一語意系統（數學模式）組成，只要我們能抽絲剝繭，分別從上述的不同系統中掌握方程式所指，便能重現這方程式的原來面貌了：

　　71+1432-59=844-600

同樣道理，現代詩句之所以難明也在於它不是用一種語意系統組

成,那麼我們也需要逐步將之拆解,仔細分析,方成掌握箇中奧
妙。

2. 分拆詩句過程

　　我們可循序漸進,由語言層面慢慢拆解,直到能夠分析詩句與
主題的關係為止,以下列出拆解詩句的各個階段和步驟:

2.1. 語法層面

　　正如上面的符號組合一樣,詩句的各個成分雖然屬於不同的系
統,但它們在文本中仍然連繫在一起,連繫它們的就是語法。因此
拆解原本不可解或表面不可解的句子,便須首先了解句子各成分之
間的語法關係,以及各成分本身的語法角色和功能。換句話說,分
拆語句的竅門在語法關係上。這裏面包括幾個細項:

a.　判斷句式 (如以鄭愁予〈錯誤〉首句「那等在季節的容顏如蓮花的開落」
　　為例,這是一個比喻句);

b.　按句式的判斷,將詩句分成若干部分 (如:本體＋喻詞＋喻體),
　　然後分別進行分析;

c.　按此句的語法環境,整理句子成分的詞性 (如:屬實詞還是虛詞,
　　是名詞、動詞,還是形容詞或副詞);

d.　整理句子成分之間的語法關係:分解各成分,辨別它們所屬系
　　統,將之歸類於不同系統內。利用語法關係了解各成分的關
　　係,語法關係往往在虛詞中找到。如〈錯誤〉首句中的「的」
　　字顯示從屬關係,「的」前成分──「蓮花」對「的」後成分

——「開落」有著修飾或限制的作用;「如」字則顯示比喻關係,「如」前成分——「那等在季節的容顏」是比喻的本體,「如」後成分——「蓮花的開落」是喻體,它們之間有相近也有相異處;如句中副詞「在」表示限制或程度;「那」是代詞,與「這」相對,顯示位置或方向等等。

2.2. 語意層面

在上述語法認識的基礎上,進一步探求句中各成分的意義,細項如下:

a. 整理句子成分的本義、衍生義、比喻義等;

b. 整理句子成分的感情色彩、適用範圍和對象;

c. 按此句的語意環境,判定句子成分的意義所在。

2.3. 意象層面

經過上述語意表面的認識後,我們可以將焦點放到句子重要的意象上,仔細分析意象的特點等,細項如下:

a. 整理意象的特點、作用、功能和文化意義;

b. 在此詩句的語意環境中,抽取該意象相關的內容,幫助了解句子的意義。

2.4. 結構及文化層面

有了上述語法和語意的基礎後,我們便可進一步從詩句所屬的結構類型,分析句中各成分的結構和文化意義,細項如下:

a. 句子主要結構之間的關係 (如:本體和喻體的相似點);

b.　嘗試解答以下問題：這種關係如何可能？需要怎麼樣的條件？

2.5.　主題層面

最後，藉對此詩句的認識，嘗試了解全詩的主題。當我們能夠通解全句後，我們可進一步思考這詩句與詩文本的主題有甚麼關係。按理，如詩句難懂，大有機會是文本刻意經營的地方，它一般都與主題有密切關係，甚至該句便是詩文本的主題句，因此由這詩句連繫到主題去，是一自然而且合理的做法。

3.　分拆詩句例釋

下面，我們以幾個詩句作為例子，向大家展示分拆詩句的具體步驟和方法。

3.1.　鄭愁予〈錯誤〉首句
「那等在季節的容顏如蓮花的開落」

「那等在季節的容顏如蓮花的開落」其實是由「容顏如蓮花的開落」和「那在季節中等待的容顏」兩部分合併起來的；可是如真的將詩句還原，意思雖然變得清晰，但卻因寫得過於明白，失去了詩文本應有的味道。正是這種合併的結果，使我們感到怪怪的。「怪」造成理解的困難，但也可由此開展文學理解的坦途。

1. 判斷句子

首先我們先判斷這詩句的句式：這是一比喻句，而且是明喻

句，因為我們可以找到本體（「那等在季節的容顏」）、喻體（「蓮花的
開落」）和喻詞（「如」），「如」這個詞沒甚麼可講，但我們要知
道：因為「如」字的關係，它的前後也就是本體和喻體，它們之間
會有相似或相異的地方。現在我們先看本體和喻體的內容，再看看
兩者間如何相近或相異。要找著這個共通點或相異點，其實不如我
們想像般容易，我們可能需要作深入及細緻的分析與研究，才能找
出本體和喻體之間的共通性。

2. 分拆句子成分

　　根據我們對語法或句子結構的認識，本體的中心語是「容
顏」，「那等在季節的」是用來修飾中心語「容顏」的成分，即定
語。現在再拆解「那等在季節的」這部分：

　　「那」是代詞、「等」是動詞、「在」是介詞、「的」是結構
助詞。這裏，在眾多成分裏，「等」是最重要的，因為整個修飾語
的重點在「等」，「等」就是「等待」的意思。「那」、「在季節
的」和「等」又有甚麼關係呢？「等」和「在季節的」應視為連在
一起的短語看，「等在季節的」也在修飾後面的「容顏」。

　　跟著嘗試解釋「等在季節的」這短語的意思。「等」是唯一的
動詞，也是該句的重心。這短語用來補充說明「等待」的情況：
「等待」是以「季節」做單位的。事實上，我們日常也會用這種說
法，如「金額以億計」一句表示金額之大；又如「速度以光年計」
一句表示速度之快。這裏，「等在季節」是用「季節」來修飾
「等」的動作；換句話說，這是一種以季節為單位的等待，因此
「季節」在這裏的作用在強化久候的程度。因此，「那等在季節的

容顏」可以理解為「那在季節中等待的容顏」。「的」字則用作標示修飾成分與中心語的關係，前者「那等在季節」是修飾成分，後者「容顏」便是中心語。按語意，「那」這代詞直接修飾後面的「容顏」。至於「那」則是代詞，代表「那個」，是相對於「這」的代詞，用以表示位置和距離。「那個容顏」對應的是文本中的「我」自己，因為「我」是用自己的角度，自己的位置「這裏」來說「那」的。

　　由此可見，我們分拆詩句時一定要先解通它的意思，因此以上的分析是基於詩句中各成分之間的語法或語意關係中來的，並不是胡亂或任意分拆的。

　　「容顏」是中心語，是名詞。「容顏」代表甚麼呢？這裏用「容顏」代替「人」，屬借代手法。借代通常以物件的重要成分（局部）代替物件本身（整體），當然這個局部必須是重要且是最具代表性的部分。「容顏」與同句唯一動詞「等」似乎並不搭配，因為「容顏」不能「等」，只有「人」才能「等」。這裏用借代突顯這人的「容顏」。可是，為甚麼文本要以「容顏」借代那人，讓讀者如看特寫鏡頭般將焦點放到那人的「容顏」上有何深意呢？這裏，似乎暫時無法提供任何答案。讓我們先繼續拆解吧！

　　接下來我們嘗試分析比喻句中的喻體。「蓮花的開落」的中心語是「開落」，我們必須認清它與「蓮花」的關係，不能將「蓮花的開落」胡亂變為「開落的蓮花」。由於主體的中心語比喻的是喻體的中心語，所以不是「蓮花」喻「容顏」，而是「開落」喻「容顏」。

　　「開」意即開花，「落」就是落花的意思。從方向看，「開」

是向上，「落」則是向下的動作。我們發現：出現在整個詩句的動詞皆十分緩慢，「等」、「開」和「落」都如是。「開落」是一詞典內也找不到的自造詞，它將兩個動詞「開」和「落」合併，並將之變成名詞；由於文本不用現成詞語，這自造詞顯得特別重要。現在先分析「本體」和「喻體」的關係。

3. 分析句子成分的比喻關係

　　現在我們嘗試將本體「容顏」和「喻體」「蓮花的開落」放在比喻關係上看，我們不禁要問：為甚麼「容顏」比喻成「蓮花的開落」呢？如果「開落」與「容顏」有關的話，「開落」便一定不是純綷「花開花落」的意思，因為蓮花可「開落」，容顏卻不能「開落」，那麼，為甚麼蓮花的「開落」會等同容顏的「開落」呢？「開落」等如歲月催人外，還可以表示心情的起落。「開」可解花朵的含苞待放，也可藉「心花怒放」等用語的慣性，將之解作形容開心的動作；「落」則可解作凋謝或心情上的失落。「容顏」可以「開心」，因這和「等」有關，因為等待的人終於到來，「開心」和花開在形態、動作上有相似的地方。

　　中國文學借花喻人的例子不在少數，所以我們一看馬上便知道它借指女性。這兩個解釋（歲月催人還是心情起落）哪個比較合適呢？如我們理解此為借代句，以「容顏」借代人，用人的容顏比擬花的開落，寫的正是心情的起落，因為心情起落可以重複，失落過後可以再次開心起來。所以「開落」的重複既可以顯示等候時間之長久，也可表現因誤認來者是要等待的人，而在容顏上表現開心與失落。回應前面的疑問，文本為了強調這個從開心到失望的表情，所

以以「容顏」借代「人」，以產生聚焦和點題的效果；也就是為了細緻呈現歡喜和失落的感情，「開落」這自造詞便能起畫龍點睛的效果。

比喻有時為了強調某一個特點或特定情況，按句子理解，「開落」是可「開」可「落」，「開」完可「落」；因此，心情起落的解釋會較為圓滿，但不排除閱讀整個文本後，發現兩個解釋都可接受。事實上，如果這詩句擁有兩個解釋，那更可突出這句的比喻效果：因為詩句應容許不同解釋的存在，否則可能會變得單調。

4. 分析句中的意象：從意象選用（共時分析）角度入手

「蓮花」

接下來可以分析「蓮花」這個意象。正因為「蓮花」意象出現在詩文本的開首句中，如果我們能理解「蓮」這意象的內涵，對掌握這詩將有極大的幫助。為甚麼用「蓮花」呢？眾花當中，「蓮花」並不是最美的一種，水仙、桃花、薔薇、牡丹、芙蓉都以美聞名，那文本為甚麼要用「蓮花」意象呢？我們可先列出蓮的特點，然後嘗試猜想文本使用「蓮花」的原因：與其他花朵相比，蓮花的特點包括「出污泥而不染、濯清漣而不妖」、清高、脫俗、純潔、優雅、清香、正直等。

我們分析意象的重點在於理出意象眾多屬性中最能配合詩句意境的特點。由於這裏「蓮花」是用來比擬「容顏」，按前面分析，這「容顏」應指女性的，那麼我們便可按此略去「花中君子」之類的特點不提，因為一般來說，君子往往跟性連繫在一起，跟這詩句的語境不合。由此可見，我們任何有關「蓮花」特點的猜想，都需

要配合句中相關的主體「容顏」。

「季節」

　　現在再看剛才分析過的「季節」意象。「等」是句中唯一的動詞。為甚麼要用「季節」來形容等待的程度，而不用「日」、「月」、「年」、「歲月」，甚至「生命」呢？詩句變成「等在歲月」、「等在生命」、「等在生命循環」又會有甚麼不同呢？這可能與「蓮花的開落」有關，如用上與「年」或「歲月」等固然可加強「等」的長久，從而加深苦等的感染力，但卻無法表現心情和容顏喜悲的頻密。蓮花的開落以季作單位，強調的正是那種有開有落，開完又落，落完再開的循環。悲喜同樣是一種不息的循環，仿佛永無休止似的，更感淒慘。

　　事實上，相近的思考也可放到句中每一個成分上，以下是詩中成分的候選用語：

「那」	「等」	「季節」	「容顏」	「蓮花」	「開落」
↓	↓	↓	↓	↓	↓
「這」	「候」	「日」	「肌膚」	「菊花」	「起伏」
「某個」	「守」	「月」	「面貌」	「桃花」	「俯仰」
「一個」	「困」	「年」	「青春」	「薔薇」	「綻放和凋謝」
	「圍」	「歲月」	「身影」	「梅花」	
		「年月」	「花容」	「竹」	
			「花蕾」	「松」	

5. 通解全句

　　最後我們嘗試通解全句。「容顏如蓮花的開落」，如何開落呢？可能是說其形狀相似，開向上，落向下，「開」等同仰首；

「低頭」代表失落、無助、失望的意思，而仰首代表冀盼。「起落」除了有心情起落和歲月催人的意思外，還包括女孩的容顏和動靜。由此可知，這個詩文本突出之處在於它能在簡單的一個句子中產生多義的內容，包括外貌、心理，以及深層意思。通解全篇時，有些形容詞如「心花怒放」、「情緒低落」能配合整首詩作理解，我們若能對語言慣性有一定認識，對詩的理解一定會加深。

　　總的來說，賞析詩文本時，我們首先要盡量串起各個句子成分，盡量理解句子每個成分的意思和它們之間的關係。一般來說，詩裏的警句都不是我們馬上能理解的，我們必須通過拆解才能走進它的深層。當我們能走進文本的深層，便更能認識詩的含義，尤其是內地八十年代的朦朧詩或台灣現代詩。當我們初看不能理解時，可嘗試慢慢拆解個別詩句的成分，作各個擊破。當成功拆解部分後，便可以此為基礎，將經驗類推至其他部分，通過這個過程我們也可以增加對詩文本的理解，漸漸便能了解整個文本。過程有點像 Master Mind 這類智力遊戲，只要我們能從小處著手，根據我們語法和語意的認識，便有能力解開詩句的謎團，為通解整個詩文本，打下堅實的基礎。

分拆詩句（鄭愁予《錯誤》首句）表解

步驟	層面	分拆細節	個別分拆情況及解說										
			那	等	在	季節	的	容顏	如	蓮花	的	開	落
	語法層面	1.1 列出原詩句子											
		1.2 按句子判斷斷句式											
		1.3 分拆句子成分	主體						喻詞	喻體			
			定語／修飾成分				結構助詞	中心語	喻詞	修飾成分		結構助詞	中心語	
		1.4 指出詞性	代詞	動詞	介詞	名詞	結構助詞	名詞	喻詞	名詞	結構助詞	動詞	動詞
	語意層面		顯示「這」所指在的「我」，與「那」的「容顏」相對	但沒有動態，接近靜止	置於「等」後，用於補充「等」的程度	顯示等候之長，與「年」、「歲月」可比較；可見選用「季節」的目的在表現「來了又去，去了復來」的變化	聯繫「在季節」和「容顏」等，顯示前者修飾後者的關係	借代「人」，可能是女性	顯示句子前後半的比喻關係	帶出「蓮花」用以修飾或限制「開落」的意義和用途，並由此引發讀者探究「蓮花」意象內涵的思考	聯繫「蓮」和「花」，「開落」顯示前者修飾後者的關係	合成名詞，完整的動作，先「開」後「落」，暗示「開」不只一次，到「落」一生一死？	速度慢，速度慢，向上展示向下低垂，表現一次數綻放，從此綻放一生一死，暗示？
	意象層面	通過多認識意象內								意象：淺粉紅色、形象			

		中心語：開落	清純、出污泥而不染，有君子之風
		中心語：容顏	容顏＝花開，頭向上；容顏傷心／失望＝花落，頭向下
結構層面：比喻原則：解釋容顏如何可能如花般「開落」	涵，了解容顏借代那容顏代（該是女性人）的內涵	以花比人，屬傳統中國文化常見現象，專指女性，如「人面桃花」「閉月羞花」等	
文化層面：進一步處理「容顏」的身份和「蓮花」帶出的特質			蓮花＝君子，與傳統女子的關係不大。這裏可能藉蓮花的清麗、淡美的特質對賦予這容顏和背後的「女子」
主題層面：詩句與主題的關係			通解全句，加入（以容顏借代，可能是女性）比擬花的開落，也就是說她開心如花開，比較她誤認花落，是因為她誤認「我」是她要等的人。從整個詩文本看，那女士因望見騎著馬的「我」而高興，容顏如花開般燦爛，可是當發現「我」不是她要等的人，因為要等的人回來。失望如花開心，頭也低垂下來。對「我」來說，給人誤會為丈夫（丈夫、愛人或親人，當然是一種錯誤。但也不失它的美麗。因此「美麗的錯誤」這句句便出現了。

3.2.　小結

1. 詩句各成分按語言法則建立起意義，拆解詩句就是循這「歷時」方向展開；

2. 利用對句式的了解，初步形成對字詞、句子成分、意象等理解；

3. 每一步驟都要借助我們對基本漢語以及知識的理解；

4. 可先按句子成分之間的關係，理解語意，這可借助已有的語文知識，以及字典、詞典等工具書；

5. 只是句子成分並不單一，也不按常理安排，如〈錯誤〉首句的本體與喻體之間距離較大，不能即時明了喻意，讀者須花心思多加推敲，這也是文學的特點所在；

6. 注意轉折語等具標誌性或功能性的虛詞，它們對語意、寓意以至主題，都有舉足輕重的作用，值得特別注意；

7. 接著可進一步了解意象的內涵，以及可能的寓意；

8. 最後，將所得放回原句，看看能否按照剛才的理解，弄通原本不可解或不甚明了的部分。

3.3.　黃國彬〈天堂〉首句
　　「天堂的街道是長期便秘的大腸」

　　初讀這詩句，相信不少讀者都會感到突兀。「天堂」與「便秘」和「大腸」可謂格格不入，甚至有「風馬牛不相及」的不良印象。只是，我們必須認清突兀和不可解的詩句，往往是全詩的關鍵句。能了解這類詩句，對掌握整個詩文本有著極為重要的啟示作

用。

1. 分析句式

我們首先分析這句的類型。它屬於比喻句，嚴格來說是暗喻句。本體是「天堂的街道」，喻體是「長期便秘的大腸」。這個看似不可解的比喻關係，還是可以找到本體中心語（街道）和喻體中心語（大腸）相似及相類的地方，那就在於一個「通」字：「大腸」將身體的廢物排洩至體外；「街道」讓汽車及行人暢順地往來。

2. 拆解句子成分

相比之下，這詩句比〈錯誤〉首句簡單得多，這句可簡化為「街道是大腸」。正如前面所說，兩者都有相近的功能和作用，只是當加進修飾成分後，兩個本來頗為相類的意象變得格格不入。先看「街道」，它是重要的交通設施，供人和車使用，其作用在聯繫不同地方的人，容許交流和接觸，感情色彩則屬中性。只是當加進「天堂」後，便賦予「街道」正面的感情色彩：「天堂」可解作美好、善或終極的地方，又或是沒有罪惡的地方，令人嚮往的地方，屬十分正面的意象；「街道」也由中性變得正面。

暗喻關係的另一方是「長期便秘的大腸」。單看「大腸」，它是中性的詞語，功能是從食物中汲取營養和水份，並將餘下的渣滓排出體外。只是加進「長期便秘」的修飾成分，整個喻體便變得負面了。「便秘」是一種身體毛病，病徵是體內糞便無法順利地排出體外，造成積壓，嚴重的甚至可以致命。這裏「大腸」的情況已很嚴重，雖然不致於罹患癌症或絕症，但「長期」「便秘」造成的遺害是可想而知的。通過聯想，讀者不難從「便秘」中想像到糞便等

髒物，並仿佛嗅得惡臭；這給中性的「大腸」加添十分負面的色彩。

　　比喻中，本體和喻體應該有相似點，但相似點不單在外形。在這句子中，本體和喻體一個正面，一個負面，形成強烈的對比，「天堂」的美好形象沾上「長期便秘」的描述，頓時變得並不美好、不再值得嚮往了。這比喻句的作用就是利用中心語的相似點，故意製造對比。正是這個對比，令本體變得負面，產生諷刺效果，隱含的批判力度極大。

3.4.　黃國彬〈天堂〉詩句：「迎面是穿得很迷你的女郎，驕傲地展覽著父母／給她們最原始的每一部分；剝落的脂粉和口紅／從她們蒼白的臉和唇／張身舞爪撲進你眼裏。」

　　先看第一句：這句的主語是「穿得很迷你的女郎」，主語中心語「女郎」，用「穿得很迷你」修飾，動詞是「展覽」，受動詞是「每一部分」，「展覽」用副詞「驕傲地」修飾，「每一部分」則用「父母給她們最原始的」修飾。通過省略法，這句的骨幹是：「女郎展覽著每一部分」，「每一部分」指身體的每一部分，「身體」二字給省略掉；「展覽」意指拿出來給人看。女郎為甚麼要「展覽」自己身體呢？可能她因自己的身體而感到自豪，所以希望展示給人看，讓人欣賞。要達致「展覽」的效果，觀眾是少不了的，沒有觀眾，便無從「展覽」。觀眾在這裏指的是街道上的行人。換言之，觀眾是街道上的行人，「女郎」是展覽品，展覽的是女郎自己的身體。

　　「很迷你」用來修飾「穿得」，「穿得很迷你」則用來修飾「女郎」，「穿得很迷你」是一個曾經十分流行的說法，「迷你」從英文 mini 轉譯過來，香港 70 年代流行穿很短的裙子，當時人稱「迷你裙」。這裏「迷你」就是指迷你裙，這句很有香港和時代特色。「驕傲地」指女郎對自己十分有自信。很多文學作品都不會直接寫出想表達的信息，而用較間接，較隱晦的詞語表達。讀者要猜測，但也不可瞎猜，當中需要有力的理由支持自己。好像這裏的「驕傲」指自信、自豪，為甚麼女郎這麼自豪？這是因為她覺得自己身體很美，要展示自己美好的一面。文本寫女郎覺得十分自豪，為的是要製造一個負面的形象。女郎有著要不得的心態：既然我的身段那麼迷人，遮蔽起來豈不浪費？因此毫無保留地甚至毫無道德地任意展露出來。女郎滿意的當然不是「她的父母」而是「父母給她最原始」的天賦身材；但是由於文本在「父母」二字與「給她們最原始的每一部分」斷開，分成兩詩行，容易給讀者一種錯覺，以為動詞「展覽」的對象是「父母」，而不是「父母給她們最原始的每一部分」。這裏文本刻意製造這種假象，讓讀者更能體會這些女郎的心態；她們不像傳統女性般以父母為榮，謹言慎行，而是利用自己誘人身段吸引路人的目光，以求滿足自己的虛榮心態。這個信息其實可用直接文字表達，但詩文本與日常語言不一樣，為了要讓讀者有更多思考空間，從中得到更多審美樂趣，因此往往喜以較複雜、曲折的方法，和較間接的文字表達。

　　「最原始的」指天賦，沒有經過任何修飾或人工處理，「天賦」的可包括樣貌、身形、皮膚等，這裏因用了「迷你裙」，按理展示的應是雙腿。由於女郎穿著「迷你裙」，美腿毫無保留地展露

於別人眼前，所以能引人注目。順著眼光向上望，引人注目的還有其他部位，但路人注意的不是女郎的衣著，因為這裏用的是「最原始」的修飾語，因此應只包括身材、纖腰、樣貌甚至胸部。

可是為甚麼文本要如此大費周章、轉彎抹角地表意呢？這當然牽涉到文學的本質問題。文學不同社評，批評社會現象可大罵一通；要看這些，還不如乾脆找份社評看個痛快豈不更好？文學即使要表達相類的題材，也不直接叫罵，而是運用藝術手段表意，讓讀者通過鑒賞掌握深意，這樣讀者得到的感受往往較深。要掌握這類深意，我們便須多加留意意象以及相關的修飾語，尤其是那些飽含感情色彩，有強烈褒貶意義的用詞上。

再看下一分句：「剝落的脂粉和口紅／從她們蒼白的臉和唇／張身舞爪撲進你眼裏」。「剝落的脂粉和口紅」中的「脂粉和口紅」是這分句的主語，「撲」是動詞，受動詞是「你眼裏」，這裏用「剝落的」修飾「脂粉和口紅」。

這分句的簡潔版本便是「脂粉和口紅撲進眼裏」，文本用「撲進眼裏」，為的似乎是營造令人嘔心的效果。這詩句其實很有電影感，畫面等同眼中所見，「脂粉」和「口紅」仿佛從女郎臉上跳出來，「撲進」你的「眼裏」，這種感覺無論如何只能是負面的了。這裏，我們發現表意的重點不在主語、動詞或受動詞上，而在那些形容和修飾的地方。要是我們不能掌握這些修飾成分的功能和作用，充分了解它們的感情色彩，要掌握詩文本的深意便有困難。

再看動詞「撲」是「用力向前衝，使全身突然伏在物體上」的意思，這是屬動物或人類的動作，也是動物覓食必要的動作，配合狀語「張牙舞爪」這種猛獸的行為。回看這詩句，「撲」這動詞的

主語並不是人，而是「脂粉和口紅」，它借代的是那些「展覽」「最原始的每一部分」的「女郎」。如果以用於野獸的動詞和狀語跟「女郎」放在一起，那就是鼓勵讀者將「女郎」聯想成「猛獸」；如果「女郎」是「猛獸」的話，她們要捕獵的獵物究竟是甚麼呢？「撲」的受動詞是「你眼裏」，那麼讀者「你」便成為這些「女郎」的獵物，當然，「女郎」並不真的「撲」向「你」，而是她們的「脂粉和口紅」「撲進」「你」的「眼裏」。按理，看東西的主動權在「你」手上，這裏反過來寫「女郎」的「脂粉和口紅」主動「撲」來，目的在突顯這些意象在視覺上的效果。這裏的表達方法在文學中並不少見，如美景「映入」眼簾，她的身影「投進」我眼內便屬這類。

　　從這裏可以看出文本為甚麼寫「剝落的脂粉和口紅／從她們蒼白臉和唇張牙舞爪撲進你眼裏」了。「臉和唇」對應著「脂粉和口紅」，十分工整。「蒼白」意即「白而略微發青」，如果「臉和唇」都是「蒼白」的，明顯表現一種不健康的狀況。一個人如果睡眠不足、生病、營養不良、疲倦或工作壓力大，便會有「蒼白」的臉和唇。女性除上述情況外，還可能因經期失血過多而出現「蒼白」的「臉和唇」。為了掩蓋「蒼白」女性傾向多塗點「脂粉和口紅」，正因為多塗了，所以便有「剝落」的情況。「蒼白」是女士的真實，而「脂粉和口紅」所呈現的紅潤則是虛假、人工的。這正好和上面的分句相襯。剛才說到女士會將她們「最原始」的身體展露於人前；這裏，她們卻不會把她們最真實的「蒼白」的「臉和唇」，以及她們的勞累展示於人，而選擇虛假的面目。正因為文本用上「張牙舞爪」和「撲」等負面色彩的用語配合這些假面目，讀

者因此不難讀出文本表達出來的負面效果。

　　接著我們嘗試從主題、文化、語意等方面重讀這詩句：女士們將假面具示人，讓人覺得極具侵略性，這侵略性是混合最原始和最不真實的部分而來的，前半個分句說的是「最原始的部分」，後半分句則寫最現代、最時尚但也最虛假的部分，即「脂粉和口紅」。這詩句給人的感覺十分矛盾：既有前半分句吸引的地方，但又被後半分句極富侵略，也極可怖的打扮抵銷掉，最後得到的是十分負面的感覺。這文本寫人們生活在香港這個被稱為「天堂」的地方，可是每人也都在被動地生活，沒有自我，好像途人被迫看女郎的身體、女郎也被迫天天化粧和打扮。這不禁讓人懷疑：「這究竟還算不算是天堂呢？」主題可謂呼之欲出。

3.5.　「鋼筋水泥是夢魘，／自灰暗的天空向下猙獰，／千萬雙盲瞳空空射滿衢陰森，／自四面八方撲下來／欲噬你吃罐頭長大的百多磅，／要逃，你會逃入不同牌子的虎群。」

　　接著，我們再拆解同一文本另一句。這詩句佔六行，共有六分句（以逗號分隔），它們的基本架構如下：頭四分句（佔五詩行）有兩個主語，第一個主語「鋼筋水泥」有一個動詞「猙獰」，「鋼筋水泥」藉隱喻「夢魘」豐富內涵，「猙獰」則由狀語「自灰暗的天空向下」修飾。第二個主語是「千萬雙盲瞳」，它的中心語是「瞳」，動詞有二，一是「射」，由「空空」和「滿衢陰森」修飾；另一個是「撲」，由「自四面八方」和「下來」修飾。以上兩個主語「鋼筋水泥」和「千萬雙盲瞳」還共同擁有一個動作，那就

是「噬」，受動賓語是「你吃罐頭長大的百多磅」，賓語中心語是
「百多磅」，由「你吃罐頭長大」修飾。

　　整理完這詩句的基本成分後，便可進一步拆解這些成分的含義
和關係了：「鋼筋水泥」借代「高樓大廈」或任何由這種物料築成
的建築物。由於它有「自……天空向下」的高度特點，相信將它解
作「高樓大廈」應該沒有問題。可是為甚麼要以「鋼筋水泥」借代
「高樓大廈」呢？既然文本強調「鋼筋水泥」，認為它能代表「高
樓大廈」，那麼「鋼筋水泥」究竟有甚麼特點？「鋼筋水泥」分別
由「鋼筋」和「水泥」組成，「鋼筋」是長條鋼材，以此編成骨
架；配合「水泥」，增加建築物的拉力和強度。「水泥」即「混凝
土」，是一種重要的建築材料，它與小石混合成糊狀，晾乾後膠結
在一起，非常堅硬；加上鋼筋組成骨架的支撐，成為現代建築，尤
其是大型建築，包括高樓大廈的基本材料。由於這種物料色澤灰
綠，觸體冰涼，加上高樓大廈的高度，往往給人冷酷、沒有人性、
充滿壓迫的感覺。再加上這詩句以「夢魘」等同「鋼筋水泥」，強
化了「鋼筋水泥」給人壓迫、讓人心緒不寧的感覺。「夢魘」指睡
眠中一種感到壓抑而呼吸困難的夢。有著這樣的主語，它的動詞
「猙獰」也配合讀者這方面的感覺，因為「猙獰」解作「面目兇
惡」的意思，「猙」更是傳說中怪獸的名稱。這兩詩句明顯給人非
人性、富攻擊性的感覺。

　　下一個主語「千萬雙盲瞳」的中心語「瞳」指「瞳孔」，即眼
睛內「虹膜中心的圈孔」，光線通過瞳孔進入眼內，瞳孔可隨著光
線的強弱而擴大或縮小。「盲」就是看不見東西的意思，「盲瞳」
指光有瞳孔卻沒有眼珠。「千萬雙」當然是數目甚多的形容。這些

「盲瞳」也借代「高樓大廈」，以「高樓大廈」外貌最容易為人注意的窗戶作為代表也十分自然。在鋼筋水泥築成的高樓大廈，能夠反光，折射天空光線的便只有窗戶的玻璃了。「盲瞳」跟「窗戶」在外形上有點相似：都是圓形（當然也有方型窗），都沒有「眼珠」。沒有眼珠的瞳孔當然只能「空空射」，不能如正常眼睛那種「目光如電」的看東西。全靠玻璃有著反光能力，高樓大廈窗戶所以能「射」。由於文本以眼睛來比擬窗戶，「空空射」不僅做到所謂「如實」寫景的目的，還能藉著沒有眼珠的瞳孔的那種不安、不寒而慄、恐怖、神秘的負面感覺帶到讀者中去，再加上「盲瞳」數量成千上萬，恐怖感得以倍數提升。

按理「滿衢陰森」是用來修飾「射」，既然陽光或天空的光線藉高樓大廈窗戶的玻璃得以折射到街道上，理應有「光明」的感覺，這裏為何用上「陰森」這詞呢？

「陰森」指地方、氣氛等陰沉和可怕，「衢」字是大路的意思，更進一步加劇這種懷疑。按理，小街窄巷因光線進不來而出現陰沉還可以理解；路面寬闊的大路，並不容易使它陰沉才對。這裏寫「滿衢陰森」似乎一來強調高樓大廈確實很高，即使路面如何寬闊，由於樓宇極高和密集（這從「千萬雙」這數量可以估計得到），光線仍不容易滲透進去。另一方面，還強調以至加深了那給千萬雙盲瞳虎視眈眈的可怖感。「撲」的動作正好配合和加強可怖的感覺。這「撲」不是單一的，而是「自四面八方」而來的，結合以上的四個詩行，這些如怪獸的「高樓大廈」（一雙盲瞳還可稱為「猛獸」，有著千萬雙盲瞳的就是名副其實的「怪獸」了）集結在城市街道兩旁，張牙舞爪，向下展示它們「猙獰」的面目，眼看就要撲下來。它們意欲何

為？那就是「噬你吃罐頭長大的百多磅」；「噬」是「咬」的意思，對象是「百多磅」，這當然又是另一個借代了。「百多磅」借代「肉」，而這「肉」也借代「你」；這裏選用借代方法表達，為的還是不讓信息來得太直接、太暴露。此外，如直接寫「欲噬你的肉」或乾脆寫「欲噬你」，便無法突顯文本視「你」為一塊肉而已的用心，當「你」只算是一塊肉，一個軀體的時候，便有強調「你」沒有靈魂，甚至不配為人的含義了。文本中「吃罐頭長大」這個修飾語進一步強化了這種信息：「罐頭」是加工後的食物，是人工化的，不是天然的，這與文本前面講述穿迷你裙女郎的「脂粉和口紅」等人工的意象遙相呼應。

　　面對「高樓大廈」如斯密集如斯全面的攻擊，「你」只有逃避，可是這詩句的最後一行所表達的是另一種悲哀，因為「你」為著逃避，結果只是逃到另一個野獸的口裏——「你會逃入不同牌子的虎群」。從怪獸手裏逃到老虎堆中，還是死路一條。前面的怪獸是高樓大廈，這裏的「虎群」就是店鋪了，從環境看，這樣解說是合理的：在高樓大廈聳立的大街上，面對陰森的環境，強大的壓力，「你」便走進店鋪中去，這個「走進」的動作確乎跟「逃入」相似，只是這「虎群」以「不同牌子」來修飾，那便暗示了這些老虎吃的是「你」的金錢，這些「虎群」以各樣美不勝收的商品吸引「你」，當「你」離開這些「虎穴」時，「你」給吃掉的便是「你」的金錢了。如從更深層次的角度解說這詩句，「鋼筋水泥」做的「高樓大廈」只有在高度文明的社會才能找到，它不斷影響「人」（以「你」也即讀者為代表）的思想和行為，吃的是罐頭，穿的是迷你裙，塗的是脂粉和口紅，但這種文明生活沒有內涵，在不斷

「吞噬」人的心靈，讓人感到空虛和寂寞、迷失自我。在這樣的壓力下，人感到苦悶無助，惟有從消費過程中嘗試找回自信、自我和滿足感，但卻只是無可避免地又掉進另一不能自拔的「虎口」而已。

4. 結語：拆解詩句步驟

分拆詩句是賞析現代詩最根本的「能力點」，因此這裏不厭其煩地列出箇中步驟，作為結語。另以拆解鄭愁予〈錯誤〉首句為例，製成表解，讓大家好好參考：

我們先從語法角度入手，從各句子成分的關係拆解詩句；再從語意層看，即從意思方向思考；再來是從意象方面，意象是從文字過渡至文學、文化的橋樑，所以是關鍵及需要多加注意的地方。最後則處理結構／文化和主題等課題。要拆解和理解現代詩，我們便要不斷重複以上步驟。

具體步驟：

1. 首先我們需要判別詩句的性質，它是陳述句，還是疑問句、反問句等？如〈錯誤〉首句便是比喻句；

2. 如果一開始判斷句式是比喻句，我們便進入第二步驟，按句式將詩句分成若干部分，如本體、喻體、比喻詞，然後進行分拆；

3. 按此句的語法環境，整理句子成分的詞性。最關鍵的地方是找出句子的中心語；

4. 整理句子成分的作用和功能。中心語是所有修辭成分的對象，

嘗試比較仔細針對某一成分的修辭對象是甚麼，具體意義又在哪裏；

5. 整理句子成分之間的語法關係；

6. 整理句子成分的本義、衍生義、比喻義等。我們可從字典找出字詞的意思及含義，我們有時需要回顧作者寫作年代的行文、用詞等特點，尤其是年代久遠的文本，以便能夠準確理解字詞的真正意義；

7. 整理句子成分的適用範圍和對象。尤其要注意近義詞，為甚麼文本選用這個詞語而不用另一個呢？是不是想加強語氣，還是故意錯用，以產生對比或諷刺效果，抑或還有更深一層的意思？

8. 按此句的語意環境，判定句子成分的意義所在。在特定的語意環境內，原本的詞性可能是形容詞，但在文本內卻作動詞用，會不會另有深意？是不是故意製造音節的效果？

9. 整理意象的特點、作用、功能和文化意義。在某一特定的詩句和篇章裏，意象的運用是有限的，一個文本不可能全使用意象的所有特點，我們需要探究的就是文本為甚麼只側重意象的某些特點？會不會這種偏重就是文本深層意義以至主題所在呢？

10. 在此句的語意環境中，分析意象之間相關的特點。我們越認識句中意象，便能越清楚文本選用此意象的用意；

11. 當我們弄清楚句子成分的意思及相關意象後，便要分析句子主要結構之間的關係，如本體和喻體的相似點；

12. 這種關係如何可能，需要怎麼樣的條件，嘗試解釋本體和喻體相似的原因；

13. 最後也是最重要的一點，就是藉對此詩句的認識，嘗試了解全
    詩的主題。這句可能是全詩的主題句，它在呈現主題起著甚麼
    的作用呢？又或者這句有沒有點題的作用呢？

第三章　意象整理

1. 前言：甚麼是意象？

　　意象即 image，「象」解作符號，是「意」的載體；「意」是這「象」所承載的「意義」。所有東西都可視為意象，任何語言、字詞都如是；意象可說無處不是，詩歌、散文、小說文本一般都有意象，相對來說，現代詩文本有更多的意象。外國人看漢字，他們根本不會明白箇中意思，對於不懂漢語的他們來說，漢字只是「象」，當中沒有「意」。但如換上我們，由於經過語言訓練，我們既可看到「象」，也懂「意」。文學是常常依靠「意象」增加它的藝術效果。說得極端一點，文學是不能沒有「意象」的，事實上，我們日常使用的語言裏也用上很多「意象」。正因為「文學語言」和「日常語言」都有「意象」，意象是穿梭於日常語言和文學語言之間的最佳媒介，所以我們通過認識意象，可以較易開展從日常語言到文學語言的文學教學。❶

　　意象可有不同的類型，例如自然意象、時間意象、季節意象、社會意象等。就是在日常語言裏，我們也常用「意象」表意，譬如

---

❶　關於「日常語言」和「文學語言」的分別，可參「導言」一章。

談到瀕死的老人，我們會說「他已走到人生的盡頭」。甚麼是「盡頭」？「盡頭」就是以「路」意象的某個方面，表現人生階段最後的日子。

　　從文學賞析角度看意象，可以有兩個方向：一是針對意象在某個文學文本中呈現的情況進行分析，這是在處理意象如何在個別文本表意的問題；另一是針對意象本身的特點進行分析，這是站在意象本身開展的討論。

　　第一個方向就像在「意象選用」一章我們分析「蓮花」的情況一樣。由於有關的討論針對意象在文本實際的使用情況，分析可直接用在了解文學文本的意義上，明顯有十分實際的效果；加上分析圍繞文本進行，所有論證按理都可在文本中找來具體論據支持，分析容易使人相信。

　　另一個方向是純就意象本身特點進行分析，由於個別文本只能呈現意象某些方面，不可能全面展現意象的內涵。因此，如果我們希望多了解某意象的意涵，我們便應擺脫個別文本的羈絆，從文化層面盡量全面而深入地挖掘意象的內涵。我們可從日常語言、「類文學」❷，以及文學各類文本找尋該意象各個方面，當中包括：種類，成分和屬性、特點、作用和功能，以及各種感覺、與人事的關係和感受。這樣，我們對該意象的認識該能達到更深入的程度。

　　以下為意象的整理表，我們可視之為一清單（checklist）。當遇上任何意象時，我們都可嘗試為這意象填上以下每一項目，如此，

---

❷　這是筆者的自造詞，指有明顯文學特點但有鮮明功利目的的文本，如廣告稿、商業歌詞等。

我們對這個意象便能有較系統和完整的了解了。筆者以下示範整理「樹」意象，並趁機向大家交代表內每個項目的含意和用途。

意象總表（感官感覺）樣本

感官感覺	包括正負形象或褒貶中性的感情色彩
視覺	色彩：類型，濃淡(程度)，直接(紅)間接(爆竹) 光度：強弱(程度)、明暗、閃爍不定、忽明忽暗 形狀：圓橢圓半圓扁正方長方菱梯塔管不規則不平、長短、高矮／高低、卷曲串蛇狀 方向位置：東南西北、遠近、前後、左右、內外 體積：大小 線條：直、橫、彎、折 動覺：動靜(程度) 數量：多少，具體數目
聽覺	音量：無聲，強弱(程度)，雄壯柔和 音域：寬窄 音調：高低轉平 音速：快慢停
觸覺	重量感：輕重、飄沉 厚薄感：厚薄 乾濕感：乾濕 軟硬感：柔軟、堅硬、脆爽、滑溜 冷熱感：冷凍涼暖熱滾 粗糙感：粗糙、光滑、癢痛、凹凸不平
嗅覺	香臭：濃淡(程度)
味覺	甜酸苦辣

2. 意象整理：樹

正如上述，以下有關「樹」意象的示範，不可能窮盡這一意象的所有內涵，只是想向大家展示整理意象的方法，以便各位能有所

依循，或按自己情況，豐富該表，使之成為您自己賞析文學的工具，藉此加深對文學文本的認識。

要整理意象，我們應充分利用坊間出版的工具書。由於意象離不開語言，同樣道理，文化和文學這兩個與意象關係極為密切的範疇都依靠語言建立起來，因此我們大可從語言工具書入手，整理出意象的各個方面。這些工具書包括：一般的字典、詞典，還有不同排列詞語次序的詞典如倒序、逆序詞典，以及專用語言工具書，如關於同義詞、近義詞、諺語、熟語、歇後語等方面的工具書。

意象用甚麼方法呈現出來呢？簡單來說，主要靠「形容詞＋名詞」這種再普通不過的形式，例如「長長的窄巷」、「羊腸小徑」中的「長長的」、「窄」、「羊腸」、「小」等修飾成分便分別突顯「巷」和「徑」這兩個意象的某些特點。

2.1. 成分

首先我們嘗試列出「樹」意象的各種名稱，它的成分等。這裏指和「樹」有關的，或屬樹一部分的東西，包括葉、幹、枝、椏、條、根、皮、花、果、苗、影，還有樹冠、樹蔭等。這些當可從詞典（包括順序和逆序詞典）中找到不少。這是站在語言角度入手的現象，除了能提昇學生的文學能力，更可以提昇他們的語言能力。

2.2. 屬性／作用／功能

接著再處理「樹」的屬性、作用和功能。樹的用途很廣，古代中國沒有金屬，多以樹作主要建築材料，又可作棟樑。由於樹對人的貢獻很大，因此「樹」整體形象是正面的。有了這樣對意象基本

形象（正面或負面）的認識，對我們賞析文學文本極有幫助。因為當我們閱讀文本時，讀到某個意象時，便可因著這種認識，知道文本的傾向，從而加快我們了解文本的速度。

　　意象所以能有如斯魅力，主要在於這些事物與人的關係，如我們從意象與人事方面多加思考，自能增加對意象的了解，也能培養探究意象內涵的途徑。

　　從文化層面來說，我們怎樣看「樹」呢？樹一般給人穩重的感覺、堅強不屈、不懼風雨，這往往是文學文本入手的位置：借形象表達某些事物，這些既屬於語言、文學，更屬於文化的問題。

　　樹也經常等同人生，例如「十年樹木，百年樹人」；我們也常用「樹」意象來形容人生，如「樹立榜樣」，「建樹」等。此外，樹的「年輪」跟人的「縐紋」有相似處，而且都能顯示樹及人的年齡。如樹等同人，那麼樹枝便等同人的手臂，枝條等於手指，樹幹等於身體，樹根等於人的雙腳。由於樹根穩穩地札根地上，所以能穩住樹身，保證樹木得以生長。放到人事上，能札實穩健地立足地上，腳踏實地站穩，再謀發展。這種做事態度是人們所讚賞的，給予人穩重的感覺。

　　按相同的邏輯推演，如樹根不穩，或天災人禍，以致樹根腐爛或橫遭拔起，樹木給毀諸一旦。同樣，人如果不踏實，企圖一步登天，結果也可能因此毀去一生，誤入歧途；引伸到公司企業，或國家民族上，不忠於事業，不按部就班，而妄求高速發展、走捷徑，便可能出現「揠苗助長」的惡果了。

　　婆娑樹影給人遮蔭，可以引伸出成人保護小孩的感覺。樹下也可作為人們歇息小休的地方，也能用來暫避風雨和日曬，同時也是

在人生路途稍事休息的避難所的意象。由於這種保護庇蔭的特點，與諸如保險或基金於人的保障作用相似，因此不少與保險和基金有關的宣傳用語或標誌也有用上「樹」意象的地方。

2.3.　種類

再看「種類」。有關「樹」的種類當然多不勝數，我們可以參考專業的植物學書籍，羅列所有樹木種類。只是由於「意象」屬於一般人，又或屬於民族或文化的，因此我們從一般語言中找尋更能體現「樹」作為意象的特點。我們可以「木」部首有關的字為目標，能找到很多遠較專科名稱為人所了解和認識的常見名稱。例如：楊、柳、木棉、松、柏、樟、桃、梅、楠、梓、桐、樺、楓等。

「楊柳」由於柳枝輕軟，隨風搖擺。自古以來，很多文學作品都有以柳枝形容女性的傳統，特別是女子嫵媚的細腰，稱之為「柳腰」。亦有以柳葉形容女子細長秀美的眉毛，稱為「柳眉」。

「木棉」因它的枝條分明，沒有多餘枝葉，樹幹挺直，因此給賦予人的性質，成為「英雄樹」。木棉花碩大豔紅，仿佛英雄建立的豐功偉績。「松柏」壽命長，形態像老人，因此總有「老如松柏」的形容。「楠」、「梓」屬優質木材，堅實不怕蟲蛀，古時多用作建築，作為建築物的主要支柱；因此引伸人事，用來形容貢獻很大的人為「棟樑之才」。「楠」、「梓」等也有著形容人可堪大用的意思。

「梅」耐寒，能抵禦刺骨寒冷，並於嚴冬中綻放出幽香的梅花來；由於這些特質，中國人十分鍾愛梅花，甚至將梅花與中華民族

等同起來：堅毅不屈就是中華民族的特質。

　　「桃樹」聽說可以治邪，以桃木造的劍為道士治鬼的法寶。另一方面，「桃花」色粉紅，開得燦爛，常用作比喻人的感情遭遇，也用於命理術數之中。「桃花運」指男女感情的過程、「桃花劫」就是與男女感情瓜葛有關的劫數，甚至將那些常有感情煩惱，常周旋於不同異性的人的命運，稱為「桃花命」。

　　「梧桐」與人事本沒有多大的關係，但因〈梧桐雨〉這類文學文本，使「梧桐」跟「雨」跟「思念」等情緒攪在一起，因此「梧桐」便有引起聯想，惹來「思念」、「牽掛」等。「樟」樹有樹香，能驅蟲，因此一直以來都有用作保存物品及除蟲的功能。此外，因粵劇《帝女花》等以「含樟樹」為見證忠貞愛情的意象，因此「樟」也有愛情信物的含義。「楓」樹的特點在於它的樹葉。秋涼季節，楓葉顏色由綠變紅，滿山紅葉的景象常為文人所描述，如「楓葉紅於二月花」；因為紅楓葉出現於秋季，因此楓葉也有著秋季那份肅殺的氣氛。

2.4.　感覺

　　接著再看感覺，這裏指意象能給人哪些感官感覺，主要包括視、聽、觸、味和嗅五種。

2.4.1.　視覺

　　首先是視覺。視覺是最重要的官能感覺，文學文本需要讀者用眼閱讀，意象也多傾向以視覺呈現它的特點，因此意象沒有視覺方面特點是很難想像的事。視覺同時也是最豐富的一種感官感覺，我

們可進一步將它仔細劃分為：色彩、光度、形狀、方向位置、體積、線條和動覺幾類。

色彩：

　　色彩方面，可分為類型（冷暖）、程度（濃淡）兩方面。

　　類型方面，樹一般為棕色、屬暖色，樹葉為綠色、屬冷色。楓葉是紅色的，則屬於暖色。木棉花也是紅色；桃花和梅花都是粉紅色，都屬暖色。

　　程度方面，鮮嫩的樹葉是淺綠色；一般樹葉則是深綠色，楓葉和木棉花都屬較濃豔的紅色，桃花和梅花的粉紅色彩便顯得較淡。嫩葉呈淺綠色，老葉呈深綠色。因此也可用來比擬人，年青人就是淺綠色的嫩葉，富青春氣息；長者就是深綠色的樹葉。

光度：

　　光度是視覺中十分重要的元素，很多時候文學文本加進光度，好增加氣氛，加強效果。嫩的綠葉光度較強，紅楓葉、木棉花、桃花和梅花光度也都較強。有時因為強光如太陽直照的關係，「樹」變成一片光白，給人似幻似真的感覺。

形狀：

　　樹的形狀可謂百態千姿。這裏舉一些較特別的例子。如樟和楠等樹，它們的樹形較粗壯，也較高大；楊柳、梅等則較幼小，也較矮小。枯樹的樹枝形狀便如手指。枝條像手指和手臂，如各種手部動作般代表不同含義。樹枝伸向天的形態仿佛在支撐著整個天空，也有向天伸手求援的意味，因此枯枝便有向天呼喊或表現絕望心情的衍生意義了。這是樹枝形象給人的聯想，也是意象「人事化」的結果。樹幹既然等同身體，那麼樹幹的直、彎、扭曲等形態，便可

表示人體的不同狀況。挺直的身軀給人正直、正義的感覺。彎曲的身體可能受外力影響，也可能因年紀長大而變曲，更可能是因痛苦或傷心引致。顧城〈結束〉「被痛苦扭彎了身軀，在把勇士哭撫」一句就是運用樹幹扭曲的形態，表達因痛苦以致扭曲的身體情況，並表現仿佛在撫慰「勇士」的動作。不同形狀的樹也可比擬不同的人，如高大的樟、楠等就是高大強壯的漢子，梅、桃、楊、柳等則矮小而姿態萬千，恍如千嬌百媚的女子。

體積：

　　樹的「體積」也跟樹形有關，一般樹形較大較高的，體積也較大。「樹」體積的大小也可應用到人事上。成語有「樹大招風」，就是以「樹」與「風」的關係表現人的成就過大，地位過高，威望過隆，都容易招致別人的議論、批評甚至中傷。樹的體積大小也用以比擬家族，「樹大」代表大家族，因此有「樹大好遮蔭」的說法，因為樹體積大，樹蔭和它的保護力以及範圍也大，所以用來比喻家族、公司甚至大人物的保護力量或保障範圍大，能得到它／他的保護或保障感到十分安全，暗示不願離開，不願失去這些保障和保護。至於「樹大有枯枝，族大有乞兒」就是藉樹的體積比擬家族的規模，從而帶出家族越大，問題也越多的信息。

方向位置：

　　不斷向上生長是樹的基本方向，放到人事上，可比擬公司規模不斷壯大，或國力不斷增強的情況。當然，如枝幹指向前方，或「迎向東方」之類，容易使人感到朝氣蓬勃，積極進取。同樣道理，如「樹」處於中央位置，會給人值得重視，值得尊敬的印象。

線條：

　　線條方面，文學文本是很少抽象地寫「線條」的，但利用物體本身的形態或移動的軌跡，製造線條傳遞信息的文本，卻常有所見。一些難明的現代詩文本，其實是為了在讀者眼前製造線條，如讀者沒有從這方面探究該文本的特點，便只覺該文本不知所云，而無法欣賞文本意象安排的巧妙，顧城的〈弧線〉一詩便是這樣的例子。這詩就是以弧形線條將四個不同性質的意象──鳥兒、少年、葡萄藤和海浪聯在一起。至於「樹」的線條，「木棉」是分明的，直是幹，橫是枝；「柳樹」是彎曲的，「桃樹」的線條是輻射四散的。

動覺：

　　動覺❸方面，指的是意象動靜方面的情況。樹一般是靜止的，但當風起，或刮大風時，樹葉動，有時樹枝也動，樹幹也搖晃不定。引伸到人的姿態，有說「樹搖葉落，人搖福薄」，一般來說，樹搖即代表根基不穩，根基不穩便會影響枝條，導致落葉，甚至死亡；事實上，擁有穩固根基的樹木壽命也長。將樹搖與葉落的情況比擬人的日常言行，以告誡舉止不輕言搖擺，否則福便無法「厚」，只能「薄」。樹的動與靜，甚至能表現親恩應早報的看法，「樹欲靜而風不息，子欲養而親不在」。樹意象可廣泛類比人

---

❸　坊間不少書本包括教科書，常把「動覺」放到「動態描寫」和「靜態描寫」中交代。其實，這種做法並不精細，這樣的分類能幫助我們分析嗎？動和靜也應分為被動、主動、還是自動的，動還要分慢和快，凡形容物體的動就是「動態描寫」，靜的就是「靜態描寫」，那麼這樣的分類有甚用途？能助我們分析嗎？月兒在天上也隨時間而「動」，那是被動的動，是很緩慢的。旗幟的動是風在動，也是被動的，但可因疾風而獵獵作響。

事，如「樹倒猢猻散」將人情的冷暖表露無遺，只要家庭、公司或社會的重要支柱一旦失去地位或死去，賴以生存或依附於他的親人、朋友等便一哄而散、不顧而去。「將軍一去，大樹飄零」❹的感嘆也為樹意象加進人事的色彩。

2.4.2. 聽覺

大體來說樹是靜態的，不會發出聲響；但當大風吹時，樹葉的聲音沙沙，樹倒時會發出「轟隆」巨響。前者音量極小，後者則極大。

2.4.3. 觸覺

樹幹是硬的，用作建築材料如楠、梓、檜等更堅硬如鐵。此外，一般樹幹都比較粗糙，個別果樹的樹幹更給人刺痛的感覺；「樺樹」幹則是滑的，「楊柳」則整體來說都是柔軟的。樹葉一般都是柔軟的。至於果實方面，「栗子」、「荔枝」、「榴槤」能扎人；「龍眼」平滑、「棉花」柔軟、「蒲公英」則輕且軟。

2.4.4. 嗅覺

「樟木」、「松木」是有香味的，能驅蟲蟻。「桂花」則有甜香味。

2.4.5. 味覺

除了剛才提及的桂花味有甜香外，樹較少有這方面的感覺。

---

❹ 見庾信（213-281）〈哀江南賦序〉。

2.5.　小結

　　以上關於意象的討論和整理，大部分都屬日常語言範圍，可見意象並不一定要在文學文本中找尋，我們也可從日常語言中多了解意象。人們常說文學太難太深奧，不是一般學生所能掌握。學生也因文學偏向交代文學歷史，以致興味索然。事實上，了解文學甚至掌握賞析文學的方法並不是那麼遙不可及、那麼深奧難懂的，文學元素也不是只在文學課本中才能找到。其實，文學元素遍佈於我們日常用語中，甚至我們可從廣告用語和口號中找來與這「樹」意象有關的例子來，文學元素其實就在身邊，只是我們不察覺而已。章末附有「樹意象總表」，供參考。

3. 整理文學文本中意象的步驟

　　我們需要強調意象在文學文本中怎樣呈現，並以此對照該意象的自身形象，藉此找出它在文本中的作用和價值。我們要突顯文本中的意象與意象本身的分別，心中對某意象有一定的認識，便可很快勾勒出它在文本的特點。

1.　首先，我們先從整體出發，檢視一下我們對該意象的整體形象和它的感情色彩的認識。例如「樹」的形象是正面的，色彩是「中性」，也有偏向「褒義」的。相反，「鬼」的形象多為負面，色彩也是「貶義」的。

2.　接著，對照一下該意象在文學文本中的情況，看看步驟 1 的所得是否適用於這一特定文本之中。一般來說，意象在文本的形

象和色彩是統一的，從文本的開始到結束維持同一形象。有的時候，我們會發現文本中意象的形象和色彩與一般所見不同。要是這樣，我們便應份外留神，因為這意象可能在文本中起著舉足輕重的作用，或與文本主題有關，或在起諸如諷刺、警誡的作用。

3. 然後我們再看文本如何修飾該意象，這樣可以幫助我們了解文本在強調該意象的哪個或哪些方面，看看它配甚麼詞，主要是形容詞。按理，意象和修飾成分一般都屬同一方面，該意象的形象正面，它的修飾成分也應同屬褒義。

4. 接著分析該意象與其他成分的關係，包括與其他意象的關係。如果我們發現這個意象在文本其他位置重複出現，或只作很少改變便再次出現的話，那麼我們可按「重複原則」的路子作進一步的分析。（「重複原則」可參考相關章節）如發現其他意象與這個意象在某方面或多方面有相同或相似的地方，那麼，它們可能屬同一意象群的意象，那麼我們可以運用「意象群」的方法處理。（可參「意象群」一章）又或它們之間有著比喻關係，那便用「比喻原則」再作處理。（請參「比喻原則」一章）如我們發現該意象與其他意象分別很大，甚至互相矛盾，那麼我們可用「對比原則」進行分析。（請參「對比原則」一章）

5. 最後找尋意象跟文本主題的關係。

6. 我們不能因為看到諸如「香草美人」之類的意象，便想當然地認為文本是寫君臣之間的關係，描寫忠君愛國的情感。筆者並不反對任何推論，只是推論必須要有根據。有理有據的，更稀奇古怪的想法都可接受；沒有理據的，就是作者現身說法，筆

者還認為說服力不足。我們需要在文本中，也就是語言符號中找證據，我們首先要清楚交代意象與主題的關係。

我們讀現代詩時，應該嘗試掌握文本主題和意象之間的關係，看看文本怎樣透過意象建立主題，理清其中關係。意象一般都和主題有關，尤其是篇幅短小的詩歌，相對散文和小說來說，現代詩更能將意象和主題的關係連繫在一起。

4. 意象整理：星

我們再整理另一常見意象「星」的內涵❺：

4.1. 成分／屬性／作用／功能

由於星遠在天上，體積又那麼細小，因此有關它的成分和屬性不多，只有如星光（星輝）、星暈、星痕（流星劃過的軌跡）等等。大體來說，「星」是一正面意象，因為它點綴夜空，美麗而璀璨❻。此外，由於星星每晚都掛在天空，仿佛永存天際，因此也給人永恆

---

❺ 見白雲開：〈流行歌詞的文學元素：「星」意象的經營〉，《作家》月刊（香港），總 35 期，2005 年 5 月，頁 52-59。

❻ 世界各種文明都有強調「星」神聖象徵意義的傾向，見謝瓦利埃等(Chevalier, Jean et al.) John Buchanan-Brown trans. *A Dictionary of Symbols.* London: Penguin Books, 1996, pp.924-930.
特里錫德更指出「星」具有指導作用的象徵意義，尤其是北極星它那導航指引的象徵意味更加明顯；此外，「星」也代表聖靈的眼睛，象徵光明的。以上這些當然也涉及十分濃重的宗教及神秘色彩。見 Jack Tresidder. *Symbols and Their Meanings.* New York : Distributed by Sterling Pub. Co., 2000, p.98.

的印象。也因為它常在天上，對於孤獨地仰望星空的人來說，星仿佛就如朋友般伴隨左右，成為孤獨寂寞的人說話或傾訴的對象，因此與星作伴成為「星」這意象一個重要的作用。

4.2. 　種類

如從「星」的種類看，可將之分成「流星」、「彗星」、「星座」、「星象」、「星河」、「星宿」等具體意象，以及一些個別意象，如：「北斗」、「北極星」、「牛郎織女」和「參商」等。

「流星」或「流星雨」的特點在於來也快，去也快，「流星」過處明亮過人，光痕也明顯，但瞬間即逝，在閃亮的璀璨後便消失殆盡，無法追回，天空又回復黑暗。「流星」光耀照人讓人眼前一亮，但不能持久，因此「流星」多用於比喻人事，包括愛情、人生際遇，也包括感情關係或事業的浮沉；表現無奈、可惜、可悲的感受，也可理解成應珍惜眼前，或視消逝的過去為美麗的回憶，或以此體會宿命的威力。此外，據說人如能於「流星」消失前許願，願望便能成真，因此「流星」又有了希望所在和夢想成真的性質，增加了「星」這個意象的文化內涵和意蘊。

「彗星」在中國傳統上被稱為「災星」或「掃帚星」，相傳會為人帶來災難，因此常用到人事上，那些帶給人惡運的往往被罵為「掃帚星」。

由於人按出生日月分配 12 個不同「星座」的命運和性格，因此「星座」可喻不同的人，顯示人不同的性格特點。「星座」也有預測未來運程的功能，因此可喻人未來的遭遇，表現人希望掌握未

知事物的願望。

　　「星象」就是據星體明暗薄蝕等現象，占驗人事的吉凶，多用來比喻人或事的命運，也可表現人希望掌握未知事物的願望。星有著代表重要人物的傳統，如《水滸傳》的一百零八位好漢便是天上星宿的化身，同樣道理，中國的占卜傳統裏，每位重要人物都有代表他的星，人的遭遇和命運以至身體狀況都可透過觀星而得到可靠信息，以致有說星的明暗可反映人身體狀態，以至運氣盛衰，所以有所謂「將星將墮」顯示將有性命之虞的說法，這在《三國演義》等文學文本有連篇敘述，也賦予星秘密深邃的意蘊。

　　由無數星星匯聚成的「星河」，又稱「銀河」也是十分常見的文學意象。由於「星河」有河流的性質，加上閃亮瑩白的特點，給人燦爛宏大的感覺。反過來看，人在寂靜無人的夜裏，面對這一偉大天象，不難產生渺小以至人生如塵的感歎。

　　除了「星河」外，也有以「星海」形容整個天空滿佈星星的景像。跟「星河」相近，面對無垠「星海」，人也有孑然而渺小的感歎。此外，形容繁星滿佈星空的「星羅棋佈」，也用來比喻物件眾多和分佈極廣的情況。

　　「星宿」為中國傳統天文概念，將全天星星連成 28 組，名為「二十八宿」。因與中國象形文字形體上有相似之處，因此有將之比喻成中國文字，代表著中國文化，給人源遠流長，歷久不衰、具永恆價值的感覺。

　　「北斗」和「北極星」的意義很接近，因同樣位於北方，為天上十分顯眼的星宿，因此有著指南的作用，用以辨別方向，指引前路，引申出導人向善等含義。因此，我們多稱社會工作者為「北斗

星」，就是突出他們導人趨善避惡。

「牛郎織女」屬神話傳說故事，「牛郎」指「牽牛星」，「織女」指「織女星」，相傳織女為天帝孫女，為天帝織造雲錦，天帝憐憫她孑然一身，准許她嫁與河西（星河西岸）牽牛郎。可是織女嫁後疏於職務，天帝大怒，便令牛郎回河西，牛郎織女二人從此分隔天河兩岸，一年只能於農曆七月初七鵲橋上相會一次❼。「牛郎織女」的故事在中國文化佔有重要地位，屬於表現愛情主題一個相當常見的典故，多比喻情人相愛但相隔兩地，相見甚難的苦況。

「參商」即「參」和「商」兩個星宿。由於兩者處於天空兩個截然不同的方向，有著彼此不能相見的特性，因此往往用於比喻人事，表現命定不能相見、性格相左、人生觀不同或關係不好的情況。

4.3.　視覺

「星」主要予人視聽的感覺。在視覺範圍內，我們還可細分為色彩、光度、體積、形態、動覺和遠近幾個方面。「星」的色彩主要為銀白色，多用於比喻人的心靈或眼睛，給人純潔的感覺。「星」有時有著「淡淡」的色彩，因「星」的體積細小，色彩並不顯眼，可比喻人的眼睛，有著讓人心境平和寧靜的效果。

至於「星」的光度，常見的例子有「明亮」、「柔和」、「淡淡」和「閃爍」等。「明亮的星星」多以「明燈」比擬，指它能照

---

❼　見袁珂編著：《中國神話傳說詞典》，上海：上海辭書出版社，1985 年 6月，頁 82-83。

亮人的心靈，讓人了解自己；也可照亮前路，讓人了解不可知的未來，引領人走出困境；還可讓人辨清自己的立場和位置，從而認清人生的方向。「明星」也可用來比喻人的眼睛，且多指愛人、親人或朋友的眼睛，表現與自己同在，陪伴在自己身邊，或與自己結伴同行的溫暖感覺。「柔和的星光」多用來比喻人的眼睛或眼光，表現他（愛人、親人或朋友）溫柔和溫暖的一面，以及關懷和慰藉自己的作用。「淡淡的星光」也用來比喻人的眼睛或眼光，可表現平和寧靜的心境，也可表現哀愁的感覺。「星光閃爍」則多用以比喻人眨眼的動作，表現人與人的溝通、交流和傳情的情景。

「星」的體積一般都十分細小，因此多以「星塵」或「星屑」等微小物事形容，用來表現渺小、不重要的人事。雖然閃閃星光十分燦爛可愛，但星細如塵土，微小不足道，往往給人渺小及容易消失的感覺。既然繁星也如塵土，那麼人生於世不也是既渺小又易消逝嗎？「點點星光」也只足以點綴天空，因此給人只能作點綴品而已的感覺。這種聯想和感歎往往成為文學文本中「星」意象所要負載的意義之一。

「星」還有「輕飄」的形態，它浮在空中，給人沒有方向、沒有歸宿的感歎。「星」既有動亦有靜的一面。星本是靜靜地掛在天空上，可用於比喻人的眼睛，表現人心境的平和和寧靜。「星」也隨時間而移動或轉動，因此可表現時間的消逝或季節的變化，以此比喻歲月的無情。相關的成語有：「斗轉星移」和「星移物換」，主要形容北斗星的轉動，和星星位置變換了，或景物也改變了，比喻季節、時代或時間的改變。

此外，「星」處於天際，遙不可及，以此比喻人的感情同樣不

能捉摸，無法掌握；也可喻人的眼睛，表現那深邃神秘的一面；還可比喻神明，顯示不可觸摸，神聖不可侵犯等特點。

4.4. 聽覺

按理「星」沒有聲音，可是正因為沉默無聲，所以可比喻人的沉默，如表現思念的人，包括愛人、親人或朋友，無言以對的情景；也可表現他們默默的支持或他們作為「我」的傾訴對象，默默地傾聽「我」的心事；還可比喻眾人默默見證現在一切的景況。

4.5. 觸覺

星因為遠在天際，所以無法踫觸，因此有關觸覺方面的特點不多，但正因為它遙不可及，觸摸不到，所以也成為人冀盼的對象。又因為星光多呈銀白色，容易給人冰冷，不近人情的感覺，用以形容眼光，那種冷漠和距人於千里的感受特別容易觸動讀者。

4.6. 味覺及嗅覺

這兩種感覺，絕少出現在與星有關的語言及文學範圍。我們日常所說的「某人星味十足」指的是他具有明星的風采和氣質，跟天上的星星沒有關係。

5. 結語

這裏，我們展示意象的整理方法和步驟，但我們也必須認清：意象有著無窮的內涵，要全面而徹底地探究意象的全部，是十分困

難的事；加上所費的時間和精力可能極大，我們會否願意為窮盡一個意象而耗費大量時間和精力呢？何況意象數目何止千萬，我們又如何能全部窮盡其中的內涵呢？這在學術領域還是在教育領域，縱不是不可能，也是絕難辦到的事。只是以個別意象出發，按指定項目盡可能找尋其中的內容，並視之為不斷的探索，讓讀者和學生按自己的興趣和意願，不斷充實那怕是數十以至數百意象。經過日積月累的功夫，相信也能為其他讀者和學生提供極具參考價值的材料，也能為文學文本賞析方法奠下雄厚基礎，並由此可開發出適合不同學習階段的賞析材料，讓學生按部就班學習意象的各種內涵，並以此為基礎進行賞析訓練。一套完整的賞析訓練計劃，當可在意象整理得來的材料支持下，得以建立起來。賞析文學是需要步驟和方法的，意象能扮演一個從淺到深、從簡單到複雜、從日常語言到文學語言的一個關鍵角色。

附表一：「樹」意象總表

相關意象　白蟻、鳥、松鼠、啄木鳥、攀援植物、草、花、風、
　　　　　蟲、天、雲、雨

種類　　　松、柏、竹、梅、桃、楊、柳、梓、橦、楠、樟、木棉

		特點	與人事的關係	感受（正／負面）
視覺	色彩	褐色(樹)；	＝人陽光曬後的皮膚	正
		綠(葉)，紅(楓葉)	＝生命力	正
		長青，常綠(松柏)	長者	正
		紅(木棉花)	熱情、積極的態度	正
		粉紅(梅花、桃花)	女性臉龐(人面桃花雙映紅)	正
		粉紅(桃花)	紅	正
		粉紅(桃花)	愛情：桃花；運程＝桃花劫	負
	光度	不發光	不受外界影響？	負
		不強：反射光(樹葉)	反射陽光，生機勃勃	正
		暗：婆娑，可遮陰(樹蔭、樹影)	樹蔭＝庇護：樹大好遮蔭	正
	形狀	高大(樟、杉)	高大威猛的男子形象	正
		枯枝形狀如手(樹枝樹椏)	樹枝＝支撐住(天)	正
			君子	正
		中通外直，不蔓不枝(竹)	見木不見林；獨木不成林	負：偏頗；負：自私不團結
		數量由小到大，由個體到整體：木→林→森		
	方向位置	向上生長(樹幹)	＝人、公司或國家不斷成長	正

	體積	大：樹冠，生長期漫長	＝人生長；十年樹木，百年樹人	正
		大：樹冠	年樹人	負
		小：樹苗，弱小	樹大招風	正
		極小：種子	＝幼年，青少年；不要揠苗助長 富生命力，＝未來	正
	線條	幅射形：樹枝；	＝手形狀	中性
		直：樹幹（木棉）	耿直：人性格，英雄樹	正
		圓：年輪，顯示樹年齡	＝人縐紋，表示年紀	中性
	動覺	不動；	處變不驚，以靜制動	正
		風動樹葉動	樹欲靜而風不息，子欲養而親不在	負
聽覺	音量	無聲	沈默	負
		風吹樹葉發沙沙聲	＝人喁喁細語	正
		樹倒下發出隆然巨響	＝人眼淚	負
		梧桐雨，五更鐘，點滴到天明		
觸覺	手感	堅硬，永恆：宮殿主材料（楠梓橦）	棟樑之才	正
		柔軟；隨風飄（楊柳）	女性體態美	正
			友誼：長亭折柳，紀念，	負／正
		柔軟（楊柳）	友情永固	正
		柔軟（楊柳）	驅邪：驅鬼	中性
		粗糙，寫作材料＝紙	用來刻字，見證時代或感情	負
		乾脆，枯葉＝葉死		中性
		乾脆，枯葉	生命正在枯竭； 製成書簽，作紀念	
嗅覺	氣味	香（樟），能驅蟲，製成樟腦	驅趕壞人	正
			見證愛情：（帝女花）	正
		香（含樟樹）	招搖，惹麻煩	負
		香（桃、李），能招蟲，	成就，成果；得成正果	正

		破壞果實		
		香(果實)		
味覺	甜酸苦辣	甜香(桂花)		中性
感受		抓緊地面，能抵禦外來	基礎穩健；	正
		破壞力量，不懼風雨	立場堅定；	正
		穩定：紮根地面，種植	樹人根深，樹立榜樣；樹	正
		在地	碑立傳	負
		根深蒂固	樹搖葉落，人搖福薄；樹	正
		根不固樹會倒致死	倒猢猻散	
		耐寒(梅)：不怕風霜、	堅毅不拔，性格堅強	

附錄二：「星」意象總表

星	類	分項	細項	解說	比喻的人事	感受／作用
感受	共同					正面：永恆，美麗，璀璨，燦爛，美麗如夢幻
感覺	視	色彩	銀白色		眼睛以至心靈	純潔
			淡淡	因體積細小，色彩不顯眼	眼睛	心境平和寧靜
		光度	明亮	照亮心靈	明燈	了解自己
				照亮／引領前路	明燈	了解未來，走出困境
				辨別方向	明燈	認清人生方向
				黑夜裏明亮地與我在一起	眼睛／眼光	成為伴侶，結伴同行
			柔和	不扎眼	眼睛／眼光	溫柔、溫暖、關懷、安慰
			淡淡	不扎眼	眼睛／眼光	哀愁
						心境平和寧靜
			閃爍	閃爍不定	眨眼	傳情、溝通
		體積	細小		塵／屑	渺小，不重要
		形態	一點點	點點星光	塵／屑	點綴天空
			輕飄	浮在空中		沒有方向、沒有歸宿
		動覺	靜	靜靜地掛在天空上	眼睛	心境平和寧靜
			動	隨時間移動或轉動	人生	時間消逝

				不能觸摸	感情	捉摸不到，無法掌握
		遠近	遙不可及		眼睛	神秘
					神明	神聖
	聽	音量	無	沉默無聲	思念的人（愛人、朋友、親人）	無言以對
					思念的人（愛人、朋友、親人）	默默支持
					傾訴對象（愛人、朋友、親人）	默默傾聽
					人們	默默見證
種類	流星			瞬間即逝	任何事情（如愛情）	無奈，可惜，珍惜眼前，美麗回憶
				璀璨後回復黑暗		命定，可悲
				據說能在流星消失之前，說出願望，願望便可成真。希望所在，夢想能成真		正面
	彗星			帶來災難	人	負面
	星座			人按出生日月給分屬 12 星座	人	不同性格
				星座運程，預測未來	人未來的遭遇（如愛情）	掌握未知事物

			據星體明暗薄蝕等現象，占驗人事的吉凶	人或事的命運	掌握未知事物
	星象				
	星河		璀璨而宏闊	人	渺小不足道
	星宿		全天共28宿，由眾星組成	中國文字、文化	具永久價值，經久不衰
	北斗		位處北方	指南	辨別方向，指引前路
	北極星		位處正北方	指南	辨別方向，指引前路
	牛郎織女		二星位於銀河兩岸，傳說只能於七月初七才能於鵲橋相會	情人	相愛但相隔兩地，相見甚難
	參商		兩星宿因位置關係，無法相見	人	命定不能相見，關係不好

第四章　意象選用（共時）

1. 前言

　　看到「意象選用」這標題，有人可能會奇怪：文學的意象為甚麼需要「選用」？作品不是作者從現實中「忠實」地搬過來的嗎？作品中出現的「月亮」不是因為作者看到它才放進文本裏去嗎？其實，意象是刻意的安排，不一定是現實的反映，請看以下的解說。

理由一：文學意象本無其物，是虛構出來的

　　正如我們在「導言」中所論，如果文學不能完全反映現實，文學文本便沒有真實或只有部分真實了。同樣道理，出現在文本中的意象也不是從「現實」中來，而是「無中生有」，從各種虛構的意象中，經選擇後挑出來的。

理由二：文學意象是在「現實」眾多物事中選出來的

　　即使文學真能「反映」真實，它能反映的也只能是「局部」的真實，因為現實的全部是無人能掌握的，加上環境、人力、時空等限制，文本不可能甚麼事實都記載下來。作者還是需要從眾多現實（或是意象）中，選擇「局部」的現實（或意象）放進文本內。

2. 討論「意象選用」的意義

也就是說，無論我們認為文字是虛構的，還是有著局部真實的，作者還是需要選擇創作的素材。既有選擇，便自然有選擇的目的、標準、原則、原因、動機和意圖等可供討論和研究了。如果我們同意選用意象的目的是為了更能引起讀者共鳴的話，那麼任何意象都是製造這種效果的工具。要是這樣，能認識和抓住文學中意象的生成和它的特殊功能，我們便能培養出自己的賞析能力，這也就是我們應該好好研究文學文本如何選用意象的主要原因。

「意象選用」分析方法屬「共時」❶分析方法之一，這是分析文本中的「意象」和它的「候選意象」之間異同的方法。由於我們只能在文本中找到前者，後者主要是我們的推論，它們並不見於文本內，因此「意象選用」屬「隱性」方法。這種方法較難掌握，也容易給人胡亂推砌、過於主觀的印象；但它可以文本所見為基礎進行合理推論，在盡量客觀的申論中，盡量拓闊讀者的想像空間，也豐富文本的內涵，因此「意象選用」是值得認識和運用的分析方法。

「意象選用」這方法的目的是為了加深認識文本中所選用的意象，讓讀者能透徹了解用於文本中的意象的特點。了解「特點」並不簡單，只是這詞給濫用，以致看到「特點」二字有點麻木。坊間不少談文學文本的「藝術特點」時，只臚列一些修辭手法如「比喻」、「擬人」等，並沒有作更仔細更深入的分析。這明顯沒有說

---

❶　關於「共時」分析的介紹，可見〈導言〉一章。

出「特點」所在，因為「比喻」「擬人」這些修辭手法太普遍了，就是日常語言範圍，也有用上它們的地方，光說出這些手法的名稱而不加分析，也沒有說出用了它們帶來的閱讀效果，這樣的文字又那能道出「特點」呢？

　　意象「特點」是意象具有的獨特之處，「獨特」即該意象在文本中呈現的「獨有」面貌，如何能抓住這些「特點」呢？其中一個方法，就是分析它與修辭成分之間的關係（詳情見〈分拆詩句〉一章）。另一方面就是將該意象跟相類的意象放在一起，作較仔細的比較了。通過比較，我們可能找出該意象的「特點」，尤其是它在文本所發揮的獨有作用，以及能產生的閱讀效果。換言之，就是仔細分析該意象在文本內呈現的屬性、感情色彩、使用範圍、適用對象等方面，從中認識這個意象產生的閱讀效果。這樣，我們才能透徹地讀懂這個文學文本。

　　「意象選用」的分析步驟簡述如下：

1. 選定須作仔細分析的意象；
2. 嘗試初步找出該意象在文本中的作用；
3. 初步整理出文本選用該意象的重點和方向，因為意象往往有很寬泛的使用範圍，一般文本只用上其中一部分；
4. 根據 3 所得，以意象在該文本的重點和方向作為標準，選定跟該意象作比較的候選意象；
5. 逐一比較「候選意象」與文本中的意象；
6. 歸納出該意象的「特點」。

3. 鄭愁予〈錯誤〉中的「青石的街道向晚」

　　讓我們一起思考，為甚麼文本要用「青石」來修飾「街道」，而不用其他物料呢？以「青石」鋪砌成的街道究竟是怎麼樣的呢？它有甚麼特別的地方呢？文本為甚麼要用這麼一個意象，究竟它能給文本帶來怎麼樣的閱讀效果？這些都是我們需要多加思考的問題。

　　我們現在嘗試想像一下自己便是〈錯誤〉的作者，需要創作一首〈錯誤〉出來，我們為甚麼選用「青石」來修飾「街道」呢？一般來說，作者在當刻究竟有多少個選擇？最終又為何選上「青石」的呢？我們這樣做，並不是嘗試重組作者創作時的心態和動態，這不免要重蹈「意圖謬誤」❷的覆轍。這個思考過程和步驟只為了方便讀者認識個別意象的特點，並為這樣的思考增添趣味。要掌握這個意象的特點便要認識它在文本的作用，以及能產生的閱讀效果。

　　讓我們先看「青石」這個修飾語，它將「街道」的顏色——「青」和物料——「石」交代了出來。「青石」既是「街道」的顏色和物料，那麼我們可以嘗試羅列其他可用作街道的物料。通過比較，認識「青石」在文本的作用。除了「石」外，可用作街道的物料還有「磚」、「水泥」、「泥沙」、「柏油」（即瀝青）等。「泥沙」的街道就是土路，沒有修飾，走起路來沙塵滾滾。「土

---

❷　這是英美批評（Anglo-American New Criticism）學者的術語，即"Intentional Fallacy"，意指讀者嘗試從作品中重塑作者創作時的心態和意圖，是注定失敗，這種想法也是一種謬誤。

路」顏色灰黃，給人原始、樸素的感覺，這跟詩句原有的氣氛不配合。那麼，這詩原有的氣氛又如何呢？這「青石的街道」還有「向晚」補充這詩句要描述的時段：黃昏日落時分，以「青石」砌成的街道，因著斜陽映照，反射著金光……。此外，這整個意象是作為喻體比喻「你底心」，這個「你底心」還有另一喻體便是「小小的寂寞的城」。配合本體和另一個喻體，這「青石的街道」並不光是寫景，而是比擬「你」的心境和情緒。「街道」原作行人、馬車或汽車的通道，我們不難聯想到它喧囂繁忙的景象；只是這裏，「街道」比擬心境，並配合另一喻體「寂寞的城」，可以想見，這裏是用一般街道的繁忙映襯此街的冷清，再以這冷清寫心境的寂寞。正是這個緣故，斜陽夕照下的街道，更能將寂寞心境烘托得更加具體。

　　回看「青石」的候選「意象」。如寫寂寞心境是主調，那麼無法反射夕照的「泥路」便不是理想選擇。同樣，「柏油路」面的反射能力也較差，加上它屬較現代的建築物料，與這詩古雅的氣氛不大相配，所以都不算恰當。本來「水泥」能反光，它那灰綠的色調加上冷冷的折射光也能帶出寂寞冷清的效果。只是它跟「柏油」一樣屬現代物料，所以它仍不是最理想的選擇。「磚」的效果也不理想，因它反光程度差，無法藉反射夕陽光製造淒清感覺。綜合以上所論，「青石的街道」既有古雅味道，又能反射夕照來營造淒冷色調，將寂寞難耐的心境婉轉地表達出來。

　　除此之外，「青石」所能製造出來的音響效果相信也是本文選用「青石」這個意象的主要原因。綜觀整個文本，因為要營造的正是這種靜景，所以寫聲響的地方不多，但它們的作用卻異常重要。

「跫音不響」是寫沒有響聲的意象，「跫音」即腳步聲，沒有腳步聲即沒有人走路，這裏可解作實寫街上無人走動的景況，也可解作觸動那個「你」心靈的「腳步聲」。換句話說，「跫音」是專指「你」等候的人的腳步聲。不論這裏寫的是甚麼，音響的效果是明顯的。第八行的「達達的馬蹄聲」當然是文本最響亮的聲音，最能配合馬蹄鐵，能發出「達達」如此響亮的聲音的物料莫過於「青石」了。綜觀以上討論過的物料，「土路」發不了聲，「柏油」、「磚」和「水泥」的聲音都不夠響亮，再加上論清脆的聲音，「青石」可謂無出其右。因此，文本用上「青石的街道」既能表現富有古雅氣氛的黃昏景色，又能藉夕陽斜照的冷光製造淒冷寂寞的效果。更重要的是，無人走過冷清的青石街道與馬蹄踏過「達達」的響聲比擬「你」心目中等候的人的份量，並以此對比「等」與「來」兩者的極大差別，可謂現代詩文本意象選用一個十分經典的例子。

4. 顧城〈遠和近〉中的「雲」

顧城〈遠和近〉一詩雖然只有二十四字，但重複現象十分明顯，其中動詞「看」共出現四次，狀語「一會」兩次，「很」兩次，補語「時」字兩次，至於中心語「你」三次，「我」三次，「雲」兩次。

這文本奇怪之處在於三個中心語中，「你」和「我」都是代詞；它們可以代表任何東西，只有「雲」是一具體意象。當然如果這「雲」是一個人的名字，並非指稱天上雲霞的話，這又另作別

論。如我們視「雲」為自然意象，那麼在這個沒有任何具體意象的文本裏，這個唯一意象的重要性是不言而喻的，這也是我們理解「意象選用」賞析能力點的理想例子。

　　為何選用「雲」放進文本呢？我們可嘗試換上其他自然意象，看看如何影響閱讀效果，倒過來當可加深我們對「雲」意象在〈遠和近〉獨特作用的認識。「雲」既然在天空，「你」和「我」身處地面，那麼我們很容易想像得到，「雲」與「你」的距離自然遠在於「你」與「我」的距離之上。要是「雲」的作用僅此一點，那麼我們只要選用如「雲」一般同屬天空上的意象，便足以取代「雲」了，例如：「日」、「月」、「星」或「霧」等。

　　細閱整個文本，發現「霧」並不適用，因它雖屬自然意象，但與「你」的距離不「遠」。如在濃霧時節，霧氣甚至觸手能及，這樣的話，便不能製造事實距離與心理距離的對比了。至於「日」、「月」、「星」都符合「距離」條件，仍可作進一步的比較，以突顯運用「雲」的深意。

　　「雲」與「日」、「月」、「星」在亮度方面差異很大，「雲」沒有亮光，「日」光則最強，「月」次之，「星」最微弱。此外，「日」、「月」、「星」三者都有運行軌跡，我們可以預測、跟蹤和追尋；相反，「雲」則隨風而動，形狀更是變幻莫測、聚散無常。既然文本內「我」和「雲」都作為「你」的觀看對象而存在，我們因此可從人的性格、做事作風等審視「雲」以及三個候選意象「日」、「月」和「星」的特點。「日」代表熱情、普照大地、大公無私、陽剛味十足、朝氣勃勃、充滿生機，但也有時因光度和溫度過高，可能給人霸道的感覺。相反「月」代表溫柔、詩

意，給人和平、寧靜、寫意的感受。「星」代表知音、關心，能給
人指引方向，關懷備至、友情常在的意蘊。相較之下，「雲」那種
性格多變、無根，沒有立場和隨風轉向的特點更表露無遺。

〈遠和近〉主要藉比較「遠」和「近」的實際距離，以及由
「我覺得」而產生心理距離，來交代「你」、「我」和「雲」之間
的微妙關係。雖然讀者不一定能從認識「雲」這唯一的具體意象中
通解全詩，但經過以上分析，通過與「日」、「月」、「星」、
「霧」等可能的候選意象的認識，回看「雲」的特點，讀者當能對
這詩有更多感受，也由此拓闊讀者的想像空間，這正是〈遠和近〉
選用「雲」這個意象的意義所在。

5. 舒婷〈致橡樹〉中的「橡樹」

舒婷的〈致橡樹〉一詩中用上兩種樹的意象，一是「橡」，一
是「木棉」。為甚麼文本要用「橡」和「木棉」分指戀愛中的男和
女呢？

首先，我們也許須先思考一下文本為甚麼選用樹的意象表意。
要解答這個問題，我們便須細看這文本表達的信息。從第三十二行
詩句得知，文本要表達的是「偉大的愛情」的內涵。愛情主題下的
意象，往往以諸如「花」、「蝶」等代表戀愛雙方，為的是強調兩
者親密的關係。這裏以兩種樹木來描寫愛情，確實極為少見。當
然，近體詩也有「在地願為連理枝」這樣的句子，寫的就是糾結在
一起，永不分離的「連理樹」。〈致橡樹〉的「橡」和「木棉」明
顯是兩株不同種類的樹，文本中的愛情是清高的、純潔的和偉大

的。這裏寫的不是愛情的甜蜜、溫馨和浪漫，而側重於愛情促進戀愛雙方的「致意」、「分擔」、「共享」和「堅貞」。因此用兩株不同的樹，正好讓讀者清楚文本的意圖，描述愛情的偉大而不是愛情的甜蜜。

因為這文本描寫「愛情」，我們可將「橡」和「木棉」理解成如男女間的愛情關係。事實上，由於愛情並不僅限於男與女，因此也可引伸到同性戀者之間的感情關係；或如中國文化的類推傳統，將之推衍成君臣關係或祖國與人民之間的關係也未嘗不可。

這裏，我們沿用一般對「愛情」的理解，將「橡」和「木棉」的關係視為男女的愛情關係。由於傳統觀念的影響，我們傾向將較高大威猛的形象賦予男方。〈致橡樹〉中，「銅枝鐵幹」、「偉岸的身軀」、「高枝」等都是「橡樹」的特質。「銅枝鐵幹」表示樹的枝幹堅硬如鐵，用來比喻男性，就是指他的雙手，可以用來保護自己和身旁的愛人；「偉岸的身軀」形容主幹十分粗壯，也即形容男方的體格；「高枝」形容樹的筆直和高度，也就是形容男方高大的形象，可見「橡樹」有著明顯的男性形象。

如「橡樹」是男性，「木棉」便是女性了。「橡樹」長得高，雖然「木棉」也高，但它的特點不在於高，而在於它的堅毅不屈、屹立不倒、能傲然地面對寒風；而且枝條簡單利落，所以又稱「英雄樹」。但我們發現木棉很少用來形容女性。也因為這樣，以男性化的「木棉」來借代戀愛中的女性，更能支持我們認為這詩旨在寫愛情的偉大而不是寫旖旎的想法。此外，一般的文學文本裏，「木棉」很少跟其他樹放在一起，為的是突出英雄樹卓爾不群的形象。只是在這裏，「木棉」刻意跟「橡樹」並列，就是為了突出「女

性」的「英雄」形象，從而突顯文本傳達的「堅貞」和「偉大」的
愛情觀。

6. 舒婷〈雙桅船〉中的「雙桅船」

　　接著再考察舒婷的〈雙桅船〉，看看這文本選用「雙桅船」意
象的作用：

　　　　霧打濕了我的雙翼／可風卻不容我再遲疑／岸呵，心愛的岸
　　　　／昨天剛剛和你告別／今天你又在這裏／明天我們將在／另
　　　　一個緯度相遇
　　　　是一場風暴、一盞燈／把我們聯繫在一起／是一場風暴、另
　　　　一盞燈／使我們再分東西／不怕天涯海角／豈在朝朝夕夕／
　　　　你在我的航程上／我在你的視線裏

「桅」指桅杆，是用來掛帆的杆子。所謂「雙桅船」就是擁有兩枝
桅杆，能掛雙帆的船隻。相較之下，它比「單桅船」當有較佳的續
航力，船體較大，也能承受較大的風浪和衝擊；但它和「單桅船」
一樣，都主要依靠風力推動這一點是沒有兩樣的。有了這些基本認
識後，我們回到〈雙桅船〉的文本，從與「雙桅船」有密切關係的
意象那裏，嘗試多認識選用「雙桅船」的原因。

　　文本的題目就是「雙桅船」，根據語意，「我的雙翼」是一個
借喻，如從「雙桅船」這意象中找尋「雙翼」的本體，那該指桅上
的兩片帆，因為這兩片帆有翼的形狀，也有如翼般的功能。鳥翼是
雀鳥前進的工具，同樣「帆」也是船前進的工具，這裏用上「雙

翼」自然給予這船多一份「天空任鳥飛」的自由自在的感覺。但這裏「雙翼」卻給「霧」打濕了，自然影響飛行，原先的自由自在也給大打折扣，甚至產生壯志未酬、因現實環境無法實現理想的種種負面聯想。回到「雙桅船」的意象來看，「霧」的濕氣確能讓船帆過重而變得難以張帆，甚至無法張開，即使可以行駛，過濕的船帆也增加船的負重，影響鼓風，降低帆船應有的速度。

既然是帆船，「風」自然是它的動力來源，風的強弱幾可決定帆船的速度。然而即使有風，帆船也不一定能到達目的地，這還要看另一重要元素，那就是風向。〈雙桅船〉也充分利用風向這一元素，使「船帆」也就是「雙桅船」的「雙翼」顯得特別重要，因為「船帆」除了是帆船前進工具外，跟「雙翼」之於雀鳥一樣，也是調整方向的主要工具。因此，即使風向不對，「雙桅船」也能依靠改變乘風角度，到達目的地。這就是選用帆船，特別是「雙桅船」作為中心意象的主要考慮和作用了。

7. 朱湘〈爆竹〉中的「爆竹」

這首短詩只有十八字：

跳上高雲，／驚人的一鳴／落下屍骨／羽化了靈魂

為甚麼這個文本用上「爆竹」意象呢？是因為「爆竹」的顏色？還是因為它夠響亮？詩裏提及「驚人的一鳴」，我們可以聯想到爆竹爆發的響亮。也因為文中「屍骨」一詞，使我們想到「死」，想到「血」，也由「血」聯想到「紅色」，這便跟「爆竹」的顏色相符

了。

　　從文化意義來說，「爆竹」多用在中國人的喜慶場面上，也有用於驅除年獸、鬼魅之類不吉利東西。「爆竹」給人開心、熱鬧、春天、喜慶、過年的感覺，有著正面的感情色彩。既然「爆竹」有著正面的意思，為甚麼在詩裏要作這樣的安排呢？我們可以用別的意象代替「爆竹」嗎？在眾多新年物件中，我們大可以選紅包、桃花、揮春、瓜子作替代意象，這些意象與「爆竹」有甚麼不同呢？

　　首先，聲音是一個重要因素，「爆竹」可以產生極大聲響，其他意象則沒有。「爆竹」引爆後四散，「揮春」及「紅包」不會爆炸，雖然「瓜子」也會碎裂，但還不是「粉身碎骨」；「桃花」會散，但它沒有聲響，而且散落速度十分緩慢。相比「爆竹」，「煙花」剎那、短暫，也有聲響，並有方向（向上）的特性，比「揮春」、「紅包」、「瓜子」更適合代替「爆竹」，但「煙花」過後只餘煙霧，沒有殘渣餘下，而且它有過於繽紛的色彩，無法製造血紅的效果，所以「爆竹」還是比「煙花」配合這詩文本的主題。

　　上面提到「爆竹」的特點，其實是從詩中得來：例如「驚人的一鳴」，我們會想到爆竹的聲響；「落下屍骨」，便看到它的形象。當我們從眾多候選意象選擇中選定「爆竹」，我們便要解釋為甚麼文本要用這個特定意象了。從中國傳統及文化看，既然「爆竹」形象那麼正面，為甚麼此詩將它寫得如此負面呢？詩中只有第一句及第四句為中性及正面的描寫，其中「跳上高雲」屬中性描寫，第四句「羽化了靈魂」則包含道家思想，意指升天，強調靈魂成仙的一面，屬正面描寫，其餘兩句則較為負面。如果意象本身是正面的，為甚麼中間兩句會寫得如此負面呢？

　　第二句「驚人的一鳴」本可以是正面的描寫。「驚人」意指令人出乎意料，可與其他字詞組成如「食量驚人」、「驚人內幕」、「驚人耐力」、「語出驚人」等的形容，是人們意想不到、意料之外的舉動、行為、動作等。抽象點看，「驚人」可以配作「驚人的事業」、「驚人的成就」、「驚人的魄力」等。賞析文學文本，我們必須多在語言方面積累經驗，也可多翻查工具書，補充這方面的不足。根據如上的路徑，我們便會由「驚人」聯想到「一鳴驚人」，只是，日常語言中好像沒有「驚人的一鳴」這個組合，那麼「一鳴，驚人的」會不會比「驚人的一鳴」好呢？其實我們可以嘗試將字詞重新組合，擴闊我們的思考空間。「一鳴驚人」通常是正面描寫，由此推測「驚人的一鳴」也如此。換句話說，整首詩中只有第三句「落下屍骨」負面句子。從屍骨我們會聯想到死亡，人死去多時便會剩下屍骨，若死了屍骨還要跌得粉碎，死無全屍，感受會很悲慘。將「落下屍骨」此句放置在文本中，便將本來中性、甚至正面的意象突然改變過來，效果是如此巨大和徹底。文本就是這樣改變我們對「爆竹」原有的感覺，也希望帶來這樣震撼的效果。如果我們將「落下屍骨」改寫成「變成屍骨」，有關的感覺便沒有那麼強烈。另一方面，如果將「落下屍骨」此句再加修飾，便會過於露骨，因為屍骨已經是「爆竹」散下的「碎紙」的隱喻，按理讀者讀到第三句掉下「屍骨」時，應會有點不寒而慄，閱讀效果也更加明顯了。

　　接著便是末句「羽化了靈魂」。剛才解釋「羽化」代表成仙，那麼「羽化了靈魂」便通過出現「靈魂」二字突顯「靈魂」與「軀體」的分別。軀體死了，屍骨無存，但精神不死，甚至成仙，於是

又變得正面，這是一個循環。雖然有起有跌，曾經剎那光輝，最終不能避免死亡，但其實它的死亡是一個新的開始。

「靈魂」二字緊扣主題：爆竹代表喜慶、快樂、吉祥，最後它雖然連屍骨也不完整，但靈魂卻因此得以升天成仙，感覺和色彩還是正面的。換言之，「爆竹」犧牲了自己，令人們快樂，它是多麼的偉大！如此，我們便能解釋詩的真正含義，我們從「爆竹犧牲了自己，帶給人喜慶」這個角度看，可以發現爆竹的精神及存在意義，就在爆炸的一刻。按理，詩不會只表達表面意思，它一般有別的含義，所以我們要作更深一層的思考，會不會像爆炸一般有類似的人或行為？

為了更高的理想、為人類謀福祉而犧牲自己生命，在我們的認識範圍內並不罕見，我們可以想到許多例子，例如耶穌、孫中山、秋瑾、岳飛、德蘭修女等人的生平事跡。可是卻很少從這個角度聯想到爆竹，爆竹犧牲自己，為了滿足人類一陣子的快樂。「爆竹」這個意象本身並不特別，但巧妙在處理技巧，所以極富新意。

其實我們身邊也有很多類似的經驗和情況，可以成為我們的創作起點。例如雞也跟「爆竹」相類：雞咯咯的叫便是「驚人的一鳴」，而雞的生存意義在於填飽人們的肚子。除了雞，還有豬、牛、魚等，它們不也是犧牲自己的性命來滿足我們的口腹之慾嗎？因此我們可以輕易地創作出相類的詩作。從雞、魚、牛、豬等角度展開聯想，對於中小學生來說，是很好玩也很新鮮的事物，可藉此提昇他們的想像力。要歌頌犧牲精神，我們除了可以寫文章議論一番，還可以寫詩，也許能達到更理想的效果。

第五章　意象群

1. 前言

　　意象群是由意象組合而成，因組成意象群的所有意象都能見於文本內，所以這種「賞析能力點」分析屬歷時分析的一種。意象群主要有縱向和橫向兩種組成原則。

2. 縱向組成原則

2.1. 「從屬關係」

　　所謂「縱向」關係，就是循直線發展的意象群，其中一種可稱為「從屬關係」，即由一個意象統攝全局，在其下衍生其他同類意象。這種「從屬關係」在文本表層顯而易見，讀者可一目了然。而且這種「從屬關係」屬「常態」，現實世界中經常出現，換言之，就是借用日常能見到的意象關係組織而成的意象群。

2.1.1. 聞一多〈死水〉

　　聞一多〈死水〉的中心意象「死水」以及在死水中的各種意

象，便組成這一類「從屬關係」的意象群。在這溝污穢不堪的「死水」裏，有「破銅爛鐵」和「膌菜殘羹」都屬情理之中，由此而生的四個意象──「銅綠」、「鐵鏽」、「油膩」、「微菌」也理所當然。加上後面的「白沫」共同組成這個「死水」的意象群，五個意象呈現在文本表層都涵蓋在中心意象「死水」之內，統屬關係清楚可見。這種「從屬關係」的意象群是最常見的一種。

2.1.2.　余光中〈中秋夜〉

顧名思義，余光中〈中秋夜〉寫的是中秋節晚上賞月的景況。文中提及五個歷史人物或神話，正好組成從屬於月亮的意象群，這五個人分別是李白（201-762）、蘇軾（1037-1101）、阿姆斯壯（Neil Armstrong, 1930-）、逃婦（嫦娥）和阿瞞（曹操，155-220）。這五個人處於不同時空，能連成一起成為詩文本的一部分，就是由於他們各有與月亮的一段緣份。李白談月的詩很多，〈靜夜詩〉和〈月下獨酌〉是其中較為著名的兩首。蘇軾賦詩行文也有不少寫月的作品，他那「但願人長久，千里共嬋娟」〈水調歌頭〉的祝願更是人人皆知的了。曹操〈短歌行〉「月明星稀，烏鵲南飛」的情懷重現眼前，加上嫦娥奔月的浪漫神話傳說，都給月亮，尤其是中秋月夜添上無數詩情畫意。文本中飄泊海外的「過客」來說，自是別有一番滋味在心頭。只是美國太空人阿姆斯壯登月時留下的腳印，卻在現實上掃盡了眾人藉月夜抒懷，寄意遠方的興頭。文本刻意將五個不同背景的意象（人物）繫在一起，由此而生的對比效果，比平鋪直敘的方法更能觸動讀者的感情，增加文本的感染力。

2.2. 「先後關係」

「先後關係」意象群也屬「縱向」關係的一員。它由不同種類的意象組成，分別表現事情的不同過程、步驟或階段。這種「先後關係」不同於現實世界；文字文本給這些意象一個嶄新、與別不同的新關係，給讀者一份新鮮感。

2.2.1. 顧城〈攝〉

顧城的短詩〈攝〉便是一例：「陽光，在天上一閃，又被烏雲埋掩，暴雨沖洗著，我靈魂的底片」。詩裏提供整個攝影的過程。讀者要找到一個和某樣事物相近的情境，將情境相近的過程寫出，再將意象放在其中。攝影的過程中，每一個步驟也有它的個別意象，好像曝光、沖曬底片。文本以攝影、沖曬連結「陽光」、「烏雲」、「暴雨」和「靈魂」這些不同類型的意象，組成新的意象群，也形成一種新的「先後關係」。

2.2.2. 余光中〈我之固體化〉

另一組意象群出現在余光中的〈我之固體化〉中。這文本用上水的三個形態：液態、固態和氣態，來比擬「我」的不同心態。可是，文本中出現的意象只有固態「冰」，也是水三種狀態首先出現的一種，至於液態和氣態並沒有以名詞形式出現，而是將本屬名詞的「液體」轉成形容詞：「我本來也是很液體的」。氣態的情況相似，用的都是動詞「沸騰」。如按文本次序，是先有固態，然後液態、最後是氣態，但如按時序排列，「我」最初是液態的，還「很容易」變成「氣態」，最後因距離「中國的太陽」太遠，所以變成

固態。

在文本的建築上，這一組意象群起著十分關鍵的作用，因為主線正落在三種形態的轉變上，原來的「我」是液態甚至氣態的，只是後來卻變成固態，原因就在另一關鍵意象「太陽」上，掌握意象的特點，便須注意它的修飾成分「中國的」。以水的形態形容人的情況並不少見，如以「柔情似水」形容女性，特別是她的眼睛；也有「七竅生煙」形容人的怒態，還有形容女性高傲的「冷若冰霜」，或以無比的熱愛溶化如「堅冰」般「冰冷的心」等等……。只是這文本寫的不是男女感情關係，而是中西文化衝擊的主題。

第一詩段裏，文本以暗喻關係將「我」和「冰」連在一起。喻體「冰」由「拒絕溶化」修飾；按理「冰」會溶化，這裏寫這塊「冰」「不願意」溶化，明顯在強調「我」有著堅定意志。這樣自然給讀者一個問題：為甚麼「我」不願意溶化，還用上程度那麼明顯的詞語「拒絕」呢？再看這暗喻句的補充成分：「常保持零下的冷／和固體的堅度」。這裏強調「冰」的冰冷和堅硬，以人暗喻「冰」，描寫重點往往是人際關係，寫的是「我」有意識地對別人保持冰冷的態度，還以「冰」堅硬的質地面對這個世界。這是為甚麼呢？詩段開頭有著另一重要信號，那就是「在此地，在國際的雞尾酒會裏」。「此地」是「我」的所在地，卻暗示在另一地方「我」便有所不同。「雞尾酒會」場景設定了「我」這塊「冰」的背景。「冰」的出現，給雞尾酒帶來清涼透心的效果，但前提是這「冰」能夠或願意溶解才行，如果人是「冰」，那麼「國際的雞尾酒會」便是一個有著多種文化混雜一起的社會，如果我們細味「雞尾酒」，那是西方文化的一種形態，那麼讀者不禁聯想這是否

「我」「拒絕溶化」的關鍵呢？

　　再看第二段，讀者可以找到更多的證據。這裏交代「我」原來是「液態」的：「我本來也是很液態的，也很愛流動，很容易沸騰，很愛玩虹的滑梯」。這裏的形容充分表現水液態的湧動感覺。「我」喜歡如水般流動，可解作喜歡四處流浪或旅行；也可指心靈四處流動，意指「我」屬感性的人。「沸騰」是水因加熱而出現由液態變氣態的情況，如用到人方面，「沸騰」可解作「熱血沸騰」，表現的是「我」情緒高漲的一面；只是一個副詞「容易」，將這個「我」衝動容易受刺激的性格表露無遺。至於「很愛玩虹的滑梯」，則強調以往的我如何愛玩、愛浪漫，並有點童真，「彩虹」是自然現象，屬於雨後陽光折射到含水份空氣的現象，所以給人從此「雨過天青」的好兆頭。此外，「彩虹」色彩繽紛而縹緲，是有點夢境般美麗的景象。

　　文本末尾將「我」如何從液態和氣態的「水」變成固態的「冰」：「但中國的太陽距我太遠，／我結晶了，透明且硬，／且無法自動還原」。因為「太陽」與仍處液態的「我」距離太遠，所以陽光的溫暖無法使「我」保持液態，結果「我」慢慢結晶，變成固體，這就是文本稱為「我之固體化」的原因。

　　這個結了晶的「我」「透明且硬」，人當然不會透明，那麼「透明」是不是指「我」與別人相處時的心態？「透明」是有「能透過光線的」特質，人是不能讓光線透過，除非這人的軀體已死，只剩靈魂，由於靈魂沒有形體，所以可以透光，這便符合文本「透明」的形容。如果「我」仍存在，但雖生猶死，在別人眼中沒有地位、毫不重要，如同死去一般。「硬」是不是指「我」待人接物態

度過於強硬，不會變通呢？

　　最後一個片語「且無法自動還原」，「還原」相信是指「我」
無法變回液態。水如何能自動由固態變回液態呢？條件就是溫度回
升到零度以上。「無法」顯示「我」雖然希望改變「冰」的固態，
變回液態，但卻沒有辦法成功，為甚麼呢？因為「中國的太陽」的
光照不到「我」。如果「雞尾酒」有著西方文化的底蘊，那麼「中
國的太陽」是否指涉中國文化的光輝？對於一位一直沉浸在中國文
化的知識分子來說，一刻離不開這生命之源，一旦離開了，便不再
「活潑」、不再「沸騰」，只能如「堅冰」般固守「陽光」之外，
繼續它「拒絕溶化」的固態。

3. 橫向組成原則

　　橫向組成原則有兩種不同的意象群，一是「平行關係」意象
群，一是「結構關係」意象群。

3.1. 「平行關係」

　　所謂「平行關係」的意象群，就是各個大致同屬一類的意象，
由大一級的概念或理念統屬。它們之間的關係只出現在某一文本，
屬現態；離開文本，意象之間的關係便不復存在，起碼不如在文本
般那麼密切。舒婷〈致橡樹〉內便有這樣一個意象群。

3.1.1. 舒婷〈致橡樹〉

　　〈致橡樹〉裏「我」希望成為「木棉」，「我」曾於文本內申

明自己與其他意象的關係，讓我們仔細比較以下意象：第一個意象：「我如果愛你——絕不像攀援的凌霄花」；第二個意象：「絕不學痴情的鳥兒」；第三個意象：「不止像泉源」；第四個意象：「不止像險峰」；第五個意象：「日光」；第六個意象：「春雨」；加上「我」希望自己變做「木棉」樹，與「我」有關的意象共有七個，組合成一個意象群。「我」與頭兩個意象為對立關係：「我」還認為自己「不止像」「泉源」和「險峰」，比「泉源」更能「送來清涼的慰藉」，還比「險峰」更能「增加你的高度，襯托你的威儀」。最後兩個意象「日光」和「春雨」也無法與「我」相比；最後「我」願意成為「木棉」。這裏，各意象之間在平行的關係上，我先不同於「凌霄花」和「鳥兒」，再多於「泉源」和「險峰」，也比「日光」和「春雨」為大；最後「我」等如「木棉」。這組意象群因著「我」的緣故給組合起來產生如數學符號般的變化，包括不等同（≠）、等同（＝）和大於（＞），現以下面的公式表達：

　　我＝木棉

　　我≠凌霄花、鳥兒

　　我＞泉源、險峰、日光和春雨

通過與其它六個意象互相參照，讀者對「我」和「木棉」意象有著更深刻的印象，體會也更深刻。

　　這裏，文本利用上述七個意象組成的意象群，將「我」對「橡樹」的態度以及「我」的愛情觀形象地展現出來：

● 　「我」不會依附於「你」，也不會向人炫耀「你」的品質，暗示「我」有「我」的品質；

● 　「我」不會痴情於「你」，也不會簡單地滿足於「你」的庇蔭，暗示「我」有自己生存的能力，也有自己的看法；

● 　對「你」，「我」不單會給「你」長期的支持和安慰；

● 　「我」不單幫助「你」成就事業，甚至能照耀「你」，給「你」光明和溫暖，也能滋潤「你」，給「你」所需的養份和生存條件；

● 　「我」還站在「你」身旁，互相支持，溝通無間，共同分擔和享受一切。

以上種種都是借助意象群達到的閱讀效果，可見「意象群」是這文本一個重要結構。

3.2.　「結構關係」

　　「結構關係」的意象群就是由屬不同種類的意象組成。這些不同類的意象，在特定的文本裏，由於結構上的安排（重複、比喻原則），文本邀請讀者將這些意象看作同一類的意象，形成獨特的族群。

　　「結構關係」屬「橫向關係」的一種，但這是從結構角度入手，將本身不相關的東西強迫放在一起，是一種發揮空間較大的寫作手法。「比喻大師」錢鍾書作品裏的比喻很多，本體和喻體初看總是大相逕庭，但細讀後，讀者不難發覺兩者確實相通。意象本身一般沒有多大關係，不能放在一起，但因為句式和詩組合的契機，讓讀者可將它們一併聯想。

3.2.1.　顧城〈眨眼〉

　　如以顧城〈眨眼〉為例。詩共有五段，中間三段頭尾各有一個意象，第二段開頭是「彩虹」，結尾是「蛇影」，「彩虹」和「蛇影」的關係十分明顯；第三段的「時鐘」和「深井」，以及第四段的「紅花」和「血腥」也如是。三段也採用同一句式和組合，我們很自然地將第二段的「彩虹」、第三段的「時鐘」和第四段的「紅花」平衡地閱讀；同樣地，也會平衡解讀「蛇影」、「深井」、「血腥」三組意象。此詩便是利用這種組織方式製造意象群。由此可見，詩的意象可有很多不同的關係，詩的想像空間也非常寬廣。我們利用一些簡單的結構關係，便可將毫無關係的意象聯繫起來。

3.2.2.　羅青〈茶杯定理之三〉

　　羅青的〈茶杯定理之三〉以茶杯寫感情關係。文本當中以杯子盛載的不同飲料，分別比擬感情的不同方面：

> 一杯牛奶，一杯溫暖的愛／一杯可樂，一杯衝動的氣泡／一杯檸檬，一杯酸澀的感情思想／一杯烈酒，一杯無法追憶的往事年代

這首詩以排句形式，將四種飲料與四個感情並排起來；換句話說，同一詩句中，飲料與後面有關感情的描述，有著暗喻的關係。按句意，主體該是飲料，喻體是感情描述，只是這裏有點複雜，因為飲料本身並不負載這些感情元素，所以必須依靠手執杯子甚至是飲用這些飲料的人，從這人對不同飲料的感受，才能充分發揮它們對表

現感情不同方面的作用。由於我從一組排句中將它們辨別出來，因此這是屬於結構性的的意象群。

　　以下是四個主要意象的分析：「牛奶」是營養飲料，有著豐富的鐵鈣等成分，對身體有益而且易於吸收，適合大人及小孩飲用。如遇著寒冷的冬天，睡前喝上一杯熱牛奶，既香且暖的感覺可幫助入睡。這種感覺容易讓人聯想到母愛：母親拿著熱騰騰的牛奶送到手裏的溫馨暖意。「一杯牛奶，一杯溫暖的愛」一句就是要表達上述的意思。

　　「可樂」就是「可口可樂」這世界著名的有氣飲料品牌。這裏特別強調「可樂」不斷滾滾上升的氣泡。句中加上「衝動的」這個修飾成分，為本屬中性的「氣泡」意象，加進負面的感情色彩。「衝動的」指「情感特別強烈，理性控制很薄的心理現象」，也即情緒激動，情感蓋過理性下作出的行為。「衝動」讓人無法平靜下來，思緒紊亂，坐立不安，……只是甚麼事情會讓人衝動呢？例如：給人激怒了想揮拳相向的時候，跟父親大吵一頓想離家出走的時候，與戀人因小事吵嘴而不理不睬的時候……等等。我們也不難看到「可樂的」氣泡不斷湧上來，並在與空氣接觸一刻爆滅的情況；原平靜的表面，給弄得起伏不定。這就是「可樂」意象與修飾成分「衝動的」能夠共通的地方。

　　「檸檬」是帶酸味的水果，用於比喻感情，「檸檬」那種「酸澀」的感覺，主要用來形容刺激、嫉妒或難過。至於「澀」則是「使舌頭感到麻目乾燥的味道」，無論如何「酸澀」都不是讓人好受的感覺，含負面色彩。這在感情上屬於平常事，如母親只顧照顧弟弟而忽略自己的時候；朋友簇擁剛奪冠軍的好友而沒有走來安慰

落敗的我的時候；戀人與朋友玩得投入，沒有與我分享的時候……等等。

「烈酒」是酒精含量甚高的飲料，容易醉人。如比擬感情之事，喝「烈酒」往往是人感到現實過於殘酷，不想面對，打算「一醉解千愁」的時候，讓人感到不想面對的現實很多，如感懷身世的時候，失戀的時候，給好友出賣的時候，又或自己無法在感情生活裏作出抉擇的時候等等。這裏，「烈酒」伴以「無法追憶的往事年代」，可能指逝去的愛情，逝去的童年，逝去的良辰美景等，無論屬哪一件事情，感覺都是痛苦的，所以借酒消愁。

詩文本藉這四種飲料帶出四種不同感受，可謂人生的縮影，並以「打破杯子」比喻破壞感情，說明對人的傷害有多深，這是一個很特別的詩作，值得大家細味。

3.2.3. 北島〈回答〉

跟〈茶杯定理之三〉相近，北島〈回答〉詩中也有這種排句，它們將不相類的意象刻意組成結構性的意象群。請看這詩的第五節，共四詩行：「我不相信天是藍的；／我不相信雷的回聲；／我不相信夢是假的；／我不相信死無報應。」

「天」、「雷」、「夢」、「死」四個截然不同的意象給組合起來，組成這個獨有，只會在這詩出現的意象群。讓我們首先閱讀這四個意象在文本中的意義。「天是藍的」：天空本是藍色的，因為這裏提及，讀者不禁細想這是自然不過的現象，事實上，天不一定是藍色的，要是空氣污濁，它可以是灰色的，要是晚上，它可以是黑色的；因此只有在萬里無雲的晴朗白天，天才是藍色的。

「雷的回聲」：天空打雷後，我們聽到陣陣隆隆雷響，那便是雷的回聲，只是回聲不是必然的，聲音必須依賴大氣層才能傳遞，這是回聲的一個必然條件。此外，打雷這現象本身也是必要的，否則便無從出現回聲了。

「夢是假的」：從現實的角度看，這陳述是正確的，因為夢境虛幻不是真實。這只是因為我們在夢境過後回頭看，才能說夢是虛假的；但在夢境裏，誰也無法說出甚麼是真甚麼是假。

「死無報應」：「報應」是佛家用語，指種善因得善果，種惡因得惡果。「死無報應」可以解作壞人死也得不到報應，也可解作謀害別人的人沒有得到應得果報。當然這句話是在認同佛家果報思想下說的，如果不認同果報思想，這句話便無論如何也無法成立了。

以上是圍繞這四個意象群的表面解釋，現在將它們放在排句中分析。這四個排句都以「我不相信」開頭，使這組意象群的意義和作用產生很大變化。「我不相信」的表面意思就是對某事或現象持懷疑態度，那就是說，即使某事或某現象出現在眼前，表面看來是真實的，但「我」仍然懷疑它是假的。

回看「天是藍的」一句，正如剛才所說，天色晴朗，萬里無雲的白天才是藍的，那麼為甚麼「我」不相信呢？是因為他以往看見的天都不是藍天，所以不相信現在所見的藍天是真的？還是因為雖然展現在他眼前的是藍天，但因為他常受欺騙，因此即使眼見藍天，仍不相信它真的存在？又或者因為藍天過於抽象，無法觸摸得到，不夠具體而無法相信。

跟「天是藍的」一樣，「雷的回聲」也是抽象的，「我不相信

雷的回聲」，是不相信這回聲是「雷」所造成的，還是「我不相信」雷的回聲能發揮它應有的作用，還是「我不相信」「雷的回聲」表示上天對人類訴求的回應是不切實際的空想？

　　夢當然也是抽象，而且是虛無縹緲的。如果上面「天是藍的」和「雷的回聲」都是正面意象而「我」卻不相信的話，「我」卻不相信「夢」是假的，是不是代表「我」有著堅強的意志，堅信夢是真的呢？是不是現實太令「我」失望了，所以「我」惟有將所有希望寄托到夢裏去，所以願意相信虛幻的「夢」，也不寄望殘酷的現實？

　　無論怎樣解釋「死無報應」都是說明世上是沒有「果報」的。「我」不相信那就是說「我」願意接受「果報」思想，也希望「善有善報」、「惡有惡報」。這是為甚麼呢？是不是因為現實盡是不公平事，壞人橫行無忌，好人卻常遭殃，所以「我」希望「善惡到頭終有報，只是來早與來遲」呢？

　　總的來說，〈回答〉的四個排句合組的結構性意象群，為「我」對現實世界的不滿，表現最直接最自然的反抗。「我」對現實充滿懷疑態度，不管是那麼明顯不過的現象，「我」都一概「不相信」，並對「夢境」和「果報」等超越現實現象的想法寄予最大的期望。

4. 意象群的作用和閱讀效果

　　接下來我們討論意象群能產生哪些作用？製造出怎樣的閱讀效果？能營造哪種氣氛呢？

　　因著意象群的緣故，詩的結構會變得嚴謹。因為意象群是環環相扣的，彼此互有關連，關連越多，結構也越嚴謹。詩的結構有襯托，有正襯、反襯，有重複關係，所以我們會發現詩的多種關係。有些詩作常用排句，例如：徐志摩常用相同句式的排句創作，故相對上他的詩結構較為簡單，也較好懂。當我們認識了一個意象後，我們可利用這個意象類推至其他意象；另一方面，意象之間的關係亦會更加緊密，它們之間可以構成一個很複雜的關係網而組成詩的主要結構，所以詩未必偏重篇章結構，有時是重視意象結構的。當我們閱讀現代詩時，初看多不明白，可找出詩的意象，分析它的意象關係，最後將有關意象作跳躍式閱讀。這樣，當可增加看懂該詩的機會。

　　意象群其中一個十分重要的效果，是可以突破以意象為本的作品裏的線性關係，將詩作跳躍式的欣賞，跨越詩行的關係。其他文學文本，如小說、散文，則較少能以「跳躍式閱讀」為分析方法。閱讀詩文本其實是在玩一個語言遊戲，背後包含許多文化意義、社會意義。詩的重心是意象而非句子，從這個角度來看，便可發現意象群的價值。如顧城的〈遠和近〉，整首詩只有一個具體意象，但卻有兩個虛位／代詞（你／我），這兩個代詞令文本有廣闊的想像空間：讀者可將不同的事物代入其中，便可得到不同的閱讀效果。有關這詩的分析，請參看「意象選用」一章。

5. 結　語

　　最後，讓我總結一下這章討論過的各類「意象群」：

	關係	類屬	解說	常現態	例子
縱向	從屬關係顯而易見見於文本表層	相同	一個意象統攝全局，在其中衍生不同意象	常態（傳統關係）	銅綠、鐵銹、油膩、微菌、綠酒、白沫
縱向	先後關係顯而易見見於文本表層	不同	一個事件的不同過程	現態（獨特關係）	陽光、烏雲、暴雨、靈魂
橫向	平行關係須歸納而得	相近或相同	由大一級的概念或理念統屬	現態	木棉＋六個意象〈致橡樹〉 戰馬、三彩馬、賽馬〈唐馬〉 不同場所〈雪花的快樂〉
橫向	結構關係須歸納而得	不同	不屬同類的意象，由於結構上的安排（重複、比喻原則），文本邀請讀者將這些意象看作同一類意象	現態	〈眨眼〉六個意象

第六章　比喻原則

1. 前言

1.1. 甚麼是「比喻原則」？

　　「比喻原則」主要表現在文本的結構上，借用修辭格「比喻」的組織，以顯示在文本層面上出現的「本體」與「喻體」之間的關係。對賞析現代詩來說，「比喻原則」是十分重要的「能力點」，因為絕大部分詩文本都會用上「比喻原則」，好製造含蓄及間接的表意效果。不用「比喻原則」，很多看似互不相干的意象和內容便無法聯繫起來。這樣，要達到曲折表意，要讓讀者自行體會箇中感受，便顯得有心無力了。

1.2. 「比喻原則」與修辭意義上的比喻

　　「比喻原則」並不等同作為修辭格的「比喻」。由於修辭處理的是「選用詞語和錘煉句子的問題」，就是「研究如何運用語言準

確、鮮明、生動地反映客觀事物，以收到最充分的表達效果」❶，
所以修辭意義上的「比喻」只處理詞語的問題。

1.2.1. 修辭意義下的「比喻」

定義	通過兩類不同事物的相似點，用乙事物來揭示與其本質不同而又有相似之處的甲事物
類型	明喻：以「像」等喻詞連繫本體和喻體
	暗／隱喻：本體直接等同喻體，以「是」表示
	借喻：以喻體直接代替本體，本體不出現
	借代：以局部或以相關事物代替本體，本體不出現；這裏所言的「事物」可以是「意象」

1.2.2. 比喻原則

　　與之相比，「比喻原則」關注現代詩文本結構上的比喻現象。
換言之，「比喻原則」不光處理個別詩句詞語意義上的比喻關係，
也處理包括句與句的比喻關係，以及文本內和文本外隱含著的比喻
關係。簡單來說，只要出現任何涉及本體與喻體比喻關係的情況，
無論在詞語層面、片語段落層面、以至文本內外的層面，都屬「比
喻原則」討論和涉及的範圍。如果光從修辭意義的「比喻」認識
「比喻原則」，便無法真正體會「比喻原則」對認識、欣賞以至分
析詩文本的重要價值和作用了。

　　為方便解說起見，「比喻原則」內主體與喻體的關係，仍沿用

---

❶　見《修辭》編寫組：《修辭》，上海：上海教育出版社，1978 年 11 月，頁
　　9、44。

修辭格的名稱，如明喻、暗喻／隱喻，借代和借喻，只是「比喻原則」下的主體與喻體不停留在詞語層面，它們可以是詞語，也可以是片語、句子或段落，甚至是整個文本。

「比喻原則」能將整個文本，尤其是現代詩文本的結構分解成一本體和喻體的關係，這種組織結構模式在現代詩文本是常見的，也是現代詩文本的一種常態。用上「比喻原則」，現代詩文本便能將意象或主題擴而充之，使之包涵更深更大更廣的意義。

2.　「比喻原則」的內涵

「比喻原則」可從兩個方面看，它們是「語言層面」和「意義層面」。「語言層面」的「比喻原則」就是指比喻中的本體和喻體都能在文學文本中看得到、找得到。我們能準確並輕鬆地找到相應的「比喻」修辭格，例如明喻、暗喻，也可輕易找出它的本體、喻體、比喻詞。換言之，我們處理這種「比喻原則」，就是處理文本的「歷時」層面，也就是文本可見的一面。所謂「意義層面」的「比喻原則」，那就是指比喻往往扣緊主題，能見到比喻的意義，但它不會直接說出主題，句子中的比喻關係較為隱蔽，我們不能輕易地找出它的比喻成分，因為它本體和喻體重疊了。但我們仍能從文本裏找到蛛絲馬跡。這種「比喻關係」不直接寫出來，是因為詩的篇幅一般比較短小，文本的主題如果直接表達出來便太淺露，沒有韻味。像舒婷的〈致橡樹〉，詩中並沒有直接將橡樹和木棉的關係展示出來，但我們卻可從整個文本「比喻原則」的結構中，感受當中的關係及感情來。

3. 語言層面的「比喻原則」

　　語言層面的「比喻原則」，跟修辭意義下的比喻沒有多大分別。我們需要緊記「比喻原則」處理的是主題和結構組織等大課題，才能抓住「比喻原則」的重心，和它與賞析的密切關係。

　　語言層面的「比喻原則」，可按本體和喻體的性質，以及「比喻」兩種方式——明喻和暗喻，細分為以下兩類：一為本體和喻體都屬於意象的明喻和暗喻，一為本體是主題，喻體是意象的明暗喻。前者本體和喻體都是意象，主題間接從本喻體相類處暗示出來；主題隱晦不明，需要讀者多花心思才能掌握。後者文本直接以主題為本體，以意象為喻體，主題明顯易見。此外，「比喻原則」也可以兩組意象群組成，換句話說，本體和喻體都分別是兩組意象群構成比喻關係，從中帶出主題信息。

3.1.　意象組成的明喻

　　「明喻」是指意象甲像／如意象乙，例子有鄭愁予的〈錯誤〉：「那等在季節的容顏如蓮花的開落」，句中有「容顏」和「蓮花」兩個意象，這詩句用比喻連著兩個不同的意象，是這詩主題所在。「那等在季節的容顏」是本體，「蓮花的開落」是喻體，「如」是喻詞。有關這詩句的分析，可參看「分拆詩句」一章。

　　如果本體和喻體都是意象，主題隱含其中，那麼我們便需抽絲剝繭，找出主體和喻體的關係，包括相似和相異處。由於本體和喻體的比喻關係完全建立在兩者的相似點上，所以我們起碼需要理清相似點。只是很多時候，要更深刻地探究文本主題，便需要在主題

與喻體之間找出它們相異的地方，並思考文本如何巧妙地將它們放在一起。

　　根據比喻的定義，本體和喻體之間本質上各不相同，但卻有相似的地方。「容顏」與「蓮花的開落」本質上固然不同，表面看來也似乎不容易找出它們的相似點。當然我們仍可從「容顏」與「蓮花」之間找相近處，有著「花容月貌」的認識後，我們大致同意這個屬女性的「容顏」較容易與「蓮花」組成比喻關係。

　　「蓮花的開落」指蓮花的綻開和凋落，那麼綻放的花形容笑逐顏開的容顏是可以理解的；如按這個邏輯，凋謝的花便指因失望而頹唐的表情了。由於這詩句位於詩文本的開頭，有提綱挈領之效；加上這張「容顏」所借代的主角屬文本的重要謎團，處理好這個「比喻原則」，便能揭開角色的神秘面紗，並從而抓住主題和題目「錯誤」的深層意義。有關這詩句的詳細分析，請參「分拆詩句」一章。

3.2.　意象組成的暗喻

3.2.1.　北島〈回答〉

　　「卑鄙是卑鄙者的通行證」一句是北島名詩〈回答〉的首句，雖然這裏的本體「卑鄙」與喻體「通行證」都不是主題所在，但通過認識這奇怪的暗喻句，便可大致開啟認識這詩主題的大門。「卑鄙」屬貶義詞，形容人們行為卑劣，為求達到目的不擇手段。「通行證」則屬中性詞，用作只供指定人士出入地區的憑證。按理，能擁有「通行證」的應屬專業人士或屬有身份人士，印象是正面的，

這裏將兩個本來風馬牛不相及的意象放在暗喻的關係上，明顯鼓勵讀者在兩個不同的意象中找它們的相同點：詩句提供了這樣的方便，因為在「通行證」前有「卑鄙者的」的修飾成分，便自然將原本屬中性甚至有點正面（因持有「通行證」人士的正面身份）的「通行證」意象變成負面。因為「卑鄙」，才讓「卑鄙者」如拿著「通行證」般可以暢通無阻；換句話說，「卑鄙」成為讓「卑鄙者」通行無阻的工具。既然「卑鄙」行徑如此令人髮指，那麼為甚麼「卑鄙者」能通行無阻呢？這似乎多少跟社會本身有關。按理，社會風氣正直不阿，「卑鄙」是不可能得逞的；由此推論，「卑鄙者」只有在黑白不分、道德不濟甚至風氣敗壞的社會才能借助他的「卑鄙」行徑為所欲為。這是甚麼的一回事？為甚麼「卑鄙者」能為所欲為呢？有關這詩句與文本的關係，以及詳細的分析，請參看「對比原則」一章。

3.2.2.　黃國彬〈天堂〉

　　黃國彬〈天堂〉第一句「天堂的街道是長期便秘的大腸」也是暗喻句，它的本體是「街道」，喻體是「大腸」。雖然這本體屬「天堂的街道」，與主題或題目有從屬關係，但畢竟兩者並不等同。通過分析並通解這暗喻句，可增加了解主題的機會。「街道」是「大腸」這個暗喻關係本來並不難理解，因為兩者的形狀都是修長的，只是加上兩組修飾成分後，這個暗喻關係便變得很奇怪，甚至矛盾重重。正面如「天堂」的「街道」又如何跟令人嘔心的「長期便秘的大腸」扯上關係呢？有關這詩句的分析，可參「分拆詩句」一章。

3.3.　含主題的明喻

　　掌握本體和喻體之間的相同或相異點，通過處理這些相同或相異的地方，讀者便可讀懂文本的主題。掌握本體和喻體的關係後，便能認識文本，甚至掌握文本與主題的關鍵。如果本體是主題，喻體是意象，那麼我們既須釐清它們之間的相似點，更重要的是探究兩者的相異和關係，以便準確詮釋文本的主題。

　　換言之，主題（比喻關係的「主體」）的內涵，便是依靠喻體來加以說明和解釋，因此分析這種「比喻原則」無異於梳理文本的主題。例如何其芳〈歡樂〉這首詩，「歡樂」是主題，它的內涵和意義通過明喻顯示出來，如詩中頭兩句問「歡樂是甚麼顏色」，「像白鴿的羽翅？」還是「鸚鵡的紅嘴？」，「歡樂」這個主體便有著兩個喻體，「白鴿的羽翅」和「鸚鵡的紅嘴」。當然這個比喻關係並不是一個簡單的明喻句，而是先以問句形式詢問「歡樂」的顏色，然後為這問題提供兩個可能的答案，並以疑問句形式保持發問待答的狀態，好讓邀請讀者思考有關問題，從而思考主題「歡樂」的含義。「白鴿」代表和平、純潔，「白鴿」可以飛翔，飛翔代表自由自在、無拘無束，「歡樂」也就是一個和平的氣氛。「鸚鵡」是聰明、七彩繽紛的，「紅」代表鮮艷、熱情、喜慶，「歡樂」也是一個激烈、開心的感覺。「白鴿」和「鸚鵡」是兩個截然不同的意象，通過使用不同意象作喻體，讀者當可對「歡樂」這主體有更深入的認識。

3.4.　含主題的暗喻

　　與明喻的「比喻原則」相比，以暗喻形式呈現的「比喻原則」更為普遍。徐志摩〈雪花的快樂〉便是其中之一。第一句「假如我是一朵雪花」已直截了當地點出本體「我」與喻體「雪花」的關係，往後文本將進一步申述「我」這片「雪花」如何有意識地飄向「她」，也預示「我」的快樂泉源就是「她」，藉「雪花」意象表現出來，產生既含蓄又浪漫的效果。

　　另一個例子是余光中的〈鄉愁〉。這文本寫的自是鄉愁，首句「鄉愁是一枚小小的郵票」，便開啟藉「郵票」意象交代主題的整個過程，將「郵票」和「鄉愁」連在一起的正是這暗喻的「比喻原則」。當然這個比喻關係有點耐人尋味，需要花點時間和心力才能掌握它們之間的相近和相異的地方。但是正因為這　番的「折騰」，讀者也因此增加了玩味文本的興趣，並同時深化了「鄉愁」主題的內涵和蘊含在語言背後的深意。

3.5.　以比喻句構築的文本

　　很多時候，詩文本中的比喻句並非單獨存在，更多是以幾個比喻句構成詩文本的主要結構，借助比喻中本體和喻體之間的既定關係，鋪展全文。因此，我們既要認識句子層次上的、修辭上的比喻關係，更要注意以此為基礎，聯合數個比喻句而形成的「比喻原則」，這對認識以至深入分析詩文本都是至關重要的。

　　上面提及的〈歡樂〉就是從一個問題出發，緊接一連串比喻和更多的比喻式問題，以至一直累積十五個問題，填滿了十五詩行，

形成這詩文本。文本中從問歡樂是甚麼顏色、是甚麼聲音、到是不是可以握住、可不可看見、會有甚麼反應、到歡樂怎樣來、從甚麼地方來、來時有沒有聲響；最後用暗喻交代「我」對歡樂的態度：「盲人的目」，還問上最後一個問題：「歡樂」是不是可愛的作為終結。要了解和分析這文本，解讀其中的比喻關係明顯是關鍵，也可算是唯一出路。

　　另一個上面提及的文本〈鄉愁〉也如〈歡樂〉般以「比喻原則」構築起來。這詩四個詩段的第二句都是一個暗喻，以「鄉愁」為本體，分別以「郵票」、「船票」、「墳墓」和「海峽」為喻體，以四個意象為讀者解剖「鄉愁」的內涵。當然這文本的「重複原則」和「對比原則」同樣重要（請參看相關章節）；但明顯的是，以「比喻原則」入手梳理，再配合「重複原則」和「對比原則」兩個「能力點」的探討，要了解這首余光中的名篇，便不是如想像般困難了。

4. 意義層面的「比喻原則」

　　以上所談的是「比喻原則」在語言層面的情況，以下將要討論「比喻原則」在意義層面的情況。與語言層面相比，意義層面的「比喻原則」的特點在突出文本的「共時性」；換句話說，就是涉及「現實文本」與「可能文本」之間關係的問題。讀者能見的文本僅僅是白紙黑字印在詩集上的文本，也就是「現實文本」；所謂「可能文本」就是讀者想像出來的，拿來與「現實文本」並讀的文本。

從比喻關係看，「喻體」顯現在文本內，「本體」則隱藏在文本外，要了解這類「比喻原則」，便須從文本內認識「喻體」的特點，並由此跳出文本之外，在「可能文本」找來「本體」。通過認識「本體」，進一步探究文本主題。這裏，我們藉修辭格「借代」和「借喻」，闡釋意義層面的「比喻原則」。

4.1. 借代關係的「比喻原則」

借代關係：以局部或以相關意象代替本體，本體不出現。顧名思義，在這種「比喻原則」下，讀者只能在文本中看見這個「局部或相關意象」，讀者需要由此推演出本體。

4.1.1. 鄭愁予〈水手刀〉

鄭愁予的〈水手刀〉就是以這種「比喻原則」構築起來：

> 長春藤一樣熱帶的情絲
> 揮一揮手即斷了
> 揮沉了處子般的款擺著綠的島
> 揮沉了半個夜的星星
> 揮出一程風雨來
>
> 一把古老的水手刀
> 被離別磨亮
> 被用於寂寞
> 被用於歡樂

被用於航向一切逆風的

桅蓬與繩索……

「水手刀」就是「水手」的借代，「水手刀」是水手隨身之物，且是傍身利器，以「水手刀」借代水手是有代表性的，強調的是「水手刀」的作用；因此文本雖然只有十一行，但卻出現九個與「水手刀」有關的動詞，其中一個「磨」、五個「揮」和三個「用於」。

「水手刀」能斷能砍，可算是十分有用的工具，甚至是水手的最佳夥伴，它可用作自衛，船隻泊岸後，可用它開路砍掉阻礙物，找尋水源和食物以及其他補給。航海期間，「水手刀」可製作木偶解悶，還可用作剪裁蓬布和繩索等等。文本藉描寫「水手刀」的功能和作用，突顯水手飄泊無定、沉悶寂寞和不由自主的生涯。

揮動「水手刀」能砍斷不少東西，只是文本並沒有一個「砍」字，「水手刀」的對象也不是剛才說的那些可以割斷的物品，而是抽象的「情絲」，碩大無朋的「島」、相隔千里的「星星」、還有自然形成的「風雨」。文本中的「水手刀」用途也不完全是剛才我們提及的，其中只有「桅蓬」和「繩索」是具體的意象，也是「水手刀」能發揮作用的。至於「寂寞」和「歡樂」都是抽象的形容。毫無疑問，揮動「水手刀」是不可能砍斷這些抽象物事的，反而有「揮之不去」，越揮動越顯得勞而無功的挫敗感和那份無助感。由此可知，文本運用借代「比喻原則」寫「水手刀」，為的是強調水手生涯的各種苦況。由於飄泊無定的生活，即使遇上可愛的異性，為了忍心結束沒有將來的感情關係，所以唯有揮動「水手刀」毅然「砍斷」情絲。隨著船隻繼續前進，傷心地看著情人所處的小島慢

慢消失於水平線之下，任你怎樣揮動「水手刀」，也不可能改變水
手飄泊無根、浪跡天涯的命運。水手生活的困苦可能不在白天，而
在晚上，因為白天水手忙於工作，擦地板、理帆索等忙個不停，無
暇思考。可是到了晚上，工作已完卻苦無娛樂，親人不在身旁，面
對漫漫長夜，朗朗明星也隨著時光流逝，斗轉星移，給「沉」到水
平線下了，卻只有「水手刀」長伴身邊，成為水手最親密的伴侶。
此情此景，揮動「水手刀」以排遣鬱悶可能是唯一可以發洩，卻又
是無奈已極的動作。

　　這把「水手刀」仿佛就是水手本人，它久歷風霜，堅毅而勇
敢，面對無休止的日日夜夜，寂寞、離愁、歡樂、風風雨雨都能在
刀鋒上找到痕跡，將刀刃磨得更光亮。文本用了三個「被」字寫
「水手刀」沒有自主的特點，表現被動，甚至被迫的感覺。由於借
代的關係，這種被動以至被迫特點也因此投射到「水手」身上，將
水手生涯百般無奈的感受表現得更含蓄，也因此發揮得更淋漓盡
致。

4.1.2.　余光中〈長城謠〉

　　余光中的〈長城謠〉以「萬里長城」借代中華民族這個老方法
來組織文本。「萬里長城」是中國的象徵物可謂眾人皆知，以屬於
中華民族的偉大建設來代表中國是順理成章的事。這詩利用「長
城」意象，以及與意象相關的描述，如長城「斜了」、「歪了」、
「倒下來了」、「磚石在迸裂了」、一派「悲號」聲等，來抒寫中
華民族坎坷的命運。可是到了文本末尾，只有三行的詩段裏，「長
城」卻借喻成中國麻將牌築成的「四方城」，推倒城牆等同推牌再

玩的洗牌動作。如果「長城」還有借代甚麼的話，不是中國人愛賭
的習性？還是用來諷刺中國人對祖國命運漠不關心，只懂耍樂的心
態？抑是為了突顯「眾人皆醉我獨醒」的感慨和悲哀？由於〈長城
謠〉用上「長城」借代「中華民族」，還將「長城」借喻成「麻將
牌」，文本就在這個複雜的「比喻原則」下，放進了關注中華民族
命運的嚴肅課題，以及諷刺現代中國人不關心祖國的信息，增加文
本有著豐富的內涵和情意。

　　一般來說，這種借代關係的「比喻原則」跟詩文本主題的關係
是密切的。即使文本中的「喻體」或文本外的「本體」不是主題本
身，也與主題有著十分緊密的聯繫。能通過借代關係，理解喻體
（在文本內）與本體（在文本外）的來龍去脈，大致便能順利地找到文
本的中心所在，探究主題便會事半功倍了。

4.2.　借喻關係的「比喻原則」

　　修辭上的「借喻」是指喻體直接代替本體。由於「借喻」連
「借代」那種通過類屬關係找尋本體的線索也不存在，因此一般讀
者較難從出現在文本的「喻體」聯想到處於文本外的「本體」身
上，所以要分析和了解這種借喻的「比喻原則」，讀者要多費周
章，多動腦筋才行。

4.2.1.　余光中〈守夜人〉

　　余光中〈守夜人〉寫的是「我」這個「守夜人」的心境。文本
裏，「五千年」借代那擁有五千年歷史的「中華文明」。「守夜
人」借喻那些維護中華文明／文化的讀書人。由於「守夜人」與

「讀書人」本身沒有任何關係，因此這種比喻關係不是「借代」而是借喻。如將作者直接代入「我」的話，那便是作者自比文化人要守護中華文化的精粹。「守夜人」看守的原因是防止晚上出亂子。整個文本除了第一句直接與中華文化有關，其餘均與中華文化無直接關係，所以整首詩均有借喻關係。

4.2.2.　顧城〈一代人〉

　　我們可以從標題窺探出借喻的興味來。詩中的「我」借喻為「文化大革命」時的年青一代。詩中十八個字並沒有出現與「文革」的任何線索，但我們分析整首詩後便會發現它是在描寫文革時代的年青人受文革影響，被迫接受黑白不分明、是非顛倒這個思想洗禮的時代。文本最重要的意象是「黑色的眼睛」：它貫穿全文，「黑夜」和「光明」是相反的，「黑夜」可代表政治黑暗、人情黑暗或人事黑暗；「光明」可代表公正開放，兩者有著強烈對比。「黑夜」為甚麼可以給「我」「黑色的眼睛」呢？其實這是不可能的，因為「眼睛」的「黑色」是基因決定，而不是由「黑夜」而來。要通解這句，便須多加聯想：「黑夜」並不是真的給我「黑色的眼睛」，而是「眼睛」所能看到的均是「黑色」的，這裏的「我」是被動的。

　　「我卻用它尋找光明」一句中，「我」由被動變為主動，句中的轉折詞「卻」是一個關鍵：原本只能看到「黑暗」的「眼睛」，「我」現在卻用它們尋找「光明」。「眼睛」既可指視覺器官，也可指「靈魂」。這裏指的可能是後者：「黑暗」的現實令我們心靈感到很悲傷，但我們卻用心靈找尋現實找不到的「光明」，也即找

回正義、道德觀、價值觀等……。

4.2.3.　顧城〈結束〉

　　這文本常給人想當然地解釋為「文革」的產物，題目「結束」指的就是「文化大革命」運動的結束。文本內的「崩塌」被指等同「文革」造成的動亂，「高壘著」「巨大的頭顱」就是寫「文革」釀成的人命傷亡，加上這詩文本寫於七十年代，「文革」也正是在 1976 年「四人幫」下台時結束的，因此〈結束〉是寫「文革」的說法似乎理所當然。只是這種光從外緣資料簡單地判斷文本的作法，其實並不如想像般具足夠的說服力。

　　事實上，「崩塌」不一定是動亂，更不一定是指「文革」造成的動亂，「巨人的頭顱」指文革時遇害的人也頗為牽強。再看副題「寫在被污染的嘉陵江邊」，如果寫的是文革，那麼這副題該如何理解呢？嘉陵江位於四川省，「污染」指的是甚麼呢？是工業污染，還是「精神污染」？

　　無論這文本是否寫「文革」，這裏「結束」、「崩塌」等意象絕不止於表面意義，它們屬借喻類的「比喻原則」。「結束」除了可借喻為「文革」的結束外，也可借喻任何「災難」的結束。無論這文本作何種解釋，「比喻原則」都可作為有效的分析工具。

5.　結語

　　以上交代了各種常見的「比喻原則」，它們跟修辭格的關係很密切，容易混淆；只是我們必須保持清醒，分析牽涉的是整個文

本，因此「比喻原則」處理的是文本的結構和組織問題，畢竟與只局限於字詞層面的修辭格有很大的分別。以下是本章討論過的「比喻原則」簡表：

語言層面：歷時				
比喻單位	比喻方式	本體	喻體	例子
詞	明喻	意象	意象	〈錯誤〉：「容顏」、「蓮花」
詞	暗喻	意象	意象	〈天堂〉：「街道」、「大腸」 〈回答〉：「卑鄙」、「通行證」
詞	明喻	主題	意象	〈歡樂〉：「歡樂」
詞	暗喻	主題	意象	〈雪花的快樂〉：「雪花」 〈鄉愁〉：「鄉愁」、「郵票」等
句	明喻	主題	意象	〈歡樂〉：「歡樂是甚麼顏色」等
句	明暗喻	主題	意象	〈鄉愁〉：「鄉愁是一枚小小的郵票」等
意義層面／文本外：共時				
詞	借代	主題 （文本外）	意象	〈水手刀〉「水手刀」、〈長城謠〉「長城」
詞	借喻	主題 （文本外）	意象	〈守夜人〉「守夜人」、〈一代人〉「我」、〈結束〉「結束」、「崩塌」

第七章　重複原則

1. 前言：甚麼是「重複原則」

　　跟「比喻原則」的情況相近，「重複原則」不是修辭上的「重複」，「重複原則」包括「反復」等修辭格，但不只於此。我們可以在一般修辭工具書中，找到屬於「重複原則」項下的修辭格，包括反複、對偶、排比等。修辭是詞語層面的事，「重複原則」則是從整個篇章結構著眼的。利用結構組織層面的「重複原則」欣賞文學文本，能達致更大的效果，尤其是現代詩。現代詩的重複現象十分常見，因此「重複原則」這個「能力點」是一個重要的分析方法。

　　例如顧城〈遠和近〉一詩，雖然整個文本只有二十四字，但當中卻出現很多重複現象。按理，現代詩講求精簡凝煉，重複應屬大忌才對；既然文本甘冒累贅拖沓的風險，也要加進「重複」元素，我們更需要多認識這個結構原則了。

2. 重複現象

　　以下是現代詩文本較常見的九種重複現象，當中包括顯性及隱

性的「重複原則」。「顯性重複」屬表面的,讀者一般可以直接看到有關的重複現象。「隱性重複」則是深層的、間接的,需要讀者經過分析以及仔細觀察才能找到的重複形式。

2.1. 顯性重複:文字層面

顯性重複主要是文字的重複,由於文學是語言的藝術,讀者閱讀文本就是閱讀文字,因此文字的重複是最顯眼,也是最易辨識的。文字的重複雖然看似簡單,辨識起來並不困難,但這種重複是所有重複類別的基礎,還是值得我們重視的。文字的重複大致可細分為三種,包括字詞、句式和段落的重複。

1. 字詞的重複:即字、詞以及片語的重複

這是以字詞為單位的重複現象,等如修辭格的「反復」,也是一般讀者最容易辨析的一種。

2. 句式的重複:即排句

排句即整個結構一樣,數目、字數可能不同的句式,在現代詩文本十分常見。現代詩文本的句式重複通常有固定模式,例如不同詩段的同一行,用上相同句式;那麼我們便可利用這種「重複原則」,抓住這幾個使用相同句式的詩行一併處理:可從句式的相同處出發,如句式中的不同主語由於位置相同可視為同類,共組意象群,進行深入分析;再通過它們之間的不同,擴闊對文本的整體認識。

3. 段落的重複：即整段的重複

　　這類「重複原則」可以是一字不差的，也可以是大部分重複，個別字詞相近。一般我們都能馬上辨認出來。就算是日常寫作，老師也經常告誡學生避免重複，尤其是短距離內出現更是大忌，老師一般會要求學生改寫重複部分，這也常常是評價學生語文水平的標準；更何況是講求精煉簡潔的現代詩？可是事實上，現代詩的重複現象十分普遍，有時是整句、整行以至整個詩段的重複，這是我們特別值得注意的地方。例如余光中的詩作便常用上這類「重複原則」，但我們當然不會說他語文能力不高，因為余光中有意運用「重複原則」，幫助讀者擺脫一般閱讀的限制，製造更佳的閱讀效果。

2.2.　隱性重複：意義層面

　　隱性重複：即深層的和間接的「重複原則」。讀者未必能一看便看出這類重複現象，但當學懂「重複原則」，並意識到它在現代詩的重要性後，便會發現「重複原則」在結構上的重要意義，更會體會到現代詩經常發現「重複原則」的原因。

　　隱性的「重複原則」範圍十分廣泛，甚至可說「無所不包」，只要我們能多運用聯想力看待現象，便會發現即使在看似「風馬牛不相及」的不同事物中，也能找到相類元素，例如「太陽」和「燈」兩個不甚相干的意象，只要我們換個角度，多發揮聯想力，便不難發現兩者的共同點，例如它們都能照明；因此，在這個特點下，兩者便是「重複」，便可放在一起分析。再如「船」和「書」之間似乎也不甚相干，可是如果我們從船載貨的功能理解「船」，

那麼「書」不也「負載」知識嗎？這樣看，「船」和「書」便有相似點，便有供「重複原則」分析的基礎了。當然這樣做，不少人會有懷疑：這豈不是可以任意猜度，胡亂分析嗎？事實上，文學領域就是一個充滿聯想的世界，「重複原則」只是因應這種特性而設計出來的「能力點」而已。加上，分析並非無的放矢，而必須在文本中找到相關字詞等證據才可發揮聯想力，所以這類分析仍有相當的客觀標準。

　　以下是六種隱性的重複，包括意義、類型、功能、效果、身份／角色的以及性質的重複。

1. 意義的重複

　　例如「圓月」和「攢盒」（俗稱「全盒」）都有表示團圓和圓滿的意思，雖然它們分別屬中秋節和農曆新年的事物，但因為上述意義上的相近，可視之為意義的重複，分析時可以將它們放在一起處理。「比喻原則」中的本體與喻體也有相近的地方，這相近之處的背後不也正是一種「重複原則」在發揮作用嗎？這種「意義」上的重複並不一定顯而易見，它和文字的重複不同，「意義的重複」並不見於字詞表面。

2. 類型的重複

　　例如同為自然景象、動物或運輸工具之類的意象，便屬這類。舒婷〈致橡樹〉中的「泉源」、「險峰」、「日光」和「春雨」都屬自然景象，可以放在一起分析。本書「意象群」一章便將它們視作同一意象群來分析。

3. 功能的重複

即在文本中起著相同或類似功能的意象或角色。例如不同的配角發揮著相近的功能，唐傳奇裏面很多丫環或書僮，都是協助主子幹這幹那的，因此這兩類角色的相近功能，便可用功能重複的「重複原則」進行分析了。又如現代詩中出現「屍體」、「墳墓」等意象，由於它們也有傳遞死亡信息的功能，表現負面的色彩；因此它們也可以「重複原則」進行分析。

4. 效果的重複

產生相同效果的方法很多，因此討論範圍也極廣，幾乎無所不包。例如能同樣製造愉悅、驚嚇、幽默或諷刺效果的意象便是。「彩虹」、「旋轉木馬」等意象都有浪漫和使人愉悅的效果；這些「效果的重複」一般不能從字面上看到，只能經過分析後才能辨識當中的「重複」效果。

5. 身份／角色的重複

例如同屬人民英雄的歷史人物，好像屈原、岳飛等，雖然他們一文一武，但我們也可從他們為民族為國家的偉大情操這相似點，將它們連在一起處理。

6. 性質的重複

如「車輪」和「太陽」意象同呈圓形，有著相同的性質，因此可在文本中產生「性質的重複」現象。這類重複也很寬泛，讓讀者較易突破原來線性閱讀習慣（即由頭到尾的閱讀次序），改按性質相同的意象跳讀，並開展分析。又如「灰色的人生」和「灰色的水泥

地」藉同是灰色的性質，我們可將這兩個本身無甚關係的意象「人生」和「水泥地」放在一起，經過仔細分析，增加我們對意象以至文本主題的認識。再如顧城〈一代人〉中的「黑暗」和「黑色的眼睛」兩個同屬黑色的意象有甚麼關係？又能產生怎麼樣的閱讀效果？這正是拆解這短詩的關鍵。尤其當這兩個意象（共七字）已佔去全詩（只有十八字）相當的篇幅，有關意象的重要性更是不言而喻。有關這文本的分析，可參「比喻原則」和「內在邏輯」兩章。

　　總的來說，我們需要在意象裏面找出相同、相近或相似點，以便我們分析時有理據在手。利用以上這些「重複原則」，我們能將不同的東西放在一起分析。從上述九種不同的「重複原則」中找到合適的重複關係，將看似沒有關係的東西組合，讓分析變得可能，也讓論述變得有理有據。

3.「重複原則」能力點分析方法

　　重複現象本身，尤其是文字層面的重複是最容易讓我們注意的地方。試想如「丁香」意象在戴望舒名詩〈雨巷〉中不斷出現，讀者是不可能不注意的。相對而言，屬「隱性」的重複關係，如意義、類型等的重複關係，讀者較難察覺。只要經過簡單訓練，有意識地細讀文本，還是不難找出這類「隱性」關係的。

　　這種按意象相似點的搜尋重複關係的方法，就是基於意象的相同或相似點作為標準的。當讀者找出重複關係後，便可直接將有著「重複」關係的意象放在一起分析，而不用再遵循文本的先後次序順序理解，這樣便能突破傳統閱讀的線性限制，進行有意義的「跳

讀」了。例如余光中〈鄉愁〉一詩，由於「郵票」、「船票」、「墳墓」和「海峽」都在文本中作為「鄉愁」的喻體而存在，加上它們在每一詩段的第二行都處相同位置，無論從句式的重複關係看，還是從效果或功能的重複關係看，這幾個意象明顯有著重複關係，所以我們可以把它們視作分析對象，暫時不理會詩文本其他成分，先找尋它們除了句式成分和功能的相似外，還有沒有其他相類的地方，直接進行比較。這就是按重複關係進行跳讀，再而進行仔細分析的意思。

　　賞析文本時也需要照顧重複的「相異面」，那就是在上述相似或相同面的基礎上，比較重複關係的意象之間不盡相同甚至迥然不同的地方，如果上述所論意象的相似或相同點可以幫助我們突破文本限制，容許我們分析不同意象的話，從意象相異面分析則更有拆解文本甚至通解文本主題的作用。這樣，我們可以比較「重複」意象之間的不同來突顯主題，或引導讀者探究文本深意。

　　大家可能懷疑，不是每個「重複關係」都有相異面吧？那種一字不易的重複，或稱「完全重複」的關係便沒有「相異面」.事實上，即使屬於文字層面的重複，也即所謂「完全重複」：一字不易的重複，我們還是可以通過意象搭配的不同成分，引導讀者從上下文中理出相同意象的分別來。

　　每當我們聽到「重複」二字，很自然便想到「相同」的東西。可是我們應該細想：文本為甚麼會出現兩個甚至更多相同意義的字詞呢？詩文本不是一直講究精煉、崇尚簡潔的嗎？相同字詞出現在數十字的文本中不是一件很值得我們深思的現象嗎？這種「重複」現象是不是邀請讀者細心觀察它們相異之處的信號？

4. 「重複」的相同和相異面

4.1. 異中有同

我們可以從兩個層面作進一步探究:「異中有同」和「同中有異」。「異中有同」強調相同,例如句式的重複,兩個不同的意象給放到相同的句式中,這種安排明顯是為了突出兩個不同意象能夠共同建構的意義。由於句式相同,句式的重複關係就是為了邀請讀者探求同一句式中不同意象的相同或相近點,並由此推衍出更深層的意義,甚至可由此直探文本主題。讀者可透過歸納不同意象的相同點,增加對主題的了解,這樣便可沿著相同之處跳讀,如果 A=B B=C C=D,我們看的時候便可 A→B→C→D 的進行閱讀。倘若詩文本有 10 行,其中第 1、4、7、10 行的某一位置有相類似的意象,我們便可以跳躍式的方法閱讀。換言之,閱讀的焦點便落在相同意象上。

4.2. 同中有異

另一種情況是「同中有異」,即強調意象的相異面。由於不同的語境或其他條件的因素,那些意義大致相同的意象,意在鼓勵或吸引讀者注意它們之間那細微分別,這個分別可能見於意象的不同修飾成分,如「無盡的陽光」與「溫暖的陽光」的分別;又或見於近義詞裏相同的詞素中。顧名思義,「近義詞」之間意義並非一樣,詞素當中有一個相同,一個相異,「近義詞」便要突出相異的地方,如「昏夜」和「黑夜」雖同是晚上的意象,但兩者各有偏

重。雖然文本可能沒有刻意提及某些特別深意，但就是由於以上提及意象出現的相異地方，讀者需要進一步了解這些意象在文本中的作用，便須好好思考產生相異面的原因，因為這可能是文本的主題所在。總的來說，「重複原則」在文本賞析上的作用就是通過「相同面」鼓勵讀者跳讀，也通過「相異面」鼓勵讀者深入分析意象之間的關係，進而探究文本主題。

5. 字詞的重複：戴望舒的〈雨巷〉

　　以下我們重點交代兩種「重複關係」，分別是「字詞的重複」和「性質的重複」，例子前者用戴望舒的〈雨巷〉，後者用余光中的〈唐馬〉。

　　戴望舒的〈雨巷〉十分強調「丁香」意象，共出現了七次，這便是字詞或意象的重複。字詞的簡單重複效果明顯，能在讀者心中留下深刻的印象。這詩題目雖為「雨巷」，但真正寫「巷」的地方不多，裏面主要寫「丁香」，「丁香」代表姑娘，所以詩中的「她」，與丁香有密切關係。本來文本中出現七次「丁香」已然十分耀目，加上由丁香衍生出來的事物以及關於「丁香」屬性的描寫，彌漫整個文本。如果我們從意象方面進行分析，「丁香」可以再細分成以下幾種屬性：包括它的氣味、形態、葉、枝等，這些在文本裏尤其是第二段都能找到許多例子，像「丁香一樣的顏色」、「丁香一樣的芬芳」、「丁香一樣的憂愁」等。此外，「在雨中哀怨」，和「哀怨又彷徨」，既可以說花，也可以說人。

　　文本倒數第二段也是寫「丁香」的：「在雨的哀曲裏，消失了

她的顏色，散了她的芬芳，消散了，甚至她的太息般的眼光，丁香般的惆悵」。文本反反復復的敘述「丁香」，我們因此可以歸納出「丁香」有著甚麼形態，以及屬性如何。詩中並沒有獨立描寫姑娘的文字，寫的全是「丁香」。按理我們應忌諱不斷的重複，但當我們發現所重複的「丁香」前後皆不相同，譬如它們分別強調顏色、香味、所帶出的感覺，效果便會變得不一樣。事實上，文本出現如此頻密的重複並不常見，由此可見意象重複的重要性。簡單來說，如果我們不認識「丁香」意象，要賞析這首名篇是有困難的。

由於意象的重複關係，使得跳讀成了可能。如第二段寫「丁香一樣的顏色」，倒數第二段又寫「消了她的顏色」。這裏「她的顏色」就是「丁香的顏色」，文本在前面鋪排，在後面作回應。因著「重複」的文字，我們便可按這個方向跳讀，接下來要處理的是意象在哪裏出現、出現的形態怎樣。文本前面寫的所有東西，到後來都消失了，這是甚麼一回事呢？這裏寫「由有到無」，製造出悲哀的氣氛，文本希望營造的就是「曾經擁有，最後消失」這個調子。這個文本要製造負面信息，一個很愁悶的環境，依靠的就是「丁香」意象的各種屬性，最重要是它的愁怨感覺。這個感覺散佈於整個文本，也是「重複原則」所製造的效果。

6. 性質的重複：余光中的〈唐馬〉

接下來以余光中的〈唐馬〉為例說明「性質的重複」。文本中「馬」意象以不同性質或不同身分重複出現，並以此帶出主題。

馬是總稱，詩中第一行出現「神駒」，「駒」是馬的近義詞，

指好馬,有正面色彩。另一「馬」意象是的「駿」,馬的代稱,也指好馬(見第十五行「失群一孤駿」)。第三個是「驊騮」,即千里馬(見第十九行「雄糾糾千里的驊騮」)。最後是「龍裔」,指這馬是「龍」的後裔,屬借喻(見第三十五行「軒昂的龍裔」)。

這首詩共有四個「馬」的意象,不同身分的「馬」構成「重複關係」,因此我們可以單獨抽出有關這四種「馬」進行分析。當然我們初讀文本時是不可能一下子明白文本對「馬」的不同態度的,只有仔細按「重複原則」,從「馬」意象相近的地方出發,再比較四種「馬」意象的不同,才能逐步認識文本對馬的不同立場和態度,並可由此增加對文本主題的認識。

先看「神駒」,除了上述正面色彩外,還可從同一詩行的其他成分增加對這匹「神駒」的認識:「居庸關外」、「月明秦時,關峙漢代,而風聲無窮是大唐的雄風」。從這些句子可看出「神駒」身處的時代是千多年前唐朝的邊關塞外,從「旌旗在風裏招,多少英雄」一句中的「旌旗」意象,我們知道這「神駒」是戰馬,與之相配的是「英雄」,「英雄」騎著「神駒」,給人十分正面的感覺。

第二個相關的意象是「孤駿」。雖然「孤駿」和剛才的「神駒」也單指一匹馬,但這裏的「孤駿」是「失群」的,也就是說這「孤駿」原本跟一群馬聚在一起,可是現在這匹「駿馬」卻走失了。「孤」指孤單,有孤獨的感覺,再加上「失群」,孤獨之中更顯孤獨。再看有關這「孤駿」的其他內容:「失落在玻璃櫃裏,軟綿綿那綠綢墊子墊在你的蹄下」,還有「暖黃冷綠的三彩軸身」。原來「孤駿」並不是一匹真馬,只是陶瓷製品,一匹「唐三彩」

馬。

　　「神駒」和「孤駿」同樣指唐朝的馬，但身處的時空不同，「孤駿」身處玻璃櫃裏，按邏輯推論，這個玻璃櫃應身處於香港，因為第三十一至三十二行寫到「公開的幽禁裏／任人親狎我玩賞／渾不隔音的博物館門外」一句。這可符合香港跑馬地馬場附近有灣仔博物館的事實。詩中的「孤駿」指「唐三彩」馬，是死物，但它有很高的藝術價值，十分名貴而且美觀，也是重要的中國文化遺產。這「孤駿」的描述既正面的，又有負面的感覺，因為它畢竟不是一匹真馬，而且這「孤駿」給人「幽禁」起來。文本為甚麼要選擇在真馬外加進這匹「唐三彩」馬意象呢？這是十分值得探究的問題。

　　第三個「馬」意象是「驊騮」指「赤色駿馬」。這裏的情景與剛才「神駒」不大相同，要了解「驊騮」的特點便須從文本入手。按語意劃分，屬「驊騮」的文字由第23至32詩行。「驊騮」面對的已不是以「單于」為代表的匈奴、吐蕃等外族，也不是「弓弩手」、「射雕手」的武器；外族變成「氈帽壓眉」，有著「碧眼」的蘇聯軍隊；武器更發展成「重機槍」。縱使「驊騮」如何神勇，也無法敵得過這些「新敵」；字裏行間那種「時不我予」、「英雄無用武之地」的感慨隱然可見。結果曾馳騁大漠的「驊騮」只能變成「精巧的寵物」，隨著時代的轉變，我們再不需要用「馬」打仗了，「馬」原本的功能，原有極為正面的形象，現在仿佛不再重要了。「馬」還能給人印象的場景似乎只有博物館。這裏，文本有意加進一時代元素，那就是六十年代蘇聯與中國交惡，在珍寶島釀成衝突，是為「珍寶島」事件，之後的三十年內，蘇聯在中蘇邊境一

直屯駐重兵，威脅中國安全。大家可能會說，文本賞析不是要盡量抽離時空因素，光從文本中進行分析嗎？這是對的，只是有的文本如多了解一點背景，是可以幫助我們理解文本的。事實上，有關「驊騮」英雄無用我之地的信息，即使我們全然不知「珍寶島」事件，只要明白外敵已由「單于」變成「碧眼」的「新敵」，信息還是可以掌握得到。

最後一個意象是第三十五行的「龍裔」：「你軒昂的龍裔一圈圈在追逐」。「龍裔」指賽馬中的馬，是活生生的馬，當然我們也可視之為健康的馬，是好馬。但畢竟跑馬場的「賽馬」和保家衛國的「戰馬」，無論價值、地位和意義都相差甚遠，但我們卻不能說「賽馬」的馬不重要，這裏似乎在突顯「馬」無論從功能還是角度，都與從前有很大不同。

至此，我們在文本中分辨出四種「馬」，它們是唐朝的戰馬「神駒」、現代全無用處的「驊騮」、成為「唐三彩」馬的「孤駿」和在跑馬場的「賽馬」「龍裔」。現在我們嘗試歸納出這四種「馬」意象的特點。

「神駒」、「孤駿」、「驊騮」和「龍裔」都有它們的正面意義。「神駒」幫助士兵打仗，保家衛國，和「英雄」出生入死，固然是好馬；「孤駿」和「驊騮」都變成「唐三彩」馬，「唐三彩」在藝術上有著極崇高的價值和地位，無可置疑是正面的；作為賽馬的「龍裔」也可有正面的意義，因為它為人帶來歡樂和就業機會，甚至能為人們帶來意外之財。

從馬的功能來說，「孤駿」、「驊騮」和「龍裔」都已失去原來的功用，只有「神駒」仍然保存。如以歷史發展看，隨著時代進

步,馬的身份似乎在不斷的墮落:由與「英雄」出生入死,保家衛國的「神駒」,變成藝術品的「孤駿」和「驊騮」,再而變成供人博彩的工具。

最諷刺的是最後的賽馬「龍裔」。文本這樣描寫馬場台上觀眾:「患得患失,壁上觀一排排坐定/不諳騎術,只誦馬經」。「不諳」對「只誦」,「騎術」對「馬經」,排列得十分工整。「經」本解作經典,這裏寫的卻是「馬經」——一種全是數據的賽馬資料,人們並不真正了解在說甚麼,而是「只誦」,當中諷刺意味極濃。

此外,〈唐馬〉也寫不同身份的人,包括英雄、豪傑、「狎玩」唐三彩馬的人、參與賭博的人。這文本是借「馬」寫人的,古代人(尤其是英雄豪傑)和戰馬「神駒」存在朋友關係,兩者出生入死,共同進退,但現代人只是「狎玩」「孤駿」和「驊騮」,或將「龍裔」看成賺錢工具,文本似乎寫「馬」同時是「人」價值的墮落:現代人不懂騎馬,只懂賭馬;不懂經典,只懂背誦馬經……。

7. 句子／句式的重複:
徐志摩〈為要尋一顆明星〉

我們先以徐志摩的〈為要尋一顆明星〉討論句子／句式的重複。這個文本的重複情況有點不尋常,因為全詩共有十六句,差不多每句都是重複句式,詩段結構也相同。細看每一詩段,我們不難發現似乎有一內外結構,簡單來說每段的首尾句是外部,中間的第二、三句是內部。以下是關於這個「外部」和「內部」結構的詳細

分析：每段首句和第四句句式重複，段與段之間首句和第四句有著一個敘事方向：「騎著一匹馬→衝入黃昏→覺得很累了→最後出現光明」。每段第二、三句形成段的內部，各段這部分的句式也相同，甚至文字也大部分相同，同樣也有一明顯的敘事方向：「向著黑夜加鞭→為了要找明星→明星還沒有出現→最後死了」。這裏出現兩組方向相反的描寫，「外部」寫「出現光明」，仿佛滿有希望；可是「內部」卻寫人和馬最後死掉。光明和死亡同時出現，最後的結果是甚麼也得不到。如果「尋」是一個重要動詞，整個「尋」的過程到頭來還是一無所有。

由於有著屬負面情緒的意象如「黑夜」、「荒野」和「昏夜」，所以詩的氣氛明顯是不快的；加上主角「我」「拐腿」，騎的是一匹「瞎馬」，由於先天不足，所以「我」能找到「理想」的機會變得微乎其微。如果將「我」代入徐志摩身上，很可能是指他的愛情。如果「明星」是大家追求的目標，「我」追求的過程雖然努力，但先天卻極度不足。「拐腿」和「瞎眼」這兩個意象是負面的。通篇有很多程度不同的重複關係，特別是第一段，第二、三、四段也有少許的變化，如果重複出現這些現象，要特別注意當中變化，也就是「相異面」。

第二段由「黑綿綿的昏夜」變為「黑茫茫的茫野」，這裏說的是兩個不同的層面，時間是「昏夜」，地點是「荒野」，兩者互相配合，「荒野」一詞因要帶出「孤身上我路」情況而顯得十分關鍵。

第三段將「跨下的牲口」改成「馬鞍上的身手」，說馬和人正好對應最後一段的「牲口」和「屍首」。因此，可以說第三段是第

四段的前奏，這文本的結構並不複雜：通過重複將意象組合，再透過一個簡單方向帶出來，最後出現一個相反的效果。將「光明」和「死亡」放在一起，正好製造十分明顯的對比效果。一個人如果希望追求理想，最悲哀的莫過於縱使全力以赴，但都因先天條件不足，最後還是一無所獲，悲劇元素便在此出現，閱讀效果也由此而產生。

8. 段落的重複：余光中的〈鄉愁〉

接下來我們討論組織原則中的段落重複，以余光中的〈鄉愁〉為例。這文本不斷圍繞題目「鄉愁」，每一詩段都在擴大鄉愁的內涵，文本的四段就是四個層次，由小變大，由淺變深，由輕變重。文本利用「重複原則」，四段都有一句較長，內裏各有一個十分突出的意象，分別是「郵票」、「船票」、「墳墓」和「海峽」。此外，句子本身也傳遞著一個重要信息，那就是「鄉愁是××」句式，它將「鄉愁」的內涵表現出來：鄉愁＝郵票＝船票＝墳墓＝海峽。這文本的題目為「鄉愁」，我們必須通過「鄉愁是××」隱喻句式解通背後意象，以及它們之間的關係，這樣才能理解「鄉愁」的具體內容。

現在讓我們細看這四個作為「鄉愁」喻體的意象。為甚麼文本不用「信封」，而用「郵票」呢？信封不是更加直接嗎？先看「郵票」，文本用上「郵票」是想突出「小」的特性，要有「小」，才能映襯「大」，所謂「千里送鵝毛，物輕情意重」，要表達「情意重」，一定要突出「物輕」，對比一定要強烈。因此要找一件東西

有著傳遞信息功能，而且體積要細小的來代替「信封」；根據這樣的要求，「郵票」變成必然之選。「鄉愁」的表面意思是離家或離國而產生的憂愁，我們想起故鄉便會想起母親，所以第一段末寫上「我在這頭／母親在那頭」。思鄉是有對象的，通過此兩句我們知道思鄉的對象是母親，母親「在那頭」，代表「我」和母親相距十分遙遠。

　　「船票」用來進入往還的工具「船」。為甚麼我們不乘坐「飛機」呢？因為「飛機」速度太快了，牽腸掛肚的東西不適宜太快擁有。「船票」和「郵票」的不同在於一個能夠見面，一個不能，兩者層次不同。「郵票」幫助雙方傳遞信息，但不能見面；手持「船票」則可見面。渴望得到「船票」以便會面，程度遠比用「郵票」互通書信為大。第二段的「新娘」突顯出分離之苦，對妻子極度思念、牽腸掛腸，愁苦的心情就是這樣表現出來的。

　　第三段描寫「墳墓」。剛才兩個意象「郵票」和「船票」是溝通工具，但「墳墓」是阻隔，是安放死人的地方，死人不能再見面，也不能通信，剛才兩個意象所產生的作用於此一筆勾銷，因此它帶來無限愁苦。「郵票」和「船票」代表雙方仍有見面機會，因為是「這頭」和「那頭」：這段說「外頭」、「裏頭」，意指一在人世，一已永埋黃土，兩者永遠不能相見，這就是所謂「生死契闊」的意思。「外頭」、「裏頭」是故意製造相同中相異的詞語，第一、二段的「這頭」和「那頭」是相對的，「外」和「裏」情況相近，但後者卻製造不能改變、不能踰越的界限。雖然第一段和第三段同樣講及母親，但第三段的母親已死，是一種無法彌補、無法消解的愁。

　　最後一段的意象是「海峽」，它的面積、闊度、形狀要大於頭三個意象。「海峽」指夾在陸地間的狹長水道，且兩端與大海相連。相隔兩岸形成「鄉愁」，段內寫「我」在「這裏」，「大陸」在「那頭」，「大陸」有具體指稱，是台灣對中國內地的稱呼，因此這個「海峽」就是指台灣海峽。「我」和整個大陸相隔兩地，寫的是國家民族感情的「愁」。為甚麼這裏寫「這頭」、「那頭」呢？這是政治理念、想法、生活習慣所產生的隔閡。

　　此外，文本的量詞也應該特別注意，包括「一枚」、「一張」、「一方」和「一灣」。為甚麼要用上「小小」、「窄窄」、「矮矮」、「淺淺」這些疊詞呢？因為它們的聲音讀起來十分柔和，而且疊詞第二字輕讀，能製造牽腸掛肚的感覺，疊詞出現在每段詩最長的一句，讀起來愁的感覺更長、更強烈，所以便能產生哀怨而低迴的感覺。我們也可從「鄉愁」之大與「意象」的小產生的對比效果看，四個意象的體積越來越小，所盛載的鄉愁卻越來越大。

　　這文本的特色在於它的結構，其實這個簡單結構既可寫鄉愁，也可寫愛情、快樂甚至死亡。按理，任何題材都可藉這架構加以發揮。由於結構簡單，我們可讓學生進行仿作，例如我們可沿用〈鄉愁〉的結構，要求學生以「快樂」代替「鄉愁」，再找來幾個和快樂有關的東西或物事加以發揮，填在詩裏。經過這類仿作活動，學生便會發現原來表意是可以利用固定形式進行的。我們甚至可進一步討論，甚至邀請學生說出他們的整個構思，以及他們選取某個意象作喻體的原因，這樣對學生而言是一個很好的寫作訓練，也能促進老師與學生之間的交流。

第八章　對比原則

1. 前言：甚麼是「對比原則」？

　　「重複原則」是文本中利用相同或相近元素組建的結構。「對比原則」則將焦點集中到文本相異元素所建立的組織。這裏所說的「對比原則」並不特別強調文本的「對立」關係，而更強調「對比」兩方面之間矛盾和衝突關係所帶來的閱讀效果。跟「重複原則」一樣，「對比原則」都是分析現代詩一個重要的結構組織原則。如黃國彬〈天堂〉裏的兩個主要意象「天堂」和「大腸」便有著正面和負面兩個截然不同的感情色彩。

2. 「對比原則」的內涵

　　從理論看，「對比原則」下的兩個對比物之間的關係，可以有以下四種可能性：一、互相排斥，如甲或乙；二、對立，如甲非乙，乙非甲；三、因果，如因甲而成乙；四、演化（優化或惡化），如由甲變成乙。

　　第四種的演化關係屬截然相反的形態，演化過程中可能出現由正到負面或由負到正面兩種不同情況。例如顧城〈貶眼〉中的三組

意象都是由正面變成負面的。這三組意象分別是：「彩虹」「蛇影」、「時鐘」「深井」以及「紅花」「血腥」。三組正面意象——「彩虹」、「時鐘」和「紅花」都是在「眨眼」間變成負面意象的。由於這三個演化都用「××……我一眨眼，就變成了××」的句式，因此前面的正面意象與後面的負面意象便有著隱喻關係，只是這個「比喻原則」雖然能將前後兩種意象連結起來，但是它倆截然不同的對比效果，便不能不拜這裏的「對比原則」所賜了。

　　這裏屬「對比原則」的三組對比物，都有相近或相類的地方。「彩虹」和「蛇影」都是流動的而且比較不真實的；「時鐘」和「深井」都使人聯想到時間；「紅花」和「血腥」都有紅色成分。可是，它們之間的感情色彩截然相反：「彩虹」給人美麗、開心、夢幻甚至童話般的感覺；相反，「蛇影」則有著邪惡、神秘甚至死亡的感覺。「時鐘」不斷前進、永不停止；相反，「深井」卻有時間給停住，無法前進的感覺。「紅花」有著燦爛嬌艷的形象；相反，「血腥」明示暴力和傷害。正是這些截然相反的對比效果，成為分析〈眨眼〉的關鍵因素，也正是這種對比效果突顯了文本主題：世界的美醜善惡竟可以在眨眼間顛倒過來，社會的是非不分和黑白顛倒，迫使「我」「雙目圓睜」怒盯著這個壞透的世界……由此可見，上述三組意象組成的對比關係，實在是文本最核心的組織原則。要透徹了解文本主題，非得從「對比原則」切入進行仔細分析不可。

　　作為一個結構和組織原則，「對比原則」一定要緊扣主題，不然「對比原則」便不能產生應有效果。就如〈天堂〉將「天堂」等同「長期便秘的大腸」，就是為了製造強烈的對比關係；這種對比

關係所造成的矛盾，正好表現文本暗指的「購物天堂」——香港這個地方給人那種正反矛盾的感覺。文本藉「對比原則」暗含對這個如「天堂」般都會的諷刺，因此如果我們能好好掌握詩句的「對比原則」，對於分析以至理解整個文本都很有幫助。

3. 「對比原則」的兩個層面

從語言層面來看，「對比原則」跟修辭格的「對比」沒有多大分別，在文本中能清楚看到兩組字詞之間的對比關係，這是顯性意義的「對比原則」。至於語意層面的「對比原則」則屬隱性，也就是說這種對比關係隱含字裏行間中，需要讀者多加注意才能找到。可是也正因為後者隱藏在文本內，它與文本的主題信息更加密切，它也因此成為建構現代詩文本的結構原則，甚至可視為任何文學文本結構的重要原則之一。

4. 語言層面

4.1. 意象之間的「對比原則」：聞一多〈死水〉

從語言層面研究「對比原則」，最為讀者注意的是意象之間的「對比原則」。換言之，這個對比關係及其效果就是出現在意象與意象之間，例子有前面交代過的顧城〈眨眼〉，還有就是下面要仔細分析的聞一多〈死水〉。

意象的「對比原則」是現代詩頗為常見的結構組織形式。如果

文本中的意象大致可分為「正面」和「負面」的話，作品以「對比原則」組織起來的機會便很大。能從這個「賞析能力點」切入，深入分析的機會自然也較大。

　　當我們細閱〈死水〉的意象時，我們不難發現它們基本上可分為正面及負面兩類，當中負面佔大多數。所謂「正面」和「負面」是按字詞的感情色彩作判別標準，有著「褒義」，能給人美好和愉悅感覺的是「正面」意象；相反，「貶義」、給人不快感覺的便是「負面」意象。

　　文本寫的是一個「死水」的世界。顧名思義，在一潭死水裏，按理我們找到的都應是負面意象。如文本第一句的「死水」本已因「死」的修飾變得負面，文本還在它的前面加上另一負面成分「絕望的」，可見這裏傳達負面信息的意圖十分明顯。再如第三句的「破銅爛鐵」和第四句的「臟菜殘羹」都明顯是負面意象，能對「死水」起烘托作用。

　　文本表面寫的是「死水」世界，但暗裏還有著一個世界與之比較，來突顯這個「死水」世界的負面形象。為了讓讀者對「死水」世界有更深刻的印象，除了大部分意象屬負面外，就是將正面的意象安排到「死水」之外，讓它們無法進入「死水」世界，又或「虛寫」它們。正面意象如第二句「風吹不起半點漪淪」的「清風」，由於它「吹不起」屬「死水」世界的「漪淪」，所以無法進入負面的「死水」世界。第五句「銅的要綠成翡翠」的「翡翠」則屬正面意象的虛寫；由於「銅」屬中性詞，加上它沒有修飾語，所以它的色彩便需從「綠成翡翠」中找尋。表面看來，「翡翠」是美玉的稱呼，價值不菲，自然屬正面意象；由「翡翠」修飾「綠」色，這種

「綠」也自然給賦予正面色彩。同樣道理，銅綠能有「翡翠」般「綠」，自然應能沾上一點正面的色彩。但我們只要仔細想想，便能發現這裏的「銅」出現銅綠，是因為長期浸泡在「死水」氧化而成。要是這樣，「死水」的負面色彩便與「翡翠」的正面色彩形成對比。由於「翡翠」只是用來形容「銅綠」的顏色，並非實物，屬虛寫，因此它的正面色彩便無法蓋過「死水」這實實在在的負面意象；加上前面連續幾句所製造出來的強烈負面氣氛，也不可能一下子給抵銷掉，所以這裏的負面色彩仍佔主導地位。事實上，這種在一片負面意象中偶然的一點正面色彩所產生的效果，與在一組正面意象中的其中一個是完全不一樣的。前者似乎在對比以映襯負面色彩：要表現完全負面色彩的情境並不容易，因此藉正面與負面意象的強烈對比來突顯負面色彩，便較容易打動讀者。

　　第六行的「桃花」，第七行的「羅綺」和第八行的「雲霞」都可作如是觀。它們同樣用了虛寫。此外，這裏只描述其中一個方面，目的也在突出「死水」的負面色彩，如「桃花」只借用它的花瓣來描寫鐵鏽形態。桃花不是現實世界的真正桃花，鐵鏽的「桃花」與真「桃花」之間形成強烈對比。又如「羅綺」，這裏只借用它的光滑表面，「雲霞」則用它的縹緲外貌。「死水」世界的負面色彩正因著與真實世界正面意象「桃花」、「羅綺」和「雲霞」的強烈對比，給讀者深刻印象。這也是〈死水〉能夠成為名篇的主要原因。

　　第三段也以相同模式運作，「綠酒」、「珍珠」、「小珠」、「大珠」都是正面意象，但都虛寫：「綠酒」只用來形容「死水」綠的顏色和氣味。一組「珍珠」意象則只用來形容在「死水」表面

飄浮的泡沫，包括它的形態和顏色，因為負面色彩的「正面化」過程，「死水」的負面意義給虛寫的正面意象烘托得更加突出，色彩也更加濃烈了。

　　「死水」虛假的「正面化」在第四段有更清楚的說明：「誇得上幾分鮮明」一句，「鮮明」一詞一般與「立場」、「色彩」等配搭，這裏「鮮明」用來修飾「色彩」似乎較為合理，因為經過第二至十二句的經營，「死水」確實添了不少色彩：綠的銅、綠的水和白的泡沫是實在的，由正面意象如「桃花」、「羅綺」、「雲霞」產生聯想而可能出現的色彩則更多了。正如先前所言，色彩寫得越鮮明，意象用得越是「正面」，「死水」的負面形象和色彩也越強。「青蛙」意象的出現也是如此，它本身並不是一個正面意象，但在這一片死寂的「死水」環境裏，「青蛙」便成為生命的象徵物；有了它，「死水」仿佛沾上了「生氣」。如何表現這種對比出來呢？文本用它的叫聲，正好對比「死水」的死寂：在這之前的十四行詩句中，沒有任何形容聲音的用詞。在瀰漫死寂氣氛的當兒，蛙聲便有帶來生意的效果，「叫聲」的感情色彩不夠明顯，因此文本將「叫聲」美化成「歌聲」，意象的「正面化」企圖明顯。但是只要仔細推想，青蛙是因為「耐不住寂寞」而發聲，那麼它的「叫聲」便不可能是歡娛快慰，而只能是孤獨無奈了，這樣的「歌聲」只會給「死水」多添一點負面色彩，強化了「死水」的負面形象，這便能做到寫得越正面，色彩越負面的效果。

　　綜上所論，由於以上談及的正面意象並不存在於這個「死水」世界，但也由於這些正面意象的出現，間接鼓勵讀者穿梭思考於現實的「死水」世界和虛幻的美好世界之間。文本的主題給烘托出

來：死水內只有醜的世界，外面則是美的世界；現實的世界是醜惡
的，虛幻的世界是純潔、正面和美好的。但是現實世界不容美好的
東西進入，「死水」世界範圍內全屬負面色彩。文本的諷刺意味便
是從這「對比原則」中製造出來。

4.2.　對句的「對比原則」：北島〈回答〉

除了意象的「對比原則」外，「對比原則」還可以對句形式呈
現出來，當然對句內意象仍是主要成分。讓我們先分析北島的〈回
答〉的首兩句「卑鄙是卑鄙者的通行證／高尚是高尚者的墓誌
銘」，上句和下句在句式上完全相同，但意義上完全相反，形成句
與句之間的對比，這在中國文學裏是常見現象，這兩句就像律詩裏
的頷聯、頸聯般，對得十分工整。

首句首兩字「卑鄙」指行為或語言惡劣不堪，屬負面色彩用
詞；次句首二字「高尚」則指品德或言行有分寸，不因環境或形態
改變道德立場，屬正面色彩用詞，兩者明顯形成強烈對比。再看這
兩句的最後三字，分別是「通行證」和「墓誌銘」。兩者的感情色
彩都不明顯，「通行證」用作只供指定人士出入地區的憑證；按
理，持證者該是特許人士，身份與一般人不一樣，因此也可視「通
行證」為正面意象。「墓誌銘」指刻在墓石上描述死者生平事跡的
文字；由於能立銘的死者多為時人敬重和尊崇的人物，而且內容多
屬讚頌之辭，因此，「墓誌銘」也可看成「正面」意象。但從這兩
對句的安排看，兩句明顯有對比關係，加上「卑鄙」和「高尚」的
強烈對比關係，讀者便不能不重新考慮「通行證」和「墓誌銘」之
間的關係和色彩了。

　　既然「卑鄙」和「高尚」截然相對，那麼我們便須從截然相對
的關係重新審視「通行證」和「墓誌銘」。正如剛才所言，銘主身
故而後出現「墓誌銘」，因此它也有代表「死亡」的意思。如果
「死亡」屬負面意象，那麼我們便可從正面色彩觀察與負面「墓誌
銘」相對的「通行證」意象。「通行證」指准許在指定區域通行的
證件，換句話說，擁有「通行證」的人比一般人有較大權力和特殊
地位，能於指定區域內通行無阻。相反，「墓誌銘」則標誌死亡，
生命因此停止，不能繼續人生道路。從這個意義看，「通行證」屬
正面意象，「墓誌銘」便成負面意象。我們不難發現，這裏的對比
關係不僅出現在句與句之間，「卑鄙」對「高尚」、「通行證」對
「墓誌銘」；還出現在句子中：「卑鄙」與「通行證」屬一負一
正，「高尚」與「墓誌銘」則是一正一負，可見這兩句主要由「對
比原則」組成，也因為「對比原則」，使得這兩句的結構變得十分
複雜。

5. 語意層面

　　除了上述從意象之間研究「對比原則」，我們也可從語意上著
眼，找尋文本內的「對比原則」，這裏交代：「以對比原則建構的
文本」和「文本內外之間的對比原則」。

5.1. 以「對比原則」建構的文本

5.1.1. 戴望舒〈我用殘損的手掌〉

這種「對比原則」的例子有戴望舒〈我用殘損的手掌〉：

> 我用殘損的手掌／摸索這廣大的土地：／這一角已變成灰
> 燼，／那一角只是血和泥；／這一片湖該是我的家鄉，／
> （春天，堤上繁花如錦幛，／嫩柳枝折斷有奇異的芬芳，）
> ／我觸到荇藻和水的微涼；／這長白山的雪峰冷到徹骨，／
> 這黃河的水夾泥沙在指間滑出；／江南的水田，你當年新生
> 的禾草／是那麼細，那麼軟……現在只有蓬蒿；／嶺南的荔
> 枝花寂寞地憔悴，盡那邊，／我蘸著南海沒有漁船的苦
> 水……／無形的手掌掠過無限的江山，／手指沾了血和灰，
> 手掌黏了陰暗，／只有那遼遠的一角依然完整，／溫暖，明
> 朗，堅固而蓬勃生春。／在那上面，我用殘損的手掌輕撫，
> ／像戀人的柔髮，嬰孩手中乳。／我把全部的力量運在手掌
> ／貼在上面，寄與愛和一切希望，／因為只有那裏是太陽，
> 是春，／將驅逐陰暗，帶來蘇生，／因為只有那裏我們不像
> 牲口一樣活，／螻蟻一樣死……那裏，永恆的中國！

文本以「殘損的手掌」「摸索」「這廣大的土地」為起點，寫對這
片土地的感情。詩中分別以「這一角」、「那一角」和「遼闊的一
角」表示這片土地的不同部分。這裏的「對比原則」也就是在「這
一角」和「那一角」以及「遼闊的一角」之間的分別之中表現出

來。從文本看，首十六詩行屬「這一角」和「那一角」的範圍，從十七行「只有那遼遠的一角依然完整」開始，直至詩末寫的就是「遼遠的一角」。簡單來說，「這一角」和「那一角」是負面的，用詞有：「灰燼」、「血」、「泥」、「只有蓬蒿」、「寂寞地憔悴」、「苦水」、「血和灰」、「陰暗」。「遼遠的一角」則是正面的，用詞有：「完整」、「溫暖」、「明朗」、「堅固」、「蓬勃生春」、「戀人的柔髮」、「嬰孩手中乳」、「愛」、「希望」、「太陽」、「春」、「驅逐黑暗」、「蘇生」和「永恒」。「這一角」和「那一角」的負面，跟「遼遠的一角」的正面遙遙相對，構成這文本的基本架構。

另一方面，首十七行中也有一組正面用詞，它們是「春天」、「繁花如錦幛」、「嫩柳枝」、「奇異的芬芳」、「微涼」、「新生的禾草／是那麼細，那麼軟」和「無限的江山」。這裏的正面用詞寫「我的故鄉」過往一直以來的美好光景，它正好與十七詩行其他負面用詞代表的故鄉現況之間形成另一種強烈對比。

總括來說，文本有兩組對比，一是現在的「這一角」和「那一角」（負）與現在的「遼遠的一角」（正）的對比；一是「這一角」、「那一角」的現在（負）與過去（正）的對比。文本寫的當然是中國抗戰時的情況，不過我們即使不從「這一角」、「那一角」即「淪陷區」，「遼遠的一角」即「國統區」、「解放區」這個角度分析，讀者也能從意象所帶出來的正負面色彩，感受文本強烈的對比效果。

5.1.2.　徐志摩〈雪花的快樂〉

　　徐志摩〈雪花的快樂〉使用不同地點的對比關係。文本寫「我」對「她」的依戀:「我」假如是一朵雪花,也會認清兩個不同的去處,一是「我」願意去的處所,一是「我」不願去的地方,「對比原則」便在這兩類處所的對比中呈現出來。前者包括「清幽的住處」(第三段),因為「她」在那裏,「她」有「朱砂梅的清香」,所以「我」想貼在「她」的身上。「她」是「我」希望到達的地方。「我」不願到的地方,則主要作對比之用,包括:「冷寞的幽谷」(第一段)、「淒清的山麓」(第二段)和「荒街去惆悵」,那兒充滿「冷寞」、「淒清」和「惆悵」,全是負面意象;有「她」在的地方則是「暖」、「開心」、「快樂」和「香」的,全是正面用詞。兩處不同的地方,形成一個簡單但明顯不過的對比關係。

5.1.3.　顧城〈遠和近〉

　　著重「遠」和「近」的對比是顧城〈遠和近〉的閱讀重點。「遠」和「近」是一個距離的概念,也是一個相對的概念。文本中頭三句「你,／一會看我,／一會看雲」有三個個體,分別是「你」、「我」和「雲」;如果「我」、「你」、「雲」均按常情理解,那麼「我」和「你」是人,「雲」是天上的「雲」。「我」應該離「你」較近,離「雲」較遠。這個「近」和「遠」的意義已是對比:裏面其實有兩種不同的遠近,一種是實際距離的遠近,是隱藏的,「你」看「我」的距離應該較近,看「雲」的距離應該較遠。可是,如按「我」的感情因素看距離,所指的便是第二類意義

的「遠近」，那是「心理」上的距離，是由不理解而產生的。「我」因為「你」看「雲」時的眼神，顯示「你」和「雲」有著密切關係，所以感到「你」與「我」的感情距離不及「你」與「雲」近，〈遠和近〉的「對比原則」就是建立在這一個心理遠近和實際遠近本身形成的對比關係上。

　　我們進入現代詩文本時，應嘗試從不同的角度思考，想想它的語言，要弄清楚用詞背後的心理狀態，我們才能真正走進文本的核心。「一會」是這文本一個十分的重要用詞。需要先看「一會」在這裏所產生的作用。通過「一會」，我們知道「你」在「我」和「雲」之間選擇。「看」可以有許多意思；這裏，「看」代表一個選擇的過程，「一會」表現這個「你」迷惘、多心、舉棋不定、優柔寡斷、難捨難離的心理狀態。

　　這文本的特色在於「你」、「我」、「雲」三者中只有「雲」屬具體意象，「我」和「你」是代詞，因此可以代入任何人甚至任何東西，例如「媽媽」、「妹妹」、「工作」，甚至是食物如「叉燒」等。「雲」其實也可解釋為一個叫「雲」的人，或可作為理想的象徵物等等……由此可見，這文本有著無限解讀的可能，這也正是它出色的地方。

5.2.　文本內外之間的「對比原則」

　　「文本內」表示我們能夠看到的文本，「文本外」指我們看不到的文本或無法在文字看到的東西。這個「對比原則」指文本中呈現的狀態或現象，與「文本外」的世界有著截然不同的對比關係。我們現在以兩個詩文本為例加以解釋：

5.2.1. 顧城〈不是再見〉

　　讓我們分析詩題：「不是再見」。「再見」表面看來只有一個意思：用於分手時的客套語，表示希望以後能再見面。然而當我們再細想，便可得到兩個截然不同的意思，一是「分手」，另一是「重逢」，有著「期待再會」或「再次見面」的意思；這兩者便成對比關係。再讀詩題「不是再見」，「不是」否定了將來重逢的可能，所以「分手」意義給突顯出來，因為「分手」就是分開，不再相見的意思。詩題為甚麼不直截了當用「分手」而用「不是再見」呢？如果用「分手」二字，感情關係結束的信息過於明顯，讀者無法從「分手」二字聯想到其它意義；相反，用「不是」加上「再見」，雖然「分手」的信息仍然清楚，但「再見」二字卻可交代那份「仍希望重逢」的冀盼。因此文本以否定式「不是」帶出「再見」，讓題目兼有「分手」和「期待再會」兩層意義，給文本添加對比效果。

　　事實上，文本內見到的全是「分手」（不是再見）之事，與之相對的「重逢」（再見）的希冀則隱含其中，形成文本內與文本外的對比關係。正是因為這種隱含於文本外的希冀，加深了這文本的意義層面，也突顯分手的錐心痛楚。

5.2.2. 北島〈是的，昨天〉

　　這文本寫的主要是「昨天」之事，由「你」「我」相戀以至分手，沒有半點提及「現在」和「未來」，「昨天」也由「你堅決地轉過身去」而結束。「昨天」與「現在」甚至「將來」很不一樣：分別在於「昨天」有「你」，「現在」和「未來」已沒有「你」

了。雖然文本只寫「昨天」，但文本外「現在」和「未來」的境況可以預見，暗中形成的對比不可謂不強烈。

「是的，昨天……」出現於每個詩段的末尾，可以看作回憶的總結。「是的」用作強調以上的事已成過去，仿佛在說：那已是過去的事了，現在「你」已不存在「我」的身邊，「我」變得……這裏，省略號仿佛在邀請讀者一起嘗試想象「我」「現在」和「未來」的心情和境況。正是沒有「你」的「現在」和「未來」與仍有「你」在的「昨天」相比，才能顯出「你」的重要。雖然文本沒有交代「現在」和「未來」，但這種「對比原則」卻能給讀者一個強烈信息，讓讀者在這「文本內」與「文本外」對比關係之間馳騁想象，加深對文本的理解，也增加文本的感染力。

6. 結論

由於現代詩篇幅有限，要在短小的文本表意難度不小，因此現代詩傾向使用較簡單的結構建立文本。使用「對比原則」建構文本的好處在於能在相對有限篇幅內，表達較豐富和複雜的課題，加上文學常見主題如今昔對比、前塵往事、分隔東西等都能藉「對比原則」傳達，因此掌握「對比原則」這「賞析能力點」對賞析文學文本可謂大有好處。

第九章　文學文本的內在邏輯：
現態與常態

1. 前言：甚麼是「常態」？甚麼是「現態」？

　　文學常給人神秘的感覺，仿佛讀懂文學文本需要特異功能才行。事實上，如果我們能擺脫日常邏輯的慣性即「常態」，轉而從文本自身的邏輯（內在邏輯）考慮，多了解文本呈現出來的「現態」，相信要欣賞以至深入分析文學文本並不如想像般難。

　　「常態」即「正常的狀態」，也就是一般的、合理的、應該的情況，日常生活所見的便屬「常態」。至於「現態」，即是在個別文學文本出現的現狀。不同文本有不同的「現態」，這個「現態」當然也有與「常態」一致的時候，這時我們只要運用常理便能弄懂這部分的「現態」。只是文學文本一般不甘於只表現「常態」，因此我們會發現「現態」中，有些地方難以理解，那是因為它不按「常理」安排的緣故。

1.1.　與「常態」相同的「現態」

　　文學文本的「現態」有時跟日常所見的情況沒有兩樣，即「現

態」＝「常態」，我們可按了解日常現象的方法了解這部分的文學文本。一般來說，讀者能明白文本的內容，讀起來不會感到困難，就是因為文學文本裏面的「現態」與「常態」沒有兩樣。可是，讀者未必能於「現態」等如「常態」的部分，找到和享受閱讀文學文本的樂趣；那是因為這個「現態」處處與「常態」相同，無法給予讀者驚奇。

1.2.　與「常態」不同的「現態」

因此，文學文本一般不會通篇用「常態」，而是加進一些不按「常態」的「現態」。由於這種「現態」與一般人日常經驗的「常態」不同，讀者如仍按常理理解的話，便會出現摸不著頭腦、不明就裏的情況。事實上，這種「現態」和「常態」不協調的情況在文學文本中是十分常見的現象。這種不協調，甚至是矛盾的地方，往往是文學文本刻意經營的效果，也就是俄國形式主義（Russian Formalism）❶者追求的文學特性——「陌生化」效果（defamiliarization）所在。通過了解這個「現態」，讀者便可直透文本的核心，掌握文本的主題和深意所在，因此認識文本的「現態」是一個重要的「賞析能力點」。

---

❶　這是一個 30 年代活躍於蘇聯的文學流派，發展出來的理論一般被稱為「俄國
　　形式主義」，有關這流派理論的說明，可參書後參考文獻。

2. 認識「現態」和「常態」不同的意義和價值

　　可能有人會問：為甚麼文學文本不全按「常態」寫作，讓「常態」跟文本的「現態」完全相同呢？要是這樣，讀者不是可以將文本主題等信息看得一清二楚，不用挖空心思，猜想文本深意嗎？這類疑問其實十分合理，有的文本「現態」確是與「常態」一個模樣，讀者真的可以不費吹灰之力，便能明白所有內容。只是這樣，閱讀便失去了部份趣味，文學語言便跟日常語言沒有兩樣，文學豈不是失去它獨特的價值？因此，有的文學文本為了讓讀者有思考的空間和有參與的機會，便不按「常理」安排「現態」，造成「現態」和「常態」的差異。由於這種差異造成理解上的困難，讀者便需要慢下來細讀，或者停下來翻前理後，嘗試找出所以然來。這樣一來，讀者通過細緻閱讀，或比較或深思，便可能由此體會文本的深意，這便是文學文本的「現態」與「常態」不一樣所能產生的作用。

　　作為賞析能力點，「現態」與「常態」的比較就是要求我們嘗試找出文本中「現態」與「常態」不一樣的地方，然後作深入分析，將「現態」與「常態」作一比較，從而歸納出兩者不同的地方，並嘗試解釋箇中原因等，⋯⋯如此，對深入了解文學文本的內涵肯定能產生重要作用。

　　關於「常態」和「現態」之間的分別，我們也能在日常生活裏找到相類的情況。例如書架上擺放著一些張愛玲小說，這是誰也不會覺得奇怪的情況，因為書架就是用來擺放書本的，既然張愛玲小說是書本，那麼放進書架上便自然不過，因此這便是「常態」。可

是，如果我們在書架上擺放著一些本不屬於那裏的東西，便容易顯得彆扭了，例如在書堆中放著一台照相機，由於所見（現態）和所想（應有的情況，也即現態）不一致，便容易引起我們的注意，便容易成為焦點。文學文本的情況也如此，例如文本裏出現一棵樹，樹上有著綠色的樹葉。由於這與現實的情況（樹葉也是綠色）沒有兩樣，文學文本中的「現態」與「常態」沒有分別，讀者只要用常理理解，讀起來便會感覺自然得多，不會產生過多的感受。假定文本中樹葉是藍色的話，由於現實的樹葉不是這樣，文學文本的「現態」和日常生活的「常態」出現分別，這便自然引起讀者的注意，讀者不禁要問：「出了甚麼問題？樹葉怎會是藍色的呢？是手民之誤？還是文本刻意的安排？要是後者，那又有甚麼深意呢？……」這裏的「現態」正好與「常態」形成強烈的對比，突顯了「藍色」這「現態」的特點，也邀請讀者深思箇中的原因。

「常態」和「現態」也可以說是語文和文學間的分別，語文表現「常態」，語文的目的在溝通，因此要求準確無誤和清楚明白，因此跟別人說話，絕不會故意說一些別人無法理解的話；相反，文學目的不在溝通，而在表現與「常態」不同的「現態」。因此，文本不易懂正是文學的特性；一般來說，那些不易懂的部分往往正是「陌生化」效果所在，甚至可以說那是文學之所以為文學的主要原因。

3. 賞析能力點「現態與常態」如何運作？

要運用這個賞析能力點進行分析，可按以下驟逐步切入文

本：

1. 找尋文學文本不合理或不尋常的地方

首先我們需要檢測一下文學文本裏呈現的「現態」，看看是否有不合理或不尋常的地方。這些「不合理」的地方在哪？

例如黃國彬〈天堂〉首句「天堂的街道是長期便秘的大腸」便是一個「不合理」的「現態」，因為我們很難想像「天堂」的街道可以跟一條「大腸」，尤其是一條「長期便秘」的「大腸」扯上關係。「天堂」給人美好的形象，文本卻一下子改變過來，變得低下和骯髒，這就是文本「現態」不合常理的地方。

2. 語言層面的「不合理」：如搭配不當

接著我們就在發現「不合理」的地方，嘗試從語言層面分析「不合理」的來源。究竟哪裏不合理呢？是搭配不當，如動詞和受動詞搭配不當嗎？不合理的地方往往是「陌生化」效果所在。傳統詩歌批評有所謂「詩眼」，它可以是寫得不合理或和邏輯有距離的地方。

鄭愁予〈錯誤〉中的名句「美麗的錯誤」，就是「現態」語言搭配不當的例子。片語「美麗的錯誤」很明顯不合邏輯，因為「錯誤」的東西一般不會「美麗」，「美麗」的東西也很少是「錯誤」的。如從日常規範語言的標準看，「美麗的錯誤」屬搭配不當，因為「美麗」不能修飾「錯誤」，「錯誤」只與「嚴重」「輕微」等程度詞搭配，「錯誤」是沒有「美麗」或「醜陋」之分的。可是在文學文本裏，這種「不合理」造成的「現態」卻往往是文本主題或內涵所在，也正是這一章向大家示範進行賞析的一個重要能力點。

有關〈錯誤〉的分析，可參本章及「比喻原則」一章。

3. 整理出「常態」的模樣，好與「現態」對比

　　值得思考的還包括文本是否與我們預期不同。再看黃國彬〈天堂〉「天堂的街道是長期便秘的大腸」這句，「天堂」的「常態」應是美麗的、和平的、永恆的、寧靜的、潔淨無瑕的和充滿歡樂的，以這個「常態」與骯髒甚至嘔心的「現態」作對比，效果變得強烈而且明顯。

4. 了解「現態」：「現態」如何「變得」合理，變成可能，嘗試找出形成「現態」的個別情況或特殊環境

　　接著我們需要分析文本中那種不合理的「現態」，是在怎樣的條件下才有可能發生呢？很多學生寫的東西也不合理，但我們不會說其作品有著「陌生化」效果，因為那不是他們有意識地營造出來的。文學文本裏不符「常態」的「現態」卻是刻意製造出來的，為甚麼文本要製造異乎尋常的情況呢？一般來說，那往往是文本希望突顯主題的地方。很多時候，在表面上看不到，找不著的文本主題只有讀者經過仔細思考那些不合理的「現態」所在，主題才得以顯現出來。如果我們能培養出站在「常態」和「現態」的對比角度，思考類似剛才問題的能力，相信能更透徹了解新詩文本的主題。

　　要掌握「天堂」能像「大腸」的原因，我們便須走到〈天堂〉詩中，了解「天堂」的內涵。當我們明白到這裏所謂「天堂」並不是指基督教意義下的「天堂」，而是指「購物天堂」或「美食天堂」香港的時候，香港街道擠擁常出現如「便秘的大腸」般堵車情況便變得完全可以理解了。當然這樣一個突兀的詩句所帶來的震撼

效果和嘔心感覺，正是「現態」和「常態」的對比關係所造成。有
關這詩句的詳細分析，可參「分拆詩句」一章。

4. 「內在邏輯」與「現態」的關係

　　有時候，文學文本的「現態」不僅只有小部份與「常態」不一
樣，可能整個文本的「現態」都不是以「常態」建構的。如果我們
稱那建立「常態」的邏輯關係為「日常邏輯」的話，那麼建立與
「常態」不一樣的「現態」邏輯便只屬於特定文本的「內在邏輯」
了。換句話說，文學文本的「內在邏輯」與「常態」的「日常邏
輯」不一樣，要了解文學文本，便需掌握它的「內在邏輯」；要了
解「內在邏輯」，便需掌握與「常態」不一樣的「現態」了。

　　「內在邏輯」指作者本身建立一套自足的邏輯系統。我們常說
現代詩不可解、不容易解，就是因為我們用「日常邏輯」理解不很
一樣的「內在邏輯」。這樣的話，「不可解」似乎是必然結果；因
此要了解現代詩文本，我們便需要了解構築這個文本的「內在邏
輯」了。那就是說，如果我們用一般邏輯嘗試分析現代詩，能通解
的機會可謂微乎其微。要了解文學文本，必須運用存在於它們當
中，擔當著架構文本的「內在邏輯」才行。可是我們應該怎樣正確
理解文本的「內在邏輯」？其中一個可行途徑，就是先解通文本其
中一句，再利用這詩句呈現的「內在邏輯」，通解整個作品。也就
是說，我們利用分拆一行詩句，了解這詩的「內在邏輯」，再用這
「內在邏輯」分析文本其他部分。這樣，我們才能深入認識和理解
這個與「日常邏輯」不大相同的文學文本的意義。

　　「內在邏輯」雖然與「日常邏輯」不同，但它不代表沒有邏輯，只是和我們一般想法不同。我們要怎樣才能掌握它呢？別無他法，我們必須到文本尋找上下文之間的關係，進行分析。文學文本不按「日常邏輯」而按「內在邏輯」運作，只要我們通過分拆其中一個詩句，抓住文本中「內在邏輯」的一端，便能按著它理解全篇。

5. 不同常理的「內在邏輯」

　　現在通過分析個別詩句，嘗試討論存在於現代詩文本內的「現態」，如何建立與「常態」不一樣的「內在邏輯」。

5.1. 聞一多〈死水〉

　　本節首先分析聞一多〈死水〉中的一段：「也許銅的要綠成翡翠，／鐵罐上鏽出幾瓣桃花；／再讓油膩織一層羅綺，／黴菌給他蒸出些雲霞。」

　　這裏「常態」如何，「現態」又如何呢？「內在邏輯」怎樣表現出來，和「日常邏輯」的距離又在哪裏？

　　從文本內容可知，這裏「銅」是「銅綠」，和後面「鐵鏽」、「油膩」和「黴菌」都屬於一潭「死水」頗為常見的意象。從這個角度看，文本描寫這四種意象可算是「常態」，也合乎「日常邏輯」的。可是此處卻用上四種正面意象作為四種醜物的喻體：「翡翠」、「桃花」、「羅綺」和「雲霞」。這種「現態」明顯與「常態」很不一樣，由此而建立起來的「內在邏輯」也與「日常邏輯」

頗有一段距離。

　　好像這段首句「也許銅的要綠成翡翠」，用喻體（翡翠）比喻本體（銅綠），兩者除了都呈綠色外，很難找到其它相似點，可見兩者之間有著相當距離。「銅」因為被水浸著而發綠，經過一段相當長的時間後而生「銅綠」，因此即使那「銅」本身並非一文不值，但生了「銅綠」後，形象已經變得極低。相反，同是綠色，「翡翠」的價值卻高得多，由此所製造出來的對比也特別強烈。因為片語「綠成翡翠」給人十分正面的感覺，仿佛一個優美的環境，因為翡翠的「形象」十分正面而且高貴，相信大家不會聯想到身處死水的環境。文本就是用上這麼高貴的意象「翡翠」來比喻因長期浸在「死水」，氧化而出現銅綠的東西，為的是通過「現態」和「常態」的巨大差別，表達「銅綠」永遠不可能變為「翡翠」的「內在邏輯」。因此，文本越是將「死水」描寫正面，越能表現「死水」負面的形象。這種表達方法是「現態」有別於「常態」的表達，亦可見負面「現態」和正面「常態」的距離越遠，「死水」給人的負面形象便越深刻。

　　如果「銅綠」和「翡翠」兩個意象還算較為接近的話，那麼鐵罐上的「桃花」又怎樣呢？鐵罐上是可以「長出」花朵的，那就是「鐵鏽花」。「桃花」與「鐵鏽花」有很大差距，勉強說兩者都有花朵的形態外，它們之間很難再找別的相近點了。顏色方面，「桃花」鮮艷而且燦爛，不管說的是粉紅還是白色，它與「鐵鏽花」的深啡色差距還是很大；加上「鐵鏽花」是暗啞的，與「嬌艷欲滴」的「桃花」對比強烈。我們可以說當鐵鏽蝕得十分厲害時，會有很零散的感覺，跟桃花瓣零散細碎的形象頗有幾分相像；可是要將

「鐵鏽」想像成「桃花」確實並不容易，讀者需要如面對比喻關係般投入想像才行。相比之下，「銅綠」和「翡翠」的顏色較接近；「桃花」與「鐵鏽」在感情色彩、顏色等方面都不相像，只能在形狀和零散的感覺上找到一丁點相似的地方；常人的思維很難將「桃花」和「鐵罐」扯上關係。由此可見，這段的「現態」和「常態」相距還是挺遠的。

　　「再讓油膩織一層羅綺」一句，「油膩」和「羅綺」兩個意象都有纖薄和光亮的特性。然而我們不容易將這兩個意象放在一起，這就是文本「現態」與「常態」出現距離的地方。假如我們要求學生就「油膩」一詞進行聯想，相信他們應能想到諸如「油條」、「薯條」、「蘿蔔糕」之類，卻很難想到「羅綺」這意象。再看「黴菌給他蒸出些雲霞」一句，「黴菌」和「雲霞」似乎也不大相干。「黴菌」給我們能導致生病，體積極為微小的形象，與飄浮在天際的「雲霞」確實相距很遠。再看兩者的感情色彩也相距很大：「黴菌」給人絕對是負面的感覺，因為它能致病，影響我們的健康。相反，「雲霞」卻十分正面，不僅形態優美，色彩也鮮艷悅目。按以上分析，以「常態」來理解這兩個意象，是不能也不應放在一起的。文本「現態」正是以與「常態」極不相配的情況，引起讀者注意，並邀請讀者對這「不可能」的現象多加思考，嘗試找出「黴菌」與「雲霞」的共通特點，增加文本的文學特色。如果我們能結合生活經驗和聯想，還是可以發現它倆的共通點。例如當我們將封存很久的東西拿出來的時候，我們不難發現它的表面鋪滿塵埃；只要輕輕一吹，那些充滿細菌的塵埃便會隨風飄散，形態跟煙霞十分相似。以此來看，「黴菌」與「雲霞」還是有點相似。

　　總的來說，這裏「翡翠」、「桃花」、「羅綺」和「雲霞」四個意象都十分正面，可是在文本裏它們卻用來描述死水裏的事物，這正好是〈死水〉刻意製造的「現態」，也正是文學文本的特點。這首詩就是通過「現態」和「常態」的分別和距離製造文學的特有效果。

5.2.　徐志摩〈雪花的快樂〉

　　接著研究徐志摩〈雪花的快樂〉的一段：「假如我是一朵雪花，／翩翩的在半空裏瀟灑，／我一定認清我的方向——／飛揚，飛揚，飛揚，——／在地面上有我的方向。／不去那冷寞的幽谷，……」

　　「雪花」應該沒有思想，但這裏卻十分強調它的意志，而且刻意營造這個「雪花」意志堅定的性格，仿佛「雪花」是有意識的一般。正因為這樣描寫「雪花」，文本才有可能敘述它主動選擇投向「她」的懷抱。如果文中「雪花」一如現實沒有意識，那麼即使有了投向懷中的情節，也只能成為純粹的寫景句，失去突顯「雪花」浪漫激情的作用。這就是說，「現態」選擇賦予「雪花」不合常理的特點，為文本帶來生氣，使作品顯得更有內涵，更具特色。

　　如從科學角度看，「雪花」的動力來自風，本來是沒有方向感的死物，但這裏「雪花」卻被描寫成有意志、有方向感的意象。方向感是這個詩文本的一個關鍵，強調「雪花」有方向感、有信念、有目標、有理想的特點。如果讀者能從「現態」與「常態」的區別著手多加分析，便能了解「雪花」給賦予人意志的作用了。

5.3.　朱湘〈爆竹〉

讓我們再探討朱湘短詩〈爆竹〉：「跳上高雲，／驚人的一鳴：／落下屍骨，／羽化了靈魂。」

「跳上高雲」這句話是不合理的，「爆竹」不可能衝到雲端上去。很多時候「雲霄」、「高遠」等字眼會讓人聯想到志向高遠，衝上雲霄，「跳上高雲」可以聯想為衝天幹勁。也許我們可用電影鏡頭加以解釋，試圖客觀解讀這個詩句：鏡頭從低角度拍攝，爆竹向上燃點，在一片雲海的天空映襯下，爆竹便仿佛在雲端燃點。「驚人的一鳴」也是不合理的，爆竹發出一連串的聲響，不會只有「一鳴」。這裏是為了表達「一鳴驚人」和那種轟烈的感覺。

「落下屍骨」一句，也不尋常。爆竹爆發後只會剩下紅碎紙，卻不會「落下屍骨」；再者碎紙極輕，「屍骨」卻頗有重量，以上兩點正好顯出文本「現態」與「常態」之間的差距。當然，文本選用「屍骨」頗有深意，因為「屍骨」屬死亡意象，死亡配合前面「驚人的一鳴」，便有一種「落得××的下場」的感覺。一個轟動之舉換來的可能是死亡，而且當屍骨落下來一定會跌得粉碎，如果我們把這點一併考慮，文本承載的負面感覺便更強烈了。

最後一句「羽化了靈魂」亦然。「爆竹」本應沒有「靈魂」，但這裏卻讓「爆竹」昇華了。「羽化了靈魂」表示升天，與前數句相比較為正面。死亡後的身軀可以分為兩部分，一部分是「屍骨」，這裏「屍骨」落在地上；一部分是「靈魂」，「靈魂」則奔赴天上，含有宗教和文化的意義。如從人事角度思考，這句可聯繫到革命思想：「落下屍骨，羽化了靈魂」的主角正好代表一代願意

為革命犧牲自己、成就大業，為中國人造福的青年……

現代詩文本不合理現象的背後是可以有合理解釋的。只是有時候表面上看似解通了的部分，再細想時卻還是有不可解的地方。例如為甚麼「爆竹」的碎紙會等於「屍骨」呢？兩者之間有甚麼相似或相近的地方呢？兩者的關係明顯不是一般人可以想像得到的，這也是這詩文本不合理的，異乎「常態」的「現態」所在。

如果我們將這四句以「常態」方法重寫，將會變成「拋上半空，／拍的一聲；／散下紙碎，／只剩一縷輕煙，飄上天空」。要是這樣，文本便變得了無新意。如果仔細比較重寫版本與原來版本，我們便會發現給重寫、改動的位置都不合常理，也就是「現態」與「常態」互相矛盾，離開「常態」最遠的地方。

5.4. 鄭愁予〈錯誤〉

鄭愁予〈錯誤〉中的一句：「我達達的馬蹄是美麗的錯誤」為甚麼不合理呢？「錯誤」的東西按道理是不會「美麗」的，「美麗」的東西也很少是「錯誤」的，兩者其實互相牴觸，那麼這種不合理甚麼條件下才可能變成合理呢？配合整個詩文本來看，「錯誤」指窗內的女子誤以為馬蹄聲是由歸人騎的馬所發出，女子「看錯了」；其實「錯誤」也可理解為窗外騎馬的人可能覺得如果他沒有在這裏經過，女子便不致如此失望，「錯誤」是他造成的，是一個無心之失的「錯誤」。

對於「我」來說，「我」覺得「美麗」是因為得到一個被人等待的感覺，有一種虛榮感的快樂；而且「我」能夠為那窗內女子製造「美麗」，那怕只是一刻的「美麗」，對「我」來說也是一件

「美麗」的事。對女子來說，聽到馬蹄聲，以為思念的人回來，心花怒放，這自然是「美麗」的一刻；但接下來卻只是更深的失落，因為騎馬的並非自己想念的人，只是一場「誤會」。事實上，整個過程可分為兩部分，那就是「美麗的重逢」和「失落的誤會」，文本卻將兩者合成一片語，並以「誤會」換成「錯誤」，這就是「美麗的錯誤」的由來。

任何分析都基於假定而來，以上討論也沒有例外；如果假定出錯，那麼以上推論便無法成立。其中一個假定就是：倚在窗扉等候的是女子，這是基於中國傳統「花容月貌」和「春閨怨婦」的觀念。如單看文本，窗內的既可以是女子，也可以是男子。同樣道理，騎馬的也不一定是男人。……無論如何，我們可按不同的假定建立論點，只要能在文本中找到有力證據，即便是截然不同的論點也可成立。我們不用囿於傳統文化的慣性，因為這樣只會窒礙我們的閱讀想像空間，還會限制我們賞析的可能。

5.5. 顧城〈遠和近〉

本書多次提及的顧城〈遠和近〉全詩很短：「你，／一會看我，／一會看雲。／我覺得，／你看我時很遠，／你看雲時很近。」「雲」屬自然天象，飄浮於天上，跟地面距離很遠；如果「雲」就是我們天上的「雲」，「我」和「你」也是一般人的話，「雲」與「你」的距離一定較「我」和「你」之間遙遠。然而詩中的「我」卻感覺「你」看「我」比看「雲」更遠，這樣便製造了一個不合常理的情況，也就是文本「現態」與「常態」並不相配。如考慮這兩句詩有著的共同前提「我覺得」，那麼這種現實的不合理

便成為一種感覺，便沒有合理不合理可言，因為感覺是不按常理計算的。因此這種感覺的意義在於，為何「我」有如此不合實情的感覺呢？有關這詩文本的分析，請參「重複原則」和「對比原則」兩章。

5.6.　顧城〈一代人〉

顧城〈一代人〉「黑夜給了我黑色的眼睛」一句中，「眼睛」不是「黑夜」給「我」的，而是父母賜予的，所以這詩句不合邏輯。正因為文本的「現態」與「常態」相距那麼遠，容易引起讀者注意，那麼我們應怎樣理解「黑夜給了我黑色的眼睛」這句句子呢？

在一片漆黑的夜裏，我們看到的所有事物都是「黑色」的，這便給人「黑夜給了我黑色的眼睛」的感覺。「給」強調「我」被動地接受那雙「黑色的眼睛」。如再深入分析，人們絕難分辨出「黑夜」裏的一雙「黑色的眼睛」。這句也許暗示在這樣的環境裏，人無法認識自己的存在，別人也無法分辨和找尋「我」的所在；也許還隱指「我」在這樣的環境裏沒有自我的「個性」，只有與其他東西一樣的「共性」。

另一方面，「眼睛」本是用來看東西的，這是「眼睛」的「常態」；但在「黑夜」環境裏，這雙「眼睛」不能發揮它的正常功能，無論所見甚麼都只能是一片黑色。如果將「黑夜」視為象徵，那麼它可以代表黑暗的社會或政治環境；由此引論：「我」對這樣的黑暗現實感到極度嫌惡，所以那怕只是一丁點的希望或者「光明」，「我」也希望能夠抓緊。有關這文本的分析，請參「比喻原

則」一章。

5.7.　舒婷〈牆〉

　　再讀舒婷〈牆〉數句：「夜晚，牆活動起來／伸出柔軟的偽足／擠壓我／勒索我」。這裏的「牆」與我們認識的，常理中的「牆」相距很大，因為它擁有活動能力，並有自己的「足」是文本「現態」與「常態」大有差別的例子。一般來說，我們喜以「擬人法」來「說明」這種現象，是可以理解也無可厚非的。只是單單以修辭格分析，不能說明文本選用這種表達方法的原因，也沒有分析運用這手法所能製造的效果。要了解這個「現態」，我們需要嘗試通解文本中的「內在邏輯」，並由此探討「牆」能夠「活動起來」，產生「偽足」的可能和原因。一般來說，「牆」有著阻隔、保護和防禦的作用；也由此衍生人際關係的描述，如「我與你之間有一道牆」，意指兩人之間出現隔閡。

　　回顧這詩句，「牆」不會活動，我們可以想像在甚麼情況下「牆」能「活動」呢？按上面人際關係的思路出發，「牆」可能是一堵抽象化的「牆」，指人的生活圈子：人因生活圈子狹窄，認識不到朋友，跟給「牆」堵住無法接觸他人的情況相似。人因生活圈子的改變，仿佛築在人四周的「牆」也跟著改變，這樣也許可以解釋「牆」能「活動」的原因。但是這種改變不應與「夜晚」有甚麼必然關係。在文本裏，「牆」是由於「夜晚」來臨而「活動起來」，因此，以上推斷便不夠說服力了。

　　此外，牆「活動起來」可能指「牆」的影子在動，而不是「牆」在動。文學文本常有相類的描寫，如山、樹等，都會因時間

流逝，陽光照射角度改變而出現山影和樹影移動或活動的情況。當然這裏用「活動」而不用「移動」，強調了「牆」主動活動的能力。因此「牆」會動，可能因為月光的緣故。按理，「牆」在日間也會因陽光角度轉移而「活動」，為甚麼這裏偏要強調「夜晚」的「牆」才會「動」呢？這可能因為白天牆「活動」產生的對比不夠強烈，晚上牆影與月光或燈光能造成較強烈的光影效果，加上夜晚孤清的感覺可以配合這個文本的意境，所以「夜晚」「牆」開始「活動」。此外，也可能因為白天有太多其他事物吸引我們注意，根本不會留意牆的影子；相反，在夜闌人靜的晚上，事物仿佛靜止下來，我們才較容易或更加留意牆的影子在不合「常態」的「移動」。

　　再看片語「柔軟的偽足」，「偽足」就是「假的腳」；如按以上假定繼續推論，因為影子這「偽足」在平面上爬過，狀似柔軟，但這個想法還沒有有力證據佐證。「柔軟」與一般意義的「牆」的堅硬性質有著強烈對比，「牆」的「腳」不僅能動而且柔軟，但卻沒給「我」愉悅感覺，反而在「擠壓」和「勒索」我。「擠」和「壓」是以硬物的重量壓迫「我」，「勒」和「索」則以繩索將「我」套住、綁起來。兩組動作的共同點在於它們大大減少「我」的活動空間，甚至可以將「我」緊緊的「壓」住，「索」得動彈不得，給人強烈的不得自由、處處受制的感覺。「擠壓」只適用於堅硬的東西，「勒索」只適用於柔軟的東西，無論是前者還是後者，都給人無法開懷的感覺。總的來說，「牆」與「我」明顯有著鮮明的對立關係，而且強弱懸殊：「牆」是強者，「我」是弱者。有論者只著重這種對立關係，簡單認為「牆」象徵強權政府，特別是共

產黨，並將論述跳到政治層面大加討論，我認為這是不恰當的。如果我們不嘗試透徹了解「牆」在文本的「現態」和「常態」如何不同，是無法欣賞這種「超現實」手法的奧妙的。

　　很多評論都認為〈牆〉用上超現實手法，將原本現實世界的質感改變了，可是這種說法根本無助於我們對文本的理解。任何將死物賦予人性質和行為的所謂「擬人法」，都可算是「超現實」的，一句「超現實」手法根本無法說清這裏刻意製造的特別效果。究竟讀者該如何理解這種「超現實」手法，這樣安排能給讀者帶來怎樣的閱讀效果，這種效果如何產生出來等課題才是值得探究的東西，分析朝這種方向才有意義和成果。

5.8.　聞一多〈也許〉

　　我們嘗試將目光轉向聞一多〈也許〉：「也許你聽著蚯蚓翻泥，／聽這細草的根兒吸水。」蚯蚓翻泥和草根吸水的聲音過於細微，一般人是不可能聽到的，詩中寫「你」能夠聽到這些聲音便不屬「常態」。既然文本的「現態」與「常態」有別，我們便要嘗試解釋這個不合「常態」的「現態」如何成為可能。那個「你」也許有著常人沒有的聽力，但文本裏沒有這個暗示。當我們再結合其他關於「你」的情況，我們便可得到一個解釋：這個「你」是躺在泥土下的，因此「你」能清楚聽到蚯蚓翻泥和草根吸水的聲音。當我們認識這個「現態」，並由此理解到這個文本的「內在邏輯」後，我們便能進一步分析這首詩了；透過掌握這個邏輯，整首詩出現的「你」也是身處泥土之下的。

5.9 顧城〈眨眼〉

顧城〈眨眼〉一段寫：「彩虹，／在噴泉中游動，／溫柔地顧盼行人，／我一眨眼──／就變成了一團蛇影。」「眨眼」本是我們每天做上千次的動作，沒有甚麼特別，但在這個文本裏，「眼」只要「一眨」，眼前景觀便出現很大改變，因此眨眼後出現由好變壞的變化就是文本的「內在邏輯」。

「彩虹」變成「蛇影」是感受上由正面轉向負面的變化，而且是在一眨眼間出現的轉變。當我們認識這個關係後，便能類推到文本的其他部分：每當出現「眨眼」一詞，便會由好變壞，這就是文本的「內在邏輯」。我們由此便可進一步嘗試了解首段「目不轉睛」和末段「雙目圓睜」的意義，甚至藉此看通整個詩文本的內在含義。「內在邏輯」對我們賞析過程的意義和作用便在於此。日常「眨眼」沒有特別意義，但這裏卻刻意強調「眨眼」前一刻和後一刻的變化，這自然不是「常態」的表達，而是以「內在邏輯」呈現出來的「現態」。

5.10. 顧城〈結束〉

顧城〈結束〉一段說：「戴孝的帆船，／緩緩走過，／展開了暗黃的屍布」。「帆船」是死物，不能「戴孝」表示哀悼，有論者簡單地用「擬人法」加以解釋，只是這樣說了等於沒說，我們當然懂得這種表達合乎「擬人」條件，可是這樣對我們了解文本，分析作品又有甚麼益處呢？人類的感情和行為以千萬計，為甚麼文本在這當兒選擇「戴孝的」來修飾「帆船」呢？說出是「擬人」的表達

手法那又如何？再說，它與同樣用了「擬人」的：「拍手的」帆船有甚麼分別呢？

　　如以「現態」能力點閱讀，我們認識到「戴孝」的「帆船」是不以「常態」表現的「現態」。我們應該嘗試給這「現態」一個合理解釋：究竟在怎樣的條件和環境下，「戴孝的帆船」能變得「合理」呢？是帆船裏承載著孝子賢孫去拜祭祖先嗎？可是，縱觀文本，沒有半句涉及帆船內的情況，文本似乎並未有意圖嘗試將焦點放到艙內，讓讀者關注箇中情況，這個解釋也因為未能在文本中找到足夠的支援而未能成立。

　　再看其他可能：如果我們扣緊詩的副題「寫在被污染的嘉陵江邊」思考，「帆船」依賴「嘉陵江」生存，就如子女依靠父母一般。如今「嘉陵江」被污染，便好像父母瀕臨死亡；父母雙親死亡，作為子女的要為父母戴孝，同樣道理，「嘉陵江」如因被污染變成「死河」，文本中的「戴孝的帆船」是否便變得合理呢？「戴孝」會不會是指「帆船」為即將或已因污染而死去的「嘉陵江」表示哀悼呢？可是，問題又來了，重讀文本，詩句表現一個客觀出現的情景，也即一艘帆船慢慢前行，要是這樣，「戴孝的」即使真的有上述深意，那又可以如何解釋呢？

　　「戴孝」是指穿戴麻質衣服，所謂「披麻戴孝」，麻是淡黃或暗黃色，與帆布的顏色相似。這裏似乎是在客觀描寫「帆船」的帆，只是不用「淡黃色的」而用「戴孝的」來修飾「帆船」明顯為著突顯死亡感覺而設計。動詞「戴」也可從帆船的特點來理解：帆船有帆，起帆與穿戴的動作相類似，扯帆有著與「戴」相同的感覺。

　　如果仔細拆開「戴孝」二字，「戴」是動作，指「把東西放在頭、面、胸、臂等處」的動作，「孝」當然是指孝服了。換句話說，「戴孝」可以視為一個動作，如從「帆船」的情況來看，掛帆的動作跟「戴」非常相似，加上帆布一般從顏色和質料上跟作孝服的麻布相像；那麼，正在掛帆的「帆船」給人「戴孝」的感覺是可以理解的。當然，我們必須注意，「戴孝」的負面以及暗含「死亡」的意義。有了這樣的認識，再按相同的「內在邏輯」分析文本其他部份，要了解箇中深意便一個好的開始了。

　　〈結束〉為甚麼要寫「屍布」呢？如果「屍布」也如「戴孝」般不是實寫真正的「屍布」，那會是甚麼呢？「屍布」和「戴孝」一樣，充滿死亡的感覺。「屍布」是包裹或覆蓋屍體的布，形狀狹長，本是白色的屍布已經變成暗黃色，代表這塊屍布已經很殘舊了。「展開」指從下慢慢擴展，「屍布」為甚麼可以展開呢？

　　從詩的副題可知，文本寫「嘉陵江」的江水，由於中國江河多呈水土流失，所以江水帶有泥黃，這正是文本寫「暗黃」的原因，那是船經過翻出河床上的泥而出現的顏色。因此「帆船」「緩緩走過」形成一條暗黃色的水道，這條長長而暗黃的水道便與「暗黃的屍布」在顏色和形體上十分相似。此外，被污染的江水會發臭，與裹屍布相近。另一方面，「屍布」與「水道」還有一個相似的地方：船經過而形成的「水道」是會慢慢散開的，而且它的「邊界」犬牙交錯，並不整齊，形狀頗像不完整的裹屍布。文本用上「屍布」當然是為了刻意製造「噁心」的效果；「屍布」與「戴孝」相關，同樣屬死亡意象。

5.11. 顧城〈攝〉

另一首顧城的作品〈攝〉也值得我們討論：「陽光／在天上一閃，／又被烏雲埋掩。／暴雨沖洗著，／我靈魂的底片」。要了解這首詩，我們需要明白一個「內在邏輯」，那便是照片的沖曬過程。詩文本的「內在邏輯」可能是「日常邏輯」之一，只是文本將不屬這裏的「日常邏輯」挪用過來，並以此建立文本的「內在邏輯」。因此，文本的「內在邏輯」不一定是讀者從未接觸的，也可能是從未想像能與文本有任何直接關係的「日常邏輯」。

「陽光一閃」指閃燈的光，「被烏雲埋掩」指黑房裏的沖曬過程。「暴雨」指沖曬藥水，「靈魂」指影象。整個文本用上比喻，我們可嘗試理解傳統的陽光、烏雲、暴雨、靈魂分別指涉甚麼，再逐一配合照片沖灑過程。傳統上烏雲是阻礙光明的黑暗環境，暴雨解作挫折或極大的挑戰；靈魂則指人的核心。

文本中的「陽光」與黑暗相對，「烏雲」是個一負面意象，「暴雨」是拍經歷很大的起跌過程，最後寫到洗煉自己的「靈魂」。經過「暴雨」的沖洗，「靈魂的底片」才會出來，我們才能看到真正的「靈魂」。文本似乎在說：不經過暴烈的環境，人是不能看到真正的自我的。

5.12. 余光中〈我之固體化〉

最後讓我們分析余光中〈我之固體化〉的一段：「我仍是一塊拒絕溶化的冰──／常保持零下的冷／和固體的堅度。」「人」不可能是「一塊」「冰」，但冰冷卻可用在人事的比喻之上。「冰」

本來不能「拒絕溶化」，因為只要四周的環境和條件配合，如溫度
上升至零度以上，「冰」便只能「溶化」了。「常保持零下的冰」
中的「冷」可以指冷漠的態度或反應，與人保持距離，對任何事都
漠不關心的意思。「有固體的堅度」指十分堅硬，人走近便會碰
壁，會傷害人，暗示「我」不想和其他人溶為一體。這裏就是藉文
本的「現態」與「常態」的差別，邀請讀者重新思考「我」這塊
「冰」為甚麼「拒絕溶化」又「保持」「零下的冷」和「固體的堅
度」。從上述分析可知，文本使用「人情冷暖」的「日常邏輯」建
立「內在邏輯」，利用「冰」的特性交代遠離中國文化的知識分子
與處海外的孤獨心態，詳情可參「意象群」一章。

第十章　結論：綜合分析

1. 前言：綜合分析黃國彬〈聽陳蕾士的琴箏〉

　　正如〈導言〉曾經交代，本書目的在展示不同「賞析能力點」的內涵和賞析步驟，因此各章只就個別「賞析能力點」作詳細交代和解說。雖然這樣安排，能讓讀者深入認識個別「賞析能力點」，但卻容易給人一種零散的感覺；加上本書分析的現代詩文本，只作為顯示「賞析能力點」的例子，以致沒有一首現代詩的分析是完整的。有鑑於此，本章嘗試運用上述八個「賞析能力點」，通解一個文本作為結章。這裏討論黃國彬（1946-）的〈聽陳蕾士的琴箏〉，看看通過「賞析能力點」的分析後，我們能否更深入理解這個令香港中學文學老師束手、學生皺眉的文本。

2. 分拆詩句

　　賞析文學文本的第一步是「分拆詩句」，這裏我們也先分拆〈聽陳蕾士的琴箏〉的第一段，以下是該段的文字：

　　　　他的寬袖一揮，萬籟

就醒了過來。自西湖的中央

一隻水禽飛入了濕曉，

然後向弦上的漣漪下降。

先看第一句，「他的寬袖一揮」可分成兩部分：「他的寬袖」和
「一揮」。首部分主語是「寬袖」，修飾語是「他的」，說明「寬
袖」誰屬。可是這項說明說了等如沒說，因為「他」是代詞，由於
這是文本開首，所代之物無從得知，所以「他」是誰也成了懸案；
幸好，讀者可往上追溯，從詩題得知。既是聽「陳蕾士」的琴箏，
這個「他」也許就是陳蕾士吧。

　　「一揮」就是這個「他」的一個動作，可是「一揮」「寬袖」
那又如何呢？接著的是「萬籟／就醒了過來」。因為「就」，我們
知道這句與前句有著承接關係；也就是說，因為「他」「寬袖」
「一揮」，「萬籟」就甦醒了。讀者知道「萬籟」是「天籟」，即
大自然發出的聲音，「萬」就是形容這些自然聲音之多。但即使經
過這樣的解釋，似乎也無法減少「萬籟」與「寬袖」之間不合理的
程度。陳蕾士「一揮」「寬袖」，按常理推想，袖裏是他的手，因
此那「一揮」，不光說出寬袖揮動的情況，還包括「揮動手臂／手
指」，否則便無從演奏，無從發出琴音了。至於陳蕾士這個
「他」，撥動琴絃，此刻讀者是不知道的，要到段落後半部，才能
接上這個邏輯關係。

　　如果陳蕾士撥動琴弦，發出來的聲音該是琴聲，而不是「萬
籟」了。看來文本用「萬籟」形容琴聲，是為了突出陳蕾士琴聲出
於自然，絕無人造矯揉的味道。

　　可是詩句還有後面部分，它跟前面還是不能直接解讀。「萬籟就醒了過來」一語，接近天然的琴聲只能「響」起來，或者是「奏」起來，「醒」又可作何種解釋呢？「醒」就是休息過後起來的狀態，換句話說，琴聲是先「睡」後才能「醒」的，如果我們按演奏的過程推想，演奏還未開始的時候，自然沒有琴聲。當文本第一句寫陳蕾士「他」「一揮」「寬袖」，琴聲便如天籟般自然地從沉睡中「醒」了過來。這樣，我們便將這文本的首句大致成功分拆了。

　　當讀者看到緊接著的一句時，便會發現它跟前面一句有著很大距離，好像兩者各不相干：

　　一隻水禽飛入了濕曉／然後向弦上的漣漪下降

這句的主語很清楚是「一隻水禽」，第一個動作是「飛入」，第二個是「下降」。我們先看第一組動作，主語「水禽」「飛入」「濕曉」，「濕曉」是甚麼？看來是自造詞，我們將它拆開，看看能給我們怎樣的感覺？「濕」即「潮濕」、「濕潤」，「曉」是「天亮」的樣子。既然能讓水禽「飛入」的自然是一個空間，「潮濕」可用來形容這個空間；那麼「天亮」便只能用來交代時間了。天亮時分，空氣中仍充滿露水，因此濕氣沉重，一隻水禽就在日出時分飛進煙霧露霞之中。這句前面其實還交代了水禽來自「西湖的中央」，水禽從西湖中央的水面起飛，飛進了朝霧籠罩的天空裏。第一組動詞所處的情景已大致理解。看來是挺有道理的，只是它跟前面一句好像完全沒有關係，不禁令人懷疑是否解對了。

　　再看第二組動作：「然後向弦上的漣漪下降。」水禽飛進早上的薄霧後便向「漣漪」「下降」，「漣漪」是水面因受牽動而產生，向外一圈一圈擴散的波紋。這句似乎表示水禽進入薄霧不久，又向水面下降，可是「漣漪」的修飾語「弦上的」十分突兀。可是，也正是這個「不規範」的表達連接整段詩句，讀者自然能從「弦上的」找到演奏的影子，撥動弦線，琴聲便響起來。由於聲波也如水波般一圈一圈地往外擴散，因此這裏的「漣漪」便不是現實的水波，而是指琴聲的波紋。讀者不禁懷疑：要是「漣漪」不是真的，那麼前面提過的「水禽」、「濕曉」等是不是也有弦外之音呢？

　　從文本主題是琴箏演奏的思考方向，以及「飛入」和「下降」兩個動詞含有方向意蘊的角度進一步思考，我們也可得到如下想法：既然水波的「漣漪」指聲音音波，那麼「水禽」是不是可以暗喻「琴聲」呢？如果按這個邏輯思考下去，那麼這個與演奏全無關係的詩句便是藉隱喻間接描述聲音的文字了。

　　前面讀到「水禽」的起飛點，如「水禽」是「琴聲」的話，那「自西湖的中央」又如何解釋呢？讓我們先嘗試了解一下它與「水禽」的關係吧！既然水禽棲息於水中，牠的活動地點是湖面似無疑問。「西湖」是中國著名的名勝，以它為「水禽」的居處大有強調琴聲屬中國調子的意思，「西湖」的中國情調似乎又與首句「寬袖」遙相呼應。現代衣服的袖子一般都比較窄，「寬袖」使人聯想到中國傳統的服飾「大褂兒」、「長衫」，為這文本增添典雅和古典的味道。同時，「西湖」面積很大，從中央起飛的水禽，等如從遼闊的湖面起飛一樣；藉以比喻琴音，遼闊的湖面便可類比「遼闊

的音域」，湖面當然是後面出現「漣漪」的所在。如果「水禽」是「琴聲」，那麼「水禽」飛入「濕曉」又如何理解呢？剛才已經說到「濕曉」指清晨薄霧，所在位置離湖面不遠，清晨氣溫較低，光線較弱，加上濕潤薄霧，為這形容聽覺的「琴聲」增加了觸覺和視覺效果。琴聲在「濕曉」的「不規範」形容下，該指音調不高（霧不高），音速不算快（剛起飛的禽鳥一般速度不高），音域可能較廣（自西湖中央蕩出來的漣漪）。如從琴音分析，那就是說在遼闊的音域中，琴聲慢慢啟動，聲量漸高，不久便慢慢下降……

　　以上就是第一段的分拆過程。總結一下我們剛才的步驟：循語言特點和語法方向入手，按規範語言角度加以解釋，如找到一條線索，便再以該處作突破口，以我們對它的理解，嘗試繼續解釋詩句其他部分，慢慢形成初步的分析。當我們多明白一點的時候，我們便要以新的認識，嘗試再印證其他部分。如有需要，甚至修正以前的解釋，再以新想法重新解釋詩文本的每一部分。這個過程一直進行，直至能找到合用於整個文本，可通解整個文本的解釋為止，當然，我們可能發現不只一個能符合上述要求的解釋，這不打緊，只要能通解作品的便是合理解釋，我們都應接受。現在讓我們再進一步分析〈聽陳蕾士的琴箏〉吧！

3. 內在邏輯

　　接著我們利用「內在邏輯」能力點分析〈聽陳蕾士的琴箏〉。首先，我們應思考一下音樂演奏是怎麼一回事，也就是說，音樂演奏的「常態」如何。簡單來說，音樂演奏是有一定過程的，這個過

程包括一個常態邏輯，演奏開始時會有講者或主持介紹演奏者，然後演奏者開始演奏、觀眾拍手、落幕，這是屬於演奏的日常邏輯；但〈聽陳蕾士的琴箏〉一詩沒有介紹和觀眾拍掌等環節，只有演奏者演奏部分。如果演奏過程寫得直接明白而且全面，讀者便不難掌握；只是這首詩的內在邏輯雖然和日常邏輯比較接近，也是從演奏角度描述，但卻不是將演奏過程如數家珍地一一呈現在讀者面前，而是將大部分過程隱藏起來，使讀者無法看見。正因為看不見，所以無法產生層次感，致使讀者摸不著頭腦。

　　由於演奏過程只有一次，而且須按時間順序進行，因此我們可利用這點認識，嘗試掌握這首詩的內在邏輯；能夠掌握它的演奏過程，對於我們分析及賞析幫助很大。寫陳蕾士的演奏，既是演奏，自有過程；因此文本也以演奏先後為序，讀者可從演奏的順序入手了解它的運作過程。

　　既然我們同意這篇寫的是演奏過程，那麼演奏過程的「常態」會是如何？演奏過程就是「實寫」演奏。若果我們如實地描述演奏過程，通常我們會描述演奏者的演奏動作，包括他的表情、手的動作、眼神、頭髮、汗珠、衣著，還有樂器本身等，但若果只描述這些細節，那麼我們並不是在描述一個演奏過程，而是在臨摹演奏者而已。

　　回看〈聽陳蕾士的琴箏〉的「現態」，我們發現以上「常態」描寫大部分沒有出現，只有很少直接描述演奏過程的文字。可是，也正因為篇幅不多，文本直接描述演奏的文字便更顯珍貴，這些實寫文字便成為讀者掌握演奏過程十分重要也是唯一的根據。讀者可以先將它們找出來，以便初步掌握此詩脈絡：

實寫文字	所在	內容（描寫對象）
他的寬袖一揮	第 1 段行 1	手部動作
弦上	第 1 段行 4	樂器
他左手抑揚，右手徘徊，	第 4 段行 13	手部動作
輕撥著	第 4 段行 14	手部動作
然後抑按藏摧，雙手	第 4 段行 15	手部動作
角徵紛紛奪弦而起，鏗然	第 5 段行 17	琴聲
後面的宮商	第 5 段行 18	琴聲
十指在急縱疾躍，	第 6 段行 21	手指動作
十指在翻飛疾走，	第 7 段行 25	手指動作
彈出	第 7 段行 28	手指動作
然後是五指傈地急頓……	第 9 段行 33	手指動作

以上 11 處實寫的對象，只有 1 處寫樂器，2 處琴聲，其餘都是寫手部及手指的動作（各有 4 處），卻沒有交代演奏者諸如衣著、表情、眼神等屬「常態」的文字。

　　普通中學生寫演唱會，通常只會記敘場地佈置如何繽紛、場面如何熱鬧，這是一般的「常態」，所以實寫部分佔大多數。「常態」的演奏文字以實寫為主，但〈聽陳蕾士的琴箏〉卻不選取這種表達手法，文本的「現態」和「常態」有著強烈對比，虛寫地方佔大多數。

4. 實寫與虛寫相間：對比原則

　　全詩共 40 行，實寫部分只出現於其中 11 行，比例可謂出奇的少。全詩共 392 字，實寫部分只有 68 字，只佔總數的 17.35%。其

餘的三百多字則全屬虛寫。

可是，這十多個百分點的實寫部分卻在文中起著關鍵作用，它彷彿就是整個詩文本的骨架。在這上面舖填三百多字的虛寫文字，形成這虛寫相間，互相配合，也同時讓讀者難以理解的文本。要理解這個文本，掌握實寫和虛寫部分同樣重要：光了解虛寫部分而不懂實寫，便無法掌握整個演奏脈絡；光理清實寫部分，明白整個演奏過程，也很難全然明白整個文本，因為虛寫部分才是文本精華所在，讀者若不走進詩文本的虛寫部分，是不能通解〈聽陳蕾士的琴箏〉的，如果文本沒有虛寫部分，只能是一段報導演奏的文字，決不是一首好詩。同樣道理，它的困難之處也在於虛寫部分。

當我們找到詩中直接描寫演奏的文字時，便可找出實寫對象。整首詩的框架由實寫托起，但要真正明白詩的內容便要仔細研究虛寫部分。因此我們的分析步驟是先弄清實寫部分，然後在實寫所在的框架和基礎上，逐一考察文中的虛寫部分。

4.1. 開始階段

演奏有過程，過程有先後、有順序，因為這是日常邏輯，可以比作內在邏輯。由於這首詩順時記述，所以可將演奏分為開始、中段、結尾三個階段，我們可嘗試利用剛才 11 處實寫文字分為開始、中段和結尾三部分。

第一段（行 1-4）屬演奏的開始階段，第二段至第八段（行 5-32）屬中段，第九及第十詩段（行 33-40）屬演奏結尾。透過對實寫部分掌握演奏的各個階段，能較準確地劃分不同的演奏階段，絕對有助讀者進入讓人摸不著頭腦，又屬此詩最具文學價值的虛寫部分。

　　第一段是開始。正如剛才「分拆詩句」部分的結果，這是描寫演奏開始時演奏者的動作和琴聲的變化。「他的寬袖一揮，萬籟就醒了過來」，指演奏者雙手在動；「萬籟就醒了過來」，甦醒之前是睡著的，這裏用了借喻，以甦醒的生物比喻琴聲由無到有，表示演奏正式開始。第二及三段也屬開始。兩段的感覺也很寧靜、很慢，沒有特定實寫對象，與第一段感覺相類似。因此第一至三段是文本的「起」始階段。

4.2.　中間階段

　　第四至八段屬中段部分。第四段的「抑揚」代表手的高低，「徘徊」指手左右擺動，兩者都是明顯的動作，與前面三段文字的分別挺大；頭三段並沒有太多動作，這段開始出現較大的動作。除了上述的兩個動作，同段還有「輕撥」和「抑按藏摧」。由此可見，這詩文本中扮演著骨架作用的實寫有著不可替代的功能，抓住它便能掌握演奏的脈絡。第四段的手部動作，加上後段的聲音描寫，構成文本的「承」接階段。

　　第四段有的動作全屬手部活動，到了第六段實寫對象描述得更仔細，動作焦點也集中到手指上去。第六段的「十指在急縱疾躍」和第七段「十指在翻飛疾走」，是演奏的高潮所在。這兩句都在形容演奏的速度很快，和後面第八段沒有多少聲音的描寫相比，有很強烈的對比效果。

　　第八段並沒有實寫部分，由於內裏仍有聲響，與下一段「急頓」仍有一定差距，因此可判定這段是在交待演奏者的演奏境界，與第七段合起來形成文本的「轉」折階段。

4.3.　結尾階段

　　第九段「然後是五指倏地急頓……」告訴我們演奏結束，也是全詩最後的實寫部分。第十段也屬結尾部分，最後一段往往交代整個過程的最後階段。這段寫聲音越來越遠，充滿餘音嬝嬝，揮之不去的感覺。

　　總括而言，第一至第三段屬詩的開始部分，第四至八段屬中間部分，其中第七、八段是高潮所在，第九、十段屬結尾部分。我們剛才的推測依賴實寫帶引，實寫等同詩的骨架，令我們看的時候有路可尋，不致迷失。

　　以下是這個文本的簡表，交代每一段的描寫對象：

詩段	演奏階段	重點描寫對象
1.	開頭	琴聲
2.	開頭	自然聲音暗代琴聲
3.	中間	自然聲音暗代琴聲
4.	中間	演奏者的左右手
5.	中間	琴聲
6.	中間	手指上下急速動作
7.	中間	手指迴轉急速動作
8.	中間	自然聲音暗代琴聲
9.	結尾	手指急停，自然聲音給停住
10.	結尾	聲音（琴聲、自然聲音）慢慢消失

5. 比喻原則：以視、觸、嗅覺描寫聽覺

正如前面所說，〈聽陳蕾士的琴箏〉大量描寫琴聲的文字都以虛寫表達，主要用的就是比喻原則。以文字描寫聲音，已經困難，也算虛寫；再用比喻形容聲音，更屬虛寫的虛寫，更隔重山，難怪讀者摸不著頭腦了。另一方面，聲音難以描寫，變化也不多，文本以形象化方法，藉視、觸等感官比擬屬聽覺的琴聲，確能擴闊讀者的想像空間，讓琴聲變得更立體化。其中使用明喻結構方法構築琴聲的描寫只有一處，那就是第五段的「宮商」：「後面的宮商／像一隻隻鼓翼追飛的鴿子／急擊著霜風衝入空曠」。由於這是明喻結構，琴聲（主體）與「鴿子」（喻體）關係明確，要分析並不怎麼困難。同段另一個實寫琴聲的「角徵」用上暗喻，也由於主體（角徵）清晰可見，分析起來仍是有跡可尋的。可是，更多的描述沒有直接將本體和喻體放在一起，也就是用上「借喻」構成描述琴聲的部分。因為這些文字沒有交代本體，表面看來無法讓人聯想到琴聲的任何方面，所以讀者才無法找到分析、理解以至欣賞的門徑。

正如在「分拆詩句」一節得到的結論一樣，第一段「水禽」暗喻琴聲，並藉「西湖」、「濕曉」和「漣漪」等視覺和觸覺意象，交代琴聲的音域、音量和音調。

第二段主要寫琴聲轉靜的情況，段中完全沒有實寫琴聲的文字，只有在第二行有云「無聲」，寫的卻是月光下白露凝結在桂花之上的靜景。接著寫的仍是靜景，並在聽覺以外加進視（「睡蓮」、「嫩蕊」、「發光」等）、觸（「冷」、「白露」等）和嗅（「蓮」的香氣）三種不同感覺，讓讀者在各種感官描寫中感受這冷清恬靜的境界。

　　寫琴聲的文字是不可能全無聲音的，第三段終於出現輕輕的聲音，可是跟第二段相若，這段並沒有實寫琴聲。這裏的聲音藉露水帶領出來的，當然是琴聲的暗喻，寫「露滴」聲音也就是虛寫琴聲。為了營造聲音輕巧，這裏利用涼露滴在水中月影的意象來表達，然後藉南風穿過窗櫺，直走進殿堂閣樓中。露滴湖面造成漣漪，過了一會也消失淨盡。「露滴」聲音雖然輕巧，但文本卻強調它能穿窗入殿，一段時間內迴盪不息。如前段一樣，除描述聽覺外，還加上觸覺（「涼」、「水」和「風」）和視覺（水中「月」、「窗櫺」、「殿閣」和「湖面」）。

　　第四段前半部分實寫陳蕾士的手部動作，並用暗喻描述琴絃和琴聲：以銀河兩岸的線條比擬琴絃，星輝比擬琴聲燦爛。下半部分焦點仍在手部，這回用明喻將主體「雙手」與喻體「游隼」連在一起，以「游隼」高速的俯衝、滑翔以及翻飛的動作比擬陳蕾士雙手在琴絃上「抑按藏摧」。

　　第五段以實寫演奏的琴聲為主語，「角徵」和「宮商」是中國音調「宮商角徵羽」的其中四個。用了這些音調術語代替琴聲，一來減少重複使用「琴聲」二字的機會，二來增加讀者理解的難度，為閱讀帶來更多趣味。這段文字同樣以比喻方式構築，「角徵」雖沒有相應的「喻體」，但因「奪弦而起」和「躍入霜天」的描述，明顯賦予聲音以迅速離開（奪）和急速提升（躍）的性質，仿佛這聲音有著「動若脫兔」的速度感。「宮商」一句分明是一個明喻結構：「宮商」是本體，「鵠子」是喻體，這裏藉描述鵠子的修飾語「鼓翼追飛」來形容琴聲在高階上快速而平直地前進，「一隻隻」就是用來描述一陣陣連續不斷的琴聲。後面的動詞如「急擊」和

「衝入」就是說明琴聲速度和聲量，「霜風」是聲音衝擊的對象，「空曠」形容琴聲急速響後消失於空氣中的空洞感覺。

第六段首先用三組喻體「脫兔」「驚鷗」和「鴻雁」實寫手指的急速「縱」「躍」。喻體「鴻雁」還加上「動作」──「在大漠陡降」，描述手指在弦線急速滑下。接著「西風」和「木葉」兩個意象，由於它們由上述三個喻體引起，如「手指」是三個喻體的本體，那麼「琴聲」便是「西風」和「木葉」的本體了。我們先看看「西風」意象，在「西風從竹林捲起」一句中，「西風」除了有颼颼風聲外，還夾雜竹葉給風吹動時的「沙沙」之聲，既急促又細碎。「木葉搖落雲煙盡斂的大江」一句，木葉本沒有聲音，因為「搖落」的關係，樹葉「沙沙」地發出聲音當屬自然。最後樹葉降落在大江江面上，發出點點細小聲響，還蕩起泛泛漣漪來。同樣，本段也在聽覺以外加進其他感官感覺，包括觸覺（「落葉」的脆、「雲煙盡斂」後的清爽）和視覺（「大漠大江」的廣闊、「竹林」的深廣、「木葉搖落」的姿態）。

第七段也如第六段般以實寫手指動作開始，只是這裏沒有給予任何喻體，而將焦點放到琴聲中去，並以「驟雨」借喻琴聲。由雨打在窗格和浮萍的聲響比擬琴聲，表達琴聲急驟細碎的特點。以「颯颯」風聲比擬琴聲，並在借喻的結構（「颯颯」借喻琴聲）上再加進另一組比喻關係：以「劍花」比擬「颯颯」風聲。也就是說在借喻上建立明喻關係，增加了理解文本的難度。以風聲形容琴聲，變化比雨聲更多，因為雨點的只能產生由上至下的方向變化；相反，風聲可向上也可向下，還可迴轉，甚至盤旋上升。這裏以快速舞動劍尖而產生的劍光比擬琴聲，不但形象地表現琴聲升降迴轉的

情況，還因為劍光反映如朝霞一般點點閃光，給原本只有聽覺意象的畫面，加進如幻似真閃動而美麗的光芒。

第八段則在第七段細碎而快速的聲音後，出現較單一的聲響，這段沒有任何實寫文字，聲音全以景物交代。「雪晴、山靜，冰川無聲」一句將靜景配合冰冷觸覺和廣闊冰川環境，讓寧靜中有空曠、寒冷的多層感受。其後以「太陽」擊落「水晶」造成的聲響比擬琴聲，那鏗鏘清脆、由上至下的聲響，得到栩栩如生的表現。前面冰川的冰冷感在這句中仍有保留，並加上金色和紫色。由於太陽的溫暖和水晶的晶瑩通透以及的冰涼表面，所以在聽覺這個主要感官感覺外，還有明顯的視覺和觸覺效果。在鏗鏘的聲響後，出現的聲音便輕得多了，以紅寶石裏的珍珠的旋轉來加以比擬。這裏還加上「星雲」喻體來增加旋轉形象的視覺效果。由珍珠旋轉產生的點點反射光線比擬琴聲，可見聲響不會太大，而且音速較慢，有著由絢麗歸於平淡之感。由於這裏有紅寶石的紅色和珍珠的銀白色，也由於以上兩種顏色都較為淺淡，所以這裏的視覺色彩效果還是較為清淡、柔和。因此，聽覺與這些視覺和觸覺效果配合起來，便予人柔軟舒適的色彩。

第九段實寫手指急速停止，琴聲突然停頓及聲音似有還無的情狀。在此文本用借喻表達：水晶和融冰相撞產生的聲響比擬琴聲停止之前的激烈狀態；接著「銀光」和星光的靜態比擬琴聲停頓後的寧靜。「銀光」是大雪山反映出來的光芒，星光就是由天河（銀河）而來，這裏再將細長的天河星光比作「劍」，有著與第七段飛舞「劍花」遙相呼應，產生先動後靜的對比效果。由於「銀光」和星光來自高空，因此我們可以想像聲音在高階處停了下來，如果演

奏就此完結，便有著突兀不夠圓潤的感覺。因此文本在琴聲停止後，加入第十段重點寫琴音慢慢消逝，使整個演奏過程餘音繚繞，讓人懷念。

第十段首先以「月光」借喻琴聲，在「廣漠」的廣闊空間上，「月光」流過銀河（「雲漢」），就是描述琴聲在高階的廣闊音域上經過，並強調裊裊餘音是在前面談及的天河星光中經過的。文本藉「仙音」借喻琴聲，並以「宮闕」和「飛檐」為觀察角度，寫琴聲越過「琉璃瓦」飛入極高天際——「九天」。由於「宮闕」和「飛檐」已是建築物的最高處，以這個角度來寫琴聲，就能顯示琴聲在高音階處停止，餘音遠去，直到「九天」。

6. 比喻原則：通感暗喻琴音

文本主要透過四種感官媒介將想要表達的意象呈現出來，通感手法包括「視覺」、「聽覺」、「觸覺」及「嗅覺」，其中又以利用「視覺」媒介最多數。這一節集中分析〈聽陳蕾士的琴箏〉中的通感手法，探究詩人黃國彬除「聽覺」外，如何於詩中透過其他感官去描述琴箏的聲音呢？

琴箏是一種樂器，文本理應描寫音色、律調，好讓讀者易於了解。但在〈聽陳蕾士的琴箏〉中，文本除了利用「聽覺」描寫外，更有三個段落集中利用「視覺」作呈現意象的媒介。第四段：主要描述「天河兩岸的星輝、游隼」等，都是視覺形象；第七段：「驟雨」、「窗格」、「浮萍」、「劍花」、「朝陽」等都是肉眼能見的意象；第八段：「雪晴」、「金色的太陽」、「紫色的水晶」、

「紅寶石」、「珍珠」等，豐富了視覺上的效果。

　　由此可見，以上三段主要以「視覺」作為呈現媒介，部分更配合「觸覺」，利用通感將琴箏聲音描述得繪形繪聲。另一方面，綜觀各段，除發現每一段均有「視覺」描寫，有些更融合了另外兩種感官（觸覺和嗅覺），表達主要屬於「聽覺」的琴箏聲。全詩大部分屬虛寫，當中六段糅合了「視覺」及「觸覺」，描寫彈奏的情況和環境：第一段：「西湖中央」、「水禽飛入」、「漣漪」等都是視覺上的呈現；「濕曉」的「濕」混入「觸覺」媒介，所指的是瀰漫著露水的破曉時分。第三段：除了「敲響」的「聽覺」表現，也有了「視覺」和「觸覺」兩種媒介；視覺上有「露」、「水月」、「窗櫺」、「直入殿閣」、「平靜的湖面」等；觸覺上有「涼露」，是清涼的感覺。第五段：「霜天」、「鷂子」、「空曠」等同為視覺意象，觸覺意象有「霜」、「霜風」等，都給人涼快感覺。第六段：有「脫兔」、「驚鷗」、「鴻雁」、「大漠」、「竹林」、「木葉」、「雲煙」、「大江」等視覺元素，令詩篇內容生色不少，觸覺方面有予人清涼、乾爽感覺的「西風」。第九段：視覺意象十分豐富，有「水晶」、「融冰」、「大雪山」、「銀光」、「劍」等，觸覺有「水晶」、「融冰」、「雪山」、「劍」的冷和涼的感覺，亦有「劍」的鋒利感。第十段：可以看到「廣漠」、「月光」、「雲漢」、「宮闕」、「飛簷」、「琉璃瓦」等意象；「初寒」可以表現冰凍，屬觸覺意象。

　　從上述分析可見，文本融合了「視覺」和「觸覺」兩種媒介，再與「聽覺」組合成琴箏發出不同聲音時所造成的意象，讓讀者透過不同的媒介，感受這些通感意象所帶出的意境和氣氛。第二段更

是全詩唯一融合「嗅覺」、「觸覺」及「視覺」三種感官描寫琴箏聲音的地方。這段主要描述「無聲」環境，所以沒有採用「聽覺」媒介，反而大量利用「觸覺」、「嗅覺」及「視覺」，將寧靜的環境展現讀者眼前。例如「觸覺」上有「冷」；「嗅覺」上有「香氣」、「桂花」；「視覺」上有「銀暈」、「白露」、「桂花」、「睡蓮的嫩蕊」、「發光的湖面」等。在以上各種感官意象的結合下自然呈現較靜態的環境和意境。

　　總括而言，文本中運用得最多「視覺」感官，每一段都有配合「視覺」的元素，比直接寫「聽覺」的文字還要多。我們也可再仔細從光暗度、清晰度、顏色、動態上再看視覺上的運用，現各舉部分例子簡述之。

　　從光暗度而言，詩中多處表現「光」和「暗」。如「發光的湖面」（第二段）表現較強光度；「星輝」（第四段）呈微光狀態；「朝霞」（第七段）屬較柔和光度；「金色的太陽」（第八段）則較強；「大雪山的銀光驀然在高空」（第九段）可見銀光光度很強，能照到高空上；「月光」（第十段）則通常較柔和。

　　若從清晰度而言，詩中「銀暈」（第二段）、「雲煙」（第六段）等視覺都朦朦朧朧；「變幻的劍花在起落迴舞」（第七段）這裏劍花雖然變幻，但仍可看到當中起落迴舞，可見這是豐富而清晰的視覺效果；「水晶」（第八段）、「寶石」（第八段）和「融冰」（第九段）都具有清澈和通透的視覺感覺。

　　顏色方面，這詩可說色彩繽紛，如「銀暈」（第二段）的銀白色、「竹林」（第六段）及「浮萍」（第七段）的綠色、「金色的太陽」（第八段）的金色、「紫色的水晶」（第八段）的紫色、「紅寶

石」（第八段）的紅色、「大雪山的銀光」（第九段）的銀色及「琉璃瓦」（第十段）的琉璃色等。

　　另外，從動靜態方面看，文本有不少動態詞，如「水禽飛入、下降」（第一段）、「銀暈」的「流轉」（第二段）、「敲響」（第三段）、「脫兔」（第六段）等，都可看見當中動態描寫的一面；至於靜態的描寫更豐富，如「白露」的「凝聚」（第二段）、「恢復了平靜」的「湖面」（第三段）、「山靜」、「冰川」的「無聲」（第八段）、「寂寂的宮闕和飛簷」（第十段）等，都表現環境靜寂的狀態，以及演奏靜態的一面。

　　同時，這文本的動物、飛禽、雀鳥以及陽光意象都寫音樂的動態，自然現象如露、香氣、月光則寫音樂的靜態。

　　由此可見，詩人除了利用虛實兩種手法描寫琴箏的聲音外，還有用通感手法，將要表達的意象通過不同感官的互相融合表現出來；又從意象的光暗度、清晰度、豐富的顏色和動靜態，產生不同的視覺效果，讓讀者可以進行豐富聯想，製造多樣的感官效果。

7. 意象分析：琴聲

　　琴聲比較抽象，作為意象可按它的特點加以分析，它們是音量、音調、音域及音速四個方面。音量可大可小，也可全無聲音；音調則可向上向下、可高可低、也可先高後低、先低後高，還可有迴、轉、旋等形態。音域方面，則主要是寬和窄，音域可由極快、快、慢到極慢，再到停止。

　　琴聲雖然抽象，但有了以上聲音特點的基本認識，再分析文

本，我們當可有較深刻的體會，也更能了解文本中各意象比擬琴聲
的運作機制。

　　除實寫演奏部分外，全詩其餘部分都屬虛寫。虛寫文字中只有
少數直接提及聲音，分別是第一段的「萬籟」，第五段的「角徵」
和「宮商」，涉及這裏的比喻還可算是直接與演奏的琴聲有關。此
外，第四段直接寫演奏者的雙手動作，其中比喻也較為直接，因此
也較好懂。第六、七段都是寫手指動作，形容手指的比喻也是有跡
可尋的。第九詩段也從手指急停的動作，帶出音樂戛然而止。其餘
詩段，包括第二、三、八及十，由於內中的意象沒有與琴聲及演奏
有任何直接或間接的關係，讀者因此只有從所述意象的動作（動
詞）、情狀和方向等入手，找尋任何可以暗示聲音的痕跡，從而臆
測演奏中音樂各方面的情狀，如音調高低變化、音量大小、音域寬
狹和音速快慢。事實上，由於虛寫佔大多數文字，讀者必須透過文
本形容意象時的用語，包括動詞、形容詞、副詞等，歸納出該意象
與音樂的關係，哪些部分屬描述聲音變化的哪一方面，這裏牽涉的
範圍包括聲音各個方面，其中音調、音域、音量和音速是最重要的
部分。

　　以比喻的本體和喻體產生的各種聲音作為喻體，比擬陳蕾士的
琴聲，是文本最讓讀者頭痛的地方。這是因為這種聯想並非必然，
此外也需要讀者多花心思，通過豐富想像才能將兩者連起來。

　　以下是文本中屬於描寫琴聲的比喻表，主要交代比喻與琴聲的
關係：

本體	喻體	原文	說明	音量	音調	音域	音速
	水禽	西湖的中央／……飛入了濕曉，／然後向弦上的漣漪下降	在空曠背景裏，聲音由低平慢慢升高，然後在弦線產生的聲波中，聲調下降	從無到有，量慢慢增加	慢慢上升，進入，然後下降	由窄到寬	緩慢
月	銀暈	在鮫人的淚中流轉，	在極小的幅度內流轉	極小	轉		慢
	白露	在桂花上凝聚無聲，	然後靜止	無聲			停
	香氣	細細從睡蓮的嫩蕊／溢出，在發光的湖面變冷。	接著發出微細的聲音	極小	平		極慢
	涼露	輕輕地敲響了水月，	聲音極微細	輕			慢
聲音		隨南風穿過窗櫺／直入殿閣。一陣盪漾／過後，湖面又恢復了平靜。	由這裏飄到那裏，由此漸漸復歸平靜	無聲	進入		停
	星輝	輕撥著天河兩岸	輕撥琴弦，聲音也燦爛	輕			慢
角徵		紛紛奪弦而起，鏗然／躍入了霜天	聲音急促而猛烈，然後進入一個薄且硬的背景	大，猛烈撞擊	向上		快
宮商	鷂子	像一隻隻鼓翼追飛的鷂子／急擊著霜風衝入空曠	聲音一陣又一陣，由小至大，由窄到寬的進入空茫急勁的音域	大，撞擊		由窄到寬	急
	西風	從竹林捲起	聲音急降效果：先迴轉向上，		捲、轉		

	木葉	搖落雲煙盡斂的大江	然後緩緩下降		落	
	驟雨	潑落窗格和浮萍	聲音細碎而密集，		下	快
颯颯	劍花	如變幻的劍花在起落迴舞，／彈出一瓣又一瓣的朝霞	聲調有高有低，起降不定，也有迴轉		轉	快
無聲	雪，山，冰川	雪晴，山靜，冰川無聲	無聲	無聲		停
	太陽，水晶	在崑崙之巔，金色的太陽／擊落紫色的水晶	聲音由高到低，快速而猛烈	高	從高到低	急
	珍珠	紅寶石裏，珍珠如星雲在靜旋發光	接著聲調轉沉，在低音域中極緩慢地旋轉變化	極小	低迴、轉	慢
	水晶，融冰	鏗然相撞間	在巨大的音響後突然靜止，造成餘音縈繞，動態戛然而止的狀態	猛烈，由巨大到無		急停
	銀光	大雪山的銀光驀然在高空／凝定	聲音停頓突兀得如劍般尖銳	無聲，靜止狀態		停
	天河	也靜止如劍		無聲		停
	月光	廣漠之上，月光流過了／雲漢	空曠中，聲音慢慢地滑過			快
仙音		寂寂的宮闕和飛檐／在月下聽仙音遠去，越過／初寒的琉璃瓦馳入九天	聲音慢慢由近至遠，最後消失淨盡	由小至漸漸消失		

8. 意象選用及意象群

　　正如前述，文本用大量視覺意象寫琴聲，除了能給讀者更形象化的畫面，好比擬抽象的聲音外，還為文本添上文化色彩。簡單來說，文本選用的意象或多或少都與中國古代名物及山川名勝有關，給讀者以濃重的中國古典色彩，映襯琴箏聲音的傳統音樂特點。

　　文本中屬中國古建築的意象實在不少，如：「窗櫺」（行9）、「殿閣」（行9）、「窗格」（行21）及同處行 29 的「宮闕」、「飛簷」和「琉璃瓦」。此外，屬中國地理意象的有：「西湖」（行2）、「大漠」（行18）和「昆侖」（行24）。至於「睡蓮」（行6）、「竹林」（行19）、「浮萍」（行21）等都是中國江南一帶庭園常見植物；「劍花」（行21）使人聯想到中國古代俠客等等，這些都能配合上述意象組成能製造中國古典氛圍的意象群，使文本描寫的琴聲充滿中國色彩；加上文本直接點出的中國傳統音樂用語「角徵」（行14）和「宮商」（行16），更可確認陳蕾士琴箏聲濃重的中國傳統味道。除了上述虛寫琴聲的意象外，實寫演奏的意象也屬充滿中國色彩的雀鳥，如比擬琴聲的「水禽」（行2）、「游隼」（行13）和「鷂子」（行16），再如比擬陳蕾士手指的「驚鷗」（行18）和「鴻雁」（行18）。

　　如撿起文本指涉地理的意象順序看，我們發現方向基本上是由南到北，從「西湖」開始，到「大漠」、「冰川」、「崑侖」，再到「廣漠」和北京（？）的「宮闕」；季節也由夏而秋，再到冬；空間方面則寬窄相間，遠近交加。

　　以下是各段地理意象的分析表：

段	場景	中國地名	空間	時間
1.	西湖	西湖(杭州)	闊	
2.	湖(西湖？)	西湖(杭州)	闊	睡蓮嫩蕊、桂花(夏天？)
3.	湖(西湖？)、窗櫺、殿閣	西湖(杭州)、宮殿(建業南京？)	窄	南風(夏天？)
4.	天河		闊	
5.	霜天		闊	秋天？
6.	大漠、竹林、大江	戈壁、長江？	闊	
7.	窗格		窄	
8.	冰川、崑崙	崑崙山(青海、新疆)	闊	
9.	大雪山、天河	折多山(四川)？	闊	
10.	天河、廣漠、宮闕、飛檐、琉璃瓦	戈壁、紫禁城(北京)？	窄	初寒(冬天)

9. 重複原則

　　〈聽陳蕾士的琴箏〉的重複現象很多，可謂俯拾即是，但如「文字的重複」那些容易察覺的重複現象卻絕無僅有，就是「句式的重複」也不算多，如：「脫兔，如驚鷗，如鴻雁在大漠陡降」（行 18）、「把西風從竹林捲起，把木葉搖落雲煙盡斂的大江」（行 19）以及「如十指在急縱疾躍……十指在翻飛疾走」（行 17、20）；如此初看文字，讀者很可能忽略了文本主要的重複現象。

　　正如上述，文本大量展現中國傳統色彩的意象，它們合成意象群基本統一了整個文本的調子，那就是濃厚的中國傳統色彩。如從「重複原則」角度看，這屬「功能的重複」。

　　此外，如從意象色彩看文本調子，讀者不難發覺意象傾向陰冷，缺乏光明，也許音調就是傾向清越冷峻一面。此詩雖然有不少激越調子，樂聲也有急促驟變的節奏，但它那傾向陰冷的意象，無疑給讀者較多深沉鬱悶的情緒，孤寂無伴的感覺油然而生，揮之不去。如從「重複原則」看，這屬「效果的重複」。

10. 結語

　　黃國彬的〈聽陳蕾士的琴箏〉一詩，一直是香港中學老師及學生的夢魘。綜上所述，這文本難在以虛代實，再以虛寫虛，因此讀者必須層層剝開，重塑營造的過程才能通解。詩題明言演奏，可是文本中屬直接描寫演奏的文字極少，自然造成理解障礙，加上藉喻體表達聲音變化，又沒有確實痕跡可供追尋，增加理解的難度。此外，詩中不少地方再以比喻比擬本作喻體的意象，結果與音樂演奏的距離越拉越遠，讀者無所適從。要了解此詩，必須從實寫如何到虛寫、虛寫如何再加進比喻那麼一層一層地分拆句子，那麼文本寫的是怎麼樣的音樂演奏，便大致能夠掌握。這一結章所做的便是運用「賞析能力點」，一點一滴地分析〈聽陳蕾士的琴箏〉，當中涉及分析的操作和步驟，可與書中相關章節互相說明，讀者如有需要，可重新翻看有關文字，當可有更深刻的體會。

總分析表

原文	表面意思	感覺	比喻聲音	音量	音調	音域	音速	聲音圖像
他的寬袖一揮，萬籟就醒了過來。	實寫演奏，自然聲音給他喚發出來。	視	琴聲（暗喻自然），他彈奏，擬人一覺醒來。聲音也如人醒來一般，由靜止到發聲	無到有				
自西湖的中央一隻水禽飛入了濕曉，	在廣闊空間中，水禽從湖面飛進薄霧的天空中	聽、觸	在空曠背景裏，聲音由低平慢慢升高	從無到有，量慢慢增加	慢慢上升，進入	由窄到寬	緩慢	↗
然後向弦上的漣漪下降。	然後降到湖水的波紋去。既然這裏寫漣漪由弦線產生，漣漪又可解作因水禽從西湖湖面起飛所造成，那麼西湖便等同琴箏，從西湖起飛的水禽便是聲音的借喻了		然後在弦線產生的聲波中，聲調下降		下降	變窄	慢	↗
月下，銀暈在鮫人的淚	水裏泛著由月光發出，如珍珠般	視（銀白色，	在極小的幅度內流	極小	轉	窄	慢	↻

中流轉，	的銀白閃光，月光隨水流轉	柔和光線)、觸	轉					
白露在桂花上凝聚無聲，	寫靜景：白露凝聚並靜止在桂花上	觸、視(白色)、聽(無聲)、嗅	然後靜止	無聲		窄	停	⊘
香氣細細從睡蓮的嫩蕊溢出，	睡蓮嫩蕊滲出絲絲香氣	嗅、視	接著發出微細的聲音	極小	平	窄	極慢	～
在發光的湖面變冷		觸、視(光)				窄	停	⊘
涼露輕輕地敲響了水月，	露滴在湖水中的月影上	觸、聽、視	聲音極微細	輕		窄	慢	↷→
聲音隨南風穿過窗櫺直入殿閣。	滴露聲	聽、視	由這裏飄到那裏		進入	慢慢變寬		→
一陣盪漾過後，湖面又恢復了平靜。		視	由此漸漸復歸平靜	無聲			停	⊘
他左手抑揚，右手徘徊，	以比喻實寫演奏時手部動作							
輕撥著天河兩岸的星輝。	以銀河兩岸星輝暗喻，星光燦爛	視、聽	輕撥琴弦，聲音也燦爛	輕		較廣闊	慢	
然後抑按藏	實寫手部動作，	視	手部動作	較大	向下	較寬	有急	

摧，雙手游隼般俯衝滑翔翻飛。	也以游隼寫動作之快，游隼幾個動作俯衝滑翔翻飛		：急、緩及重複聲音由上至下、平緩至迴轉往復		，平滑，盤旋		有緩	
角徵紛紛奪弦而起，	以擬人寫聲音	聽					快	
鏗然躍入了霜天；	金屬撞擊聲音跳進冷天	觸、視、聽	聲音急促而猛烈，然後進入一薄而硬的背景	大：猛烈撞擊	向上	由窄到寬	快	↗
後面的宮商像一隻隻鼓翼追飛的鷁子急擊著霜風衝入空曠。	以明喻寫後面的聲音，鷁子迎著冷風，衝進空曠的環境	視、觸、聽	聲音一陣又一陣的急勁，由小至大，由窄到寬的進入空茫的音域	大：撞擊		由窄到寬	急	→
十指在急縱疾躍，	以擬人寫手指動作，手指快速地向上向下運動著	視	聲音急促					
如脫兔，如驚鷗，如鴻雁在大漠陸降；	脫困的兔子輕靈快速地逃跑，受驚的海鷗突然急速向四方飛走，鴻雁急速向下飛	視	聲音快速擴散，然後急降	較大	急降	向四方擴散	急	〜〜↘
把西風從竹林捲起，把	風給雁從竹林中捲到半空，也將	視、聽	聲音急降效果：先	較大	捲、轉	由窄到寬		↗↘

詩句	解說	感官	聲音	音量	音高		速度	圖示
木葉搖落雲煙盡斂的大江。	樹葉從樹上搖落，飄到藏在雲煙中的大江去		迴轉向上，然後緩緩下降					
十指在翻飛疾走，	以擬物和人寫手指動作，鳥在天空中翻飛，人在地上快速奔走	視、聽、觸	聲音節奏仍快		轉		快	
把驟雨撥落窗格和浮萍，颯颯如變幻的劍花在起落迴舞，	驟雨打在窗格和浮萍發出細碎而密集的聲音，雨打聲如變幻不定的劍花，有起落有盤旋	聽、視	聲音細碎而密集，聲調有高有低，起降不定，也有迴轉	較小	下、轉有高有低，起降不定	窄	快	
彈出一瓣又一瓣的朝霞。	劍尖劃出如花瓣般的霞彩	聽、視（霞光、霞色）	效果	較小		窄	快	
雪晴，山靜，冰川無聲。	寫靜景	視、聽（靜）	無聲	無聲			停	⊘
在昆侖之巔，金色的太陽擊落紫色的水晶。	黃昏的陽光從天空猛力直射到高山上的冰川，折射出紫色的光芒	視（金色、陽光）	聲音由高到低，快速而猛烈	高	從高到低	擴散	急	
紅寶石裏珍珠如星雲在靜旋發光。	在淡紅而晶瑩的冰川大環境裏，從陽光折射的還有從白雪的皚光，像珍珠在諡靜中發著淡淡的光	聽、視（紫色、紅色、銀白色、光、觸）	接著聲調轉沉，在低音域中極緩慢地旋轉變化	極小	低迴、轉	窄	慢	↻

	芒，也像星雲在寧靜的天際發著幽淡的光						
然後是五指倏地急頓……	實寫手指動作	視	音樂停止				
水晶和融冰鏗然相撞間，	冰和水晶激烈相踤產生巨大聲響的時候，一切突然停頓	聽、視、觸	在巨大的音響後突然靜止，造成餘音縈繞，動態戛然而止的狀態	猛烈，由巨大到無	高	擴散	急停 ↘↙
大雪山的銀光驀然在高空凝定。而天河也靜止如劍。	雪山銀光在高空如給凍往了，冰冷的天空上的銀河也靜止不動，長長的星河如劍般橫亙在高空上，躺著不動	視(光、銀色)、觸	聲音停頓突兀得如劍般尖銳	無聲，靜止狀態	高		停 ⊘
廣漠之上，月光流過了雲漢，寂寂的宮闕和飛簷在月下聽仙音遠去，越過初寒的琉璃瓦馳入九天。	寫靜景，大沙漠上，隨著時光消逝，月光也經過銀河，寂靜的宮闕聽著天上般的聲音(大雪山衝擊的聲音還是暗喻琴聲?)由近到遠，慢慢消逝於天空外	視(光)、聽、觸	空曠中，聲音慢慢地滑過，聲音慢慢由近至遠，最後消失淨盡	由小至漸漸消失		由近到遠	慢至停 → ⊘

現代詩參考文獻提要

白雲開編著

說明

● 書目以編著者的漢語拼音順序排列。

● 每一條目的出版資料後加進簡明的提要，幫助讀者評估該條目的價值。

● 另有一評分，由一星★到五星★★★★★，★越多價值最高。

● 此外，本文獻提要附上導讀式提要，目的在幫助讀者認識個別書籍的價值和用途。

書目提要

A

阿紅：《漫談當代詩歌技巧：西窗詩話》，北京：中國文聯出版社，1985年。
以詩歌形式討論詩歌的特點，較難掌握。(2)★★

BAI

白靈：《一首詩的誕生》，台北：九歌出版社，1991年。
從寫詩角度出發，將寫詩與讀詩過程合在一起討論，內容富

啟發性，也甚實用。值得細讀和研究，參考價值極高。(5)
★★★★★

白萩：《現代詩散論》，台北：三民書局，1983 年。
收有 18 篇關於現代詩的論文，其中 5 篇較有看頭：〈由詩
的繪畫性談起〉、〈論詩的想像空間〉、〈語言的斷與
連〉、〈音樂性和雕塑性〉和〈音樂性和繪畫性〉。(3)
★★★

白素雲主編：《高中文學作品鑒賞課採究》，北京：語文出版社，
2002 年。
其中有〈怎樣鑒賞詩歌〉一篇，從詩情、意境、虛寫及煉字
四方面欣賞詩歌。(4) ★★★★

白雲開：〈建立文學賞析基礎芻議〉，異端與開拓：中國語文教
育國際研討會，香港大學中文系，2002 年 12 月。
這為本人首次就「賞析能力點」教學模式撰寫的論文，初步
確定賞析文學的基礎在客觀分析。(4) ★★★★

———：〈以能力為本的文學教學模式〉，梁敏兒、白雲開編：
《現代詩教與學論文集》，香港：香港教育學院，2003 年
12 月，頁 25-44。
本文系統地交代「賞析能力點」教學模式操作經驗，以及背
後的語言學和文學理念。(5) ★★★★★

———：〈文學教學如何配合課程改革：建立以文學為本位的文
學教學模式〉，《語文教學雙月刊》第 28 期，2005 年 2
月，頁 3-17。
此為闡釋「賞析能力點」教學模式最完整的論文，為本書的
理論和實踐基礎。(5) ★★★★★

———：〈流行歌詞的文學元素：「星」意象的經營〉，《作

家》月刊（香港），總 35 期，2005 年 5 月，頁 52-59。

此為「意象整理」賞析能力點用到流行歌詞的試驗；正如本書所論，流行歌詞是筆者認為最適合作為普及文學教學的教材，本文可起著從文學賞析角度討論流行歌詞的示範作用。(5) ★★★★★

───：〈安徒生童話的光意象〉，《臺灣地區 2005 安徒生 200 周年誕辰國際童話學術研討會論文集》，中華民國兒童文學學會主編，台北：中華民國兒童文學學會等，2005 年 11 月，頁 109-138。

本文也是另一「意象整理」的試驗，雖然對象是安徒生童話，但有關思路和方法當可適用到文學文本。(4) ★★★★

BAN

班瀾：《結構詩學》，呼和浩特市：內蒙古大學出版社，1999 年。

從詩歌結構入手，論詩歌特點，其中論及「意象」的作用，以及詩語言的結構特性等都值得細看。(3) ★★★

BO

波利業科夫編，佟景韓譯：《結構──符號學文藝學──方法論體系和論爭》，北京：文化藝術出版社，1994 年 7 月。

屬於探討結構主義、符號學等理論的專著，適合願意深入了解上述理論的人士。(1) ★

CAO

曹長青、謝文利：《詩的技巧》，台北：洪葉文化事業，1996 年。

從靈感、感情、想像、構想、意境、含蓄、語言藝術、形式、風格等方面討論新詩。(3) ★★★

CHANG

· 詩　賞 ·

長島主編：《中外詩歌精品鑒賞》，瀋陽：遼寧教育出版社，2002
　　年。
　　　　賞析數十首中外詩作，賞析文字較短。所論泛泛，遠不夠深
　　　　入，也沒有文本分析的成分。(2) ★★

CHEN

陳芳明：《詩和現實》，台北：洪範書店，1983 年。
　　　　由短文匯集而成，其中分析碧果和余光中的三篇〈聽，碧果
　　　　唱出了甚麼？〉〈拭汗論火浴〉〈回頭的浪子〉，寫得頗為
　　　　精細。〈細讀顏元叔的詩評〉批評顏元叔的「新批評」賞析
　　　　觀點，寫得詳盡，值得一看。(3) ★★★

陳紹鵬：《詩的欣賞》，台北：遠景出版社，1976 年。
　　　　主要是西方詩歌的文章。雖然新詩都是西方詩作，但以下一
　　　　些文章還是較有看頭的：〈詩的想像與意象〉〈詩的用字〉
　　　　〈詩人的意匠〉〈海與詩人〉〈主觀的詩和客觀的詩〉。(3)
　　　　★★★

陳紹偉：《詩歌辭典》，廣州：花城出版社，1986 年。
　　　　中國內地第一部詩歌辭典，包括術語解說，流派、詩體、中
　　　　外詩人等的介紹，屬工具書之一。(3) ★★★

陳聖生：《現代詩學》，北京：社會科學文獻出版社，1998 年。
　　　　從理論層面剖析詩歌，所據兼及中西，只是內容過於理論
　　　　化，未有展示任何具體的文本分析。其中〈意象和意境〉一
　　　　文較好。(2) ★★

陳旭光：《詩學：理論與批評》，天津：百花文藝出版社，1996
　　　　年。
　　　　討論的是詩學理論等大課題，其中以〈詩歌語言：意象符號
　　　　與文本結構〉一文最值得細看。雖然是書沒有多少具體賞析

詩作的文字，但有關從語言基本著眼分析詩作的看法，應是
賞析的重點和基礎，值得細味。(4) ★★★★

———：《秩序的生長：後朦朧詩文化詩學研究》，西安：陝西
人民教育出版社，2002年。
研究中國現代派的歷史、性質、特點等，內中有討論不同時
期人們對語言的不同偏重。(2) ★★

陳植鍔：《詩歌意象論：微觀詩史初探》，北京：中國社會科學
出版社，1990年。
從意象入手，討論詩歌的特質，屬不錯的專著，但學術味道
較濃，文字不易看。(3) ★★★

CHUN

村野の郎著，洪順隆譯：《現代詩探源》，台北：文史哲出版社，
1969年，1984年2版。
兩篇文章：〈詩的語言〉及〈詩的構造〉值得一看。(3)
★★★

DING

丁國成等：《袖珍新詩鑒賞辭典》，上海：上海辭書出版社，2003
年。
較新的新詩辭典，內容簡潔，有參考價值。(3) ★★★

丁旭輝：《臺灣現代詩圖像技巧研究》，高雄：春暉出版社，
2000年。
以圖像技巧為切入點，討論台灣現代詩，可以一看。(3)
★★★

FANG

方珊：《形式主義文論》，濟南：山東教育出版社，1999年4月。

這是關於俄國形式主義理論闡述得比較清晰的專書，有意多了解有關理論的讀者可以參看。(3) ★★★

方珊等譯：《俄國形式主義文論選》，北京：三聯書店，1989年。

這是俄國形式主義理論文字的翻譯匯集，可供進一步探討這方面理論之用。(2) ★★

FENG

馮中一主編：《詩歌藝術教程》，濟南：山東教育出版社，1990年。

其中介紹「意象」和「想像」部分，寫得較好，論詩則浮於表面。(2) ★★

馮中一：《新詩品》，濟南：山東教育出版社，1995年。

詩歌論文也有賞析，但寫來不夠深入，較為表面。(2) ★★

FU

付永清等主編：《心有靈犀——詩歌導讀》，開封：河南大學出版社，2003年。

所論兼及中西，名篇包括聞一多〈死水〉〈也許〉徐志摩〈雪花的快樂〉〈再別康橋〉冰心〈紙船〉〈繁星〉戴望舒〈雨巷〉卞之琳〈斷章〉北島〈回答〉顧城〈一代人〉〈遠和近〉余光中〈鄉愁〉鄭愁予〈錯誤〉等。點評文字不長，所論多從歷史、生年等外緣資料切入，少有論及文本本身，可以一讀但價值不高。(2) ★★

GONG

公劉：《亂彈詩弦》，北京：三聯書店，1986年。

由短文匯集而成，主要用上馬克思主義文論觀點。(1) ★

公木：《詩論》，成都：四川文藝出版社，1985 年。
　　有濃重的馬克思主義文論觀點的氣味。(1) ★

GU

辜正坤：《中西詩鑒賞與翻譯》，長沙：湖南人民出版社，1998
　　年。
　　兩篇文章〈漢詩鑒賞五象美論〉和〈中西詩鑒賞十角度〉可
　　以一看。(3) ★★★

古金聲主編：《中國新詩詩藝品鑒》，武漢：湖北教育出版社，
　　1999 年 10 月。
　　這是中國內地賞析現代詩的文字中寫得最好的，雖然分析不
　　免仍過於重視內容和主題方面，但寫得仍有參考價值。(3)
　　★★★

古添洪：《記號符號》，台北市：東大圖書公司，1984 年。
　　詩論記號學（符號學，semiotics）的理論。其中關於瑟許（索緒
　　爾，Saussure）及雅克慎（雅各布森，Jakobson）的介紹，都有助於
　　了解文學的本質，和語言分析在文學賞析的重要地位。雖然
　　屬理論性質的文字，較難理解，但仍值得細看。(3) ★★★

古遠清：《台灣朦朧詩賞析》，廣州：花城出版社，1989 年。
　　輯入分析台灣朦朧詩的文章，論述不錯，值得一看。(3)
　　★★★

──：《台港現代詩賞析》，鄭州：河南人民出版社，1991
　　年。
　　收入簡短賞析文字，分析台港百多首現代詩，具相當參考價
　　值。詳情可參有關的導讀式提要。(4) ★★★★

GUO

郭小聰：《在新世紀的門檻上──中國現代詩人初論》，北京：

北京大學出版社，1997 年。

歷代演變，分析流於表面，受馬克思主義文論觀點影響。(1)
★

HUANG

黃維樑：《怎樣讀新詩》，台北：五四書店，1989 年。

以「六何法」分析詩，以及就個別作品的詩。寫得浮淺，沒
有深度，作用不大。(1) ★

JIAN

簡政珍：《詩的瞬間狂喜》，台北：時報文化，1991 年。

這是討論詩歌以至文學本質的文章，簡政珍用的是詮釋學
（hermenutics）來解釋文學及詩歌，能了解這些觀念，對我們
以文學為本位的文本分析的想法大有好處，值得細看。(5)
★★★★★

───：《語言與文學空間》，台北：漢光文化事業，1989 年 2
月。

簡政珍仍沿用詮釋學理解文學和語言，所論能針對文學和語
言的特質，雖然寫來有點難懂，但不失為進入文學和語言世
界的導讀文字，值得細看。(5) ★★★★★

LAN

藍海文：《現代詩手術台》，香港：天馬圖書，1999 年。

主要分析紀弦、余光中、洛夫、羅門和張默詩人的作品，論
述有特色，可以作為新詩教學的參考材料。詳情可參導讀式
提要。(4) ★★★★

LI

李復興：《中國現代新詩人論》，濟南：山東教育出版社，1991
年。

論述浮面，受馬克思主義文論觀點的影響。(1) ★

李敏勇：《台灣詩閱讀》，台北：玉山社，2000 年。

論 50 位台灣詩人的作品，所論較浮淺，內容少涉文本本身，具體而細緻。

李瑞騰：《新詩學》，台北：駱駝出版社，1997 年。

內有〈意象之美〉〈梨樹‧梨花‧梨子——一組寫作品的解讀法〉〈唇與吻之間〉〈說鏡——現代詩中一個原型意象的試探〉〈釋紀弦的「狼之獨步」與「過程」〉〈釋方思的「黑色」與「夜」〉〈釋楊喚的「小螞蟻」〉〈釋張默的「無調之歌」〉〈釋辛鬱的「豹」〉〈釋楊牧的「向遠古」〉〈釋渡也的「藋蕪」〉〈釋林群盛「如何測量夜色的濃度」〉〈新人作品評析（六首）〉和〈新詩講題彙編〉。文字雖比較簡單，但全屬以文本為主的賞析文字，參考價值仍很高。(4) ★★★★

李玉昆：《中國新詩百首賞析》，北京：北京語言學院出版社，1991 年。

賞析詩作的角度仍較偏重政治和作者生平背景等外緣因素，少有從文本和文學語言運用入手，所論流於表面，欠缺深度。(2) ★★

LIANG

梁敏兒、白雲開編：《現代詩教與學論文集》，香港：香港教育學院，2003 年 12 月，299 頁。

這部論文集的後半部為香港教育學院第一級學生論文匯集，體現了初步掌握「賞析能力點」後分析現代詩的水平。雖然水平不算高，但考慮到全無賞析經驗的學生只用了不到 30 小時的訓練，便能基本掌握分析方法，可算是一次很不錯的嘗試。(5) ★★★★★

LIN

林明德：《台灣現代詩經緯》，台北：聯合文學，2001 年。

輯有蔡振念〈洛夫詩中的二元結構〉一文，雖然內中的分析較具學術氣味，但分析較細緻，有參考價值。詳情可參導讀式提要。(4) ★★★★

林明德、李豐楙等編：《中國新詩賞析》，台北：大安出版社，1981 年 4 月 1 版，1992 年 3 月 7 版。

這是賞析現代詩的書籍中，寫得較好的一部。雖然仍偏向內容和主題，但個別文字也有相當精闢的看法，值得一看。(5) ★★★★★

林燿德：《觀念對話：當代詩言談錄》，台北：漢光文化事業，1989 年。

作者跟幾位台灣詩人的對話，包括白荻、余光中、林亨泰、張錯、葉維廉、楊牧、鄭愁予、簡政珍、羅門和羅青。探討不只詩歌，還有文學、文化等更大的課題。(3) ★★★

林以亮（宋淇）：《林以亮詩話》，台北：洪範書店，1977 年 2 版。

其中：〈論新詩的形式〉〈再論新詩的形式〉討論西方詩歌對中國新詩形式的影響。〈論散文詩〉討論散文詩的特點。〈一首詩的成長〉交代創作〈噴泉〉新詩的產生過程。〈論讀詩之難〉指出闡釋詩歌的活動有各種不同的難點。〈再論讀詩之難〉再論及年齡與語言的限制，最後提出克服讀詩困難的方法。以上文章都是值得細看的。(3) ★★★

LIU

劉福智：《詩歌藝術論》，西安：西北大學出版社，1999 年。

按立意、想像、構思、布局、動情、韻律、遣辭、造象、虛

實和時空分論詩歌的特點，理論成分不足，較可取的部分
有：構思、遣辭、造象和時空。(2) ★★

劉士杰：《詩化心史》，北京：中國社會科學出版社，1996 年。
論當代中國「朦朧詩」及「新生代」詩作，仍多以馬克思主
義文論觀點分析詩作，所論仍覺泛泛。(1) ★

LONG

龍協濤編：《鑒賞文存》，北京：人民文學出版社，1984 年。
錄有趙景波〈欣賞想像和抒情的欣賞〉和蕭乾〈欣賞的距
離〉兩文，屬論述得當，頗有見地的文章，可以一看。(3)
★★★

龍泉明、鄒建軍：《現代詩學》，長沙：湖南人民出版社，2000
年。
討論新詩理論為主，寫得較全面，對中國現代詩歌理念有興
趣者，可以一看。(3) ★★★

LÜ

呂進：《中國現代詩學》，重慶：重慶出版社，1991 年。
討論中國現代抒情詩，詩的分類及詩的風格，寫得不算突
出。(1) ★

呂進主編：《文化轉型與中國新詩》，重慶：重慶出版社，2000
年。
從文化轉型角度論新詩，以歷史及比較文化等不同角度寫新
詩的變化。(2) ★★

LUO

落蒂：《詩的播種者》，台北：爾雅出版社，2003 年。
討論台灣現代詩詩作，賞析部分雖然仍覺浮面，但間中也有

較仔細的分析，可以一看。(3) ★★★

駱寒超：《新詩主潮論》，上海：上海文藝出版社，1999。
　　　按馬克思主義文論觀點構思和構築是書。下篇：現代文學思
　　　潮，較有特色，可以一看。(2) ★★

───：《中國現代詩歌論》，南京：江蘇人民出版社，1984
　　　年。
　　　數篇論文匯合而成。〈論現代詩歌的意象藝術〉一文較好，
　　　內中將意象分為「描述性」「擬喻性」「明喻性」和「隱喻
　　　性」意象 4 種，只是討論仍嫌浮淺。(2) ★★

洛夫：《詩的邊緣》台北：漢光文化事業公司，民國 75 (1986)
　　　收入 10 多篇洛夫的詩論文學的作品，重要性不及《詩的探
　　　險》，但也有一定的參考價值。(3) ★★★

───：《詩的探險》，台北：黎明文化事業，1979 年。
　　　收入 20 多篇洛夫的詩論，其中對現代詩的特點，詩語欣賞
　　　方法，都提供十分有參考價值的意見，值得細看。(5)
　　　★★★★★

羅青：《從徐志摩到余光中》，台北：爾雅出版社，1979 年。
　　　是新詩詩論的名著，分為 4 類（自由、格律、分段和圖像詩），
　　　值得細讀。另有〈如何欣賞新詩〉一文，為初涉文本分析的
　　　人士應讀文章。(4) ★★★★

───：《詩的風向球》，台北：爾雅出版社，1994 年。
　　　是《從徐志摩到余光中》的第 3 冊。討論範圍包括：胡適、
　　　艾青和紀弦三位詩人，日據時期及戰後的台灣新詩，並有討
　　　論「用典」的兩篇文章。羅青的論述一般都有可觀處，「用
　　　典」兩篇尤為可取。(4) ★★★★

───：《詩的照明彈》，台北：爾雅出版社，1994 年。

是《從徐志摩到余光中》的第 2 冊。討論四種新詩，包括自由詩、格律詩、分段詩和圖像詩，其中包括聞一多〈死水〉，羅青論述十分可讀，分析細緻，參考價值很高。(4)
★★★★

羅振亞：《中國現代主義詩歌史論》，北京：社會科學文獻出版社，2002 年。
歷史角度寫新詩發展。(1) ★

───：《中國新詩的歷史與文化透視》，哈爾濱：黑龍江教育出版社，2002 年。
論點較新鮮，較少落於俗套，但討論欠深度，也不仔細。(2)
★★

MAO

毛峰：《神秘詩學》，台北：揚智文化事業，1997 年。
從詩學的神秘性質討論詩。雖然論點不無啟發，但寫得過於玄妙。(3) ★★★

──：《神秘主義詩學》，北京：三聯書店，1998 年。
將詩與神秘主義合在一起討論，內容過於理論化，難以卒讀。(2) ★★

MENG

孟樊(陳俊榮)主編：《當代台灣文學評論大系(4)新詩批評卷》，台北，正中書局，1993 年。
輯有不少名學者論文，其中包括：林燿德：〈前衛海域的旗艦：有關羅青及其「錄影詩學」〉裴元領：〈都市小說的社會閱讀：一種嚐試的策略〉李瑞騰：〈說鏡：現代詩中一個原型意象的試探〉。雖然論述較艱深，初學者或不諳學術理論人士看來較為吃力，但論述質素高，仍值得一讀。(4)

★★★★

PAN

潘麗珠：《臺灣現代詩教學研究》，台北：五南圖書，1999 年。

　　屬新詩教學的專論，雖然理論味道較濃，但仍有很高的參考
　　價值。(4) ★★★★

───：《現代詩學》，台北：五南圖書，1997 年。

　　包括詩史、創作、批評觀等方面教學方法，還有運用聲光等
　　效果進行教學的介紹。主要篇章有：〈現代詩的形式結構析
　　論〉〈從「女低音狂想曲」談現代詩的意象經營〉〈鄭愁予
　　八首臺灣小品──「寂寞的人坐著看花」〉〈羅門都市詩美
　　學探究〉〈蓉子自然詩美學探究〉〈如何進行現代詩教學〉
　　和〈現代詩的課程設計與實踐〉。此外，還包括台灣現代詩
　　教學的發展情況，以及新詩教學的經驗都值得參考。(4)
　　★★★★

QIN

金欽俊：《新詩研究》，廣州：中山大學出版社，1999 年。

　　內容主要有歷史發展，傳統及西方影響及流派簡介。討論表
　　面，不夠深入。(1) ★

QIU

仇小屏編著：《世紀新詩選讀》，台北：萬卷樓，2003 年。

　　導論介紹基本概念共 14 種，後附〈常見章法簡介〉也有一
　　定用途。主要內容為 90 多首詩的賞析，每首詩都有作者簡
　　介，詩作，結構分析表和賞析 4 部分。雖然賞析深度不足，
　　而且多從結構角度入手，但也不失為一本可用的賞析入門
　　書。(5) ★★★★★

仇小屏：《篇章意象論：以古典詩詞為考察範圍》，台北：萬卷

樓，2006 年 10 月。

雖然仇小屏的重點在篇章結構，而且討論對象是古典詩詞，但她重視詩文本結構組織的想法與筆者很相似，因此她的分析也有相當的參考價值。(4) ★★★★

———：《放歌星輝下：中學生新詩閱讀指引》，台北：三民書局，2002 年 8 月。

仇小屏以她研究篇章章法的基礎，轉而討論現代詩，並兼顧學生寫作現代詩的訓練，與筆者重視賞析與寫作關係的想法相似，因此本書也有一定的參考價值。(4) ★★★★

QUAN

全國當代詩歌詩論會編：《新詩的現狀與展望》，南寧：廣西人民出版社，1981 年。

新詩論文的匯集，用途不大。(1) ★

REN

任愫：《詩風縱橫》，哈爾濱：黑龍江教育出版社，1997 年。

討論詩歌風格，包括麗、清、雄和婉幾種，分析不夠細緻。(2) ★★

SHENG

盛子潮、朱水涌著：《詩歌形態美學》，廈門：廈門大學出版社，1987 年。

從美學理論切入，討論新詩的形態，涉及意象、音樂美、視覺美等課題，值得一看。(3) ★★★

SHEN

沈奇編：《詩是甚麼？》，台北：爾雅出版社，1996 年。

輯有中國內地詩人對詩歌看法的片段，輯錄不算精細，但仍有參考價值。(2) ★★

SUN

孫玉石：《中國現代詩歌藝術》，北京：人民文學出版社，1992年。

受馬克思主義文論影響，賞析篇幅也頗長，分析的詩作有戴望舒〈雨巷〉徐志摩〈再別康橋〉余光中〈鄉愁〉〈鄉愁四韻〉，但所論不算突出。(2) ★★

TANG

唐曉渡：《中外現代詩名篇細讀》，重慶：重慶出版社，1998年。

討論 24 首中外詩作，其中包括聞一多〈死水〉徐志摩〈再別康橋〉戴望舒〈我用殘損的手掌〉洛夫〈煙之外〉余光中〈白玉苦瓜〉等。雖然所論未夠細緻，文本分析比例過小，交代歷史及作者背景解詩的部分過多，但仍可一看。(3) ★★★

WANG

王耀輝：《文學文本解讀》，武漢：華中師範大學出版社，1999年。

屬相當深入的解讀示範，從起興、意象、象徵、語境、隱喻、反諷、多義、用典、語詞錯位、佯謬、通感等方面進行介紹。尤其是〈詩歌文本解讀〉一文，宜細讀。(4) ★★★★

WU

吳當：《拜訪新詩》，台北：爾雅出版社，2001年。

分析台灣現代詩作，分析雖然浮面，但篇幅不小，可供參考。(2) ★★

──：《新詩的智慧》，台北：爾雅出版社，1997年。

分析超過 40 首台灣現代詩。賞析文字不算深入，不夠細

緻，沒有多少文化觀點或理論支持。(2) ★★

吳思敬：《心理詩學》，北京：首都師範大學出版社，1996 年。
從心理學理論剖析詩歌的各個方面，其中談到「信息的外化」部分，將詩歌語言與實用語言分別開來的文字，值得細讀。(4) ★★★★

吳曉：《意象符號與情感空間：詩學新解》，北京：中國社會科學出版社，1990 年。
從理論出發分析新詩的本質，大量篇幅討論意象。這書從美學角度分析新詩的根本，雖然內容較艱深，也缺乏實際賞析的文字，但仍值得細看。(4) ★★★★

XIANG

向明：《新詩 50 問》，台北：爾雅出版社，1997 年。
以問答形式交代與新詩有關的問題，每一問一答都篇幅短小，容易卒讀。對希望初步認識新詩特點，或嘗試走進文學門檻的朋友來說，這書是較易看的一部。(3) ★★★

——：《新詩後 50 問》，台北：爾雅出版社，1998 年。
沿《新詩 50 問》構思，續寫有關新詩的文章，仍可一看。(3) ★★★

XIAO

曉雪：《詩美的采擷》，石家莊：河北教育出版社，1998 年。
多以馬克思主義文論分析詩作，無甚新意。(1) ★

蕭蕭：《現代詩遊戲》，台北：爾雅出版社，1997 年。
以遊戲方式創作新詩，了解新詩，方法可取。值得任何希望普及新詩賞析及創作的老師細看及研習。(5) ★★★★★

——：《現代詩創作演練》，台北：爾雅出版社，1991 年。

分為兩輯，一為演練，一為現代詩詩史流變。前者對賞析者
有幫助，這輯收集學生試作新詩的片段，作者加以分析，程
度較淺，入手點也較接近香港中學情況，值得參考。(5)
★★★★★

——：《現代詩學》，台北：東大圖書，1987 年。
分現象論、方法論和人物論三部分。全書都見蕭蕭賞析的工
夫，可以細讀。(5) ★★★★★

XIE

謝冕：《論詩》，西寧：青海人民出版社，1985 年。
輯錄作者論詩的文章，其中有 9 篇直接討論詩作的文章，討
論詩作包括聞一多〈死水〉及戴望舒〈我用殘損的手掌〉。
雖然所論仍嫌浮泛，未有觸及文本細微的安排等課題，但分
析可謂十分詳盡，仍可一看。(3) ★★★

XIU

秀實：《捕住飛翔》，香港：新穗出版社，1992 年。
有不少分析詩作的文章，其中包括黃國彬〈聽陳蕾士的琴
箏〉，也有北島〈回答〉。秀實的分析較為個人化，多沿作
家生平和歷史背景角度分析。(2) ★★

XU

許定國主編：《文學鑒賞概論》，長沙：湖南師範大學出版社，
1999 年。
其中江細亮：〈詩歌鑒賞：意境與意象〉從意境看傳統詩
詞，從意象看現代詩歌，並為初中教材中詩歌進行賞析，值
得一看。(3) ★★★

許世旭：《新詩論》，台北：三民書局，1998 年。
作者為韓國人，所論多為大範圍的中國新詩特點或歷史等課

題，只有 3 篇專論作家的文章，包括〈徐志摩的性靈自由〉〈聞一多的色彩規律〉〈一匹狼颯颯了一輩子——諧讀紀弦〉，可以一看。(3) ★★★

YA

瘂弦：《中國新詩研究》，台北：洪範書店，1987 年。
是書為瘂弦十分著名的論文集，其中分析李金髮和戴望舒兩篇最著名。雖然討論不專就文學文本立論，多談政治、社會等外緣因素，但片言隻語的分析仍有參考價值。(3) ★★★

YAN

嚴雲受：《詩詞意象的魅力》，合肥：安徽教育出版社，2003 年。
綜論意象於詩詞的使用情況，談的雖然是古典詩詞，但所論對了解現代詩也具參考價值。(3) ★★★

YANG

楊匡漢，劉福春編：《中國現代詩論》，廣州：花城出版社，1985-1986 年。
寫來較為傳統，主要用上馬克思主義文論觀點。分析多泛泛而論，不夠細緻。(1) ★

———：《詩學心裁》，西安：陝西人民教育出版社，1995 年。
從理論角度論詩，雖然立論頗高，較難理解，但部分文字仍值得一看。如〈色彩與情愫〉（色彩運用）〈詩思的呈現方式〉（談意象）〈藝術的時間〉〈繆斯的空間結構〉及〈詩之傳學〉（談語言）。(4) ★★★★

YE

葉維廉：《秩序的生長》，台北：時報文化出版，1986 年。
其中〈論現階段中國現代詩〉一文，較有看頭。(2) ★★

———：《歷史‧傳釋與美學》，台北，東大圖書，1988 年。
重要文章有：〈與作品對話——傳釋學的諸貌〉〈中國古典
詩中的一種傳釋活動〉〈意義組構與權力架構〉。論述偏重
文化傳釋角度，沒有多少文本分析之類的文字。(2) ★★

ZHANG

張冰：《陌生化詩學：俄國形式主義研究》，北京：北京師範大
學出版社，2000 年 11 月。
介紹俄國形式主義理論的專著，值得細讀。(4) ★★★★

張健：《中國現代詩》，台北：五南圖書，1984 年。
〈現代詩對中國文字特色之表現〉一文，仍值得細看。(3)
★★★

張漢良：《現代詩論衡》，台北：幼獅文化，1981 年。
內中主要文章有：〈論詩的意象〉〈永恒的長廊象徵〉〈語
言與美學的匯通——簡介葉維廉的比較詩學方法〉〈蛻變的
納西斯——陳慧樺〉〈論詩中夢的結構〉〈從戲劇的詩到詩
的戲劇——兼論臺灣的詩劇創作〉〈試論管管的風格與技
巧〉〈現代詩的田園模式——「八十年代詩選」序〉〈論臺
灣的具體詩〉和〈論洛夫近期風格的演變〉。文章內討論的
詩作極多，論述也很有份量，只是內涵較豐富，不易看，但
值得細讀。詳情請參導讀式提要。(5) ★★★★★

張閎：《聲音的詩學》，北京：中國人民大學出版社，2003 年。
屬詩學理論較新穎的專著，值得一看。(3) ★★★

張德厚：《新時期詩歌美學考察》，北京：北京大學出版社，
1995 年。
討論 1976-86 年間中國內地的詩歌發展，分析流於表面，觀
點偏重歷史的歷時性。(1) ★

張默：《台灣現代詩概觀》，台北：爾雅出版社，1997 年。
　　　討論較廣，分析不夠深入，屬導讀式文字，參考價值受限
　　　制。(2) ★★

張默編著：《小詩選讀》，台北：爾雅出版社，1987 年。
　　　分析台灣小詩，篇幅不算長，分析不夠深入，但仍有參考價
　　　值。(2) ★★

張其俊：《詩作創作與品嘗百法》，北京：中國青年出版社，1996
　　　年。
　　　從技巧角度劃出 100 多種方法來，所論不止新詩，雖繁瑣，
　　　但仍有參考價值。(4) ★★★★

章亞昕、耿建華著：《中國現代朦朧詩賞析》，廣州：花城出版
　　　社，1988 年。
　　　屬討論中國現代朦朧詩最重要的專著，但所論仍多從政治、
　　　作者等外緣背景資料立論，很少從文本本身展開分析，影響
　　　參考價值。(2) ★★

ZHAO

趙毅衡編：《符號學文學論文集》，天津：百花文藝出版社，2004
　　　年 5 月。
　　　很多人可能不懂甚麼是「符號學」，但相關理論影響近數十
　　　年，如有興趣，這是一部很不錯的專論，也是本書理論來源
　　　之一。(3) ★★★

───：《「新批評」文集》，天津：百花文藝出版社，2001 年 9
　　　月。
　　　如按方法論看，「賞析能力點」的分析方法屬於「文本分
　　　析」類（textual analysis）。這類方法是「新批評」者倡導的，
　　　如有興趣多了解這個理論，可參考這部專書。(3) ★★★

趙志軍：《文學文本理論》，北京：中國社會科學出版社，2001
年。
　　其中〈詩歌文本：語言的烏托邦〉從文學理論入手，討論詩
　　歌文本的自我指涉的性質及文本的意義。可以一看。(3)
　　★★★

ZHENG
鄭敏：《詩歌與哲學是近鄰》，北京：北京大學出版社，1999
年。
　　論詩的文章匯編，寫的都是詩歌的大問題，沒有具體賞析的
　　文字。(3) ★★★

ZHONG
鍾友循、汪東發：《中國新詩二十四品》，長沙：湖南人民出版
社，1997。
　　討論的詩作極多，賞析文字較簡單，不夠深入，但可作為學
　　生自讀材料。詳情可參導讀式提要。(4) ★★★★

ZHOU
周伯乃：《現代詩的欣賞》，台北：三民書局，1970 年。
　　主要討論現代詩的各種性質，包括「真境」「具象和抽象」
　　「明朗與晦澀」「創造與表現」「外延與內涵」「廣度與深
　　度」「社會性」「人生意義」等。論述不算深入細緻，但仍
　　值得一看。(2) ★★

ZUO
左海倫：《詩論：文學的貴族》，台北：商務印書館，2003 年。
　　文字顯淺，少用理論，但所論無甚特色。(1) ★

本書選用現代詩文本

徐志摩〈雪花的快樂〉

假如我是一朵雪花，
翩翩的在半空裏瀟灑，
　我一定認清我的方向——
　飛揚，飛揚，飛揚，——
這地面上有我的方向。
不去那冷寞的幽谷，

不去那淒清的山麓，
　也不上荒街去惆悵——
　飛揚，飛揚，飛揚，——
你看，我有我的方向！

在半空裏娟娟的飛舞，
認明了那清幽的住處，
　等著她來花園裏探望——
　飛揚，飛揚，飛揚，——
啊，她身上有朱砂梅的清香！

那時我憑藉我的身輕，
盈盈的，沾住了她的衣襟，
　貼近她柔波似的心胸——
　消溶，消溶，消溶——
溶入了她柔波似的心胸！

徐志摩〈爲要尋一顆明星〉

我騎著一匹拐腿的瞎馬，
　　向著黑夜裏加鞭；——
　　向著黑夜裏加鞭，
我跨著一匹拐腿的瞎馬！

我衝入這黑綿綿的昏夜，
　　爲要尋一顆明星；——
　　爲要尋一顆明星，
我衝入這黑茫茫的荒野。

累壞了，累壞了我跨下的牲口。
　　那明星還不出現；——
　　那明星還不出現，
累壞了，累壞了馬鞍上的身手。

這回天上透出了水晶似的光明，
　　荒野裏倒著一隻牲口，
　　黑夜裏躺著一具屍首，——
這回天上透出了水晶似的光明！

聞一多〈也許〉（葬歌）

也許你真是哭得太累，
也許，也許你要睡一睡，
那麼叫蒼鷹不要咳嗽，
蛙不要號，蝙蝠不要飛，
不許陽光撥你的眼簾，
不許清風刷上你的眉，
無論誰都不能驚醒你，
我吩咐山靈保護你睡，
也許你聽著蚯蚓翻泥，
聽這細草的根兒吸水，
也許你聽這般的音樂，
比那咒罵的人聲更美；
那麼你先把眼皮閉緊，
我就讓你睡，我讓你睡，
我把黃土輕輕蓋著你，
我叫紙錢兒緩緩的飛。

聞一多〈死水〉

這是一溝絕望的死水，
清風吹不起半點漪淪。
不如多扔些破銅爛鐵，
爽性潑你的賸菜殘羹。

也許銅的要綠成翡翠，
鐵罐上鏽出幾瓣桃花；
再讓油膩織一層羅綺，
黴菌給他蒸出些雲霞。

讓死水酵成一溝綠酒，
飄滿了珍珠似的白沫；
小珠笑一聲變成大珠，
又被偷酒的花蚊齩破。

那麼一溝絕望的死水，
也就誇得上幾分鮮明。
如果青蛙耐不住寂寞，
又算死水叫出了歌聲。

這是一溝絕望的死水，
這裏斷不是美的所在，
不如讓給醜惡來開墾，
看他造出個什麼世界。

朱湘〈爆竹〉

跳上高雲，
　　驚人的一鳴；
　　落下屍骨，
羽化了靈魂。

何其芳〈歡樂〉

告訴我，歡樂是甚麼顏色？
像白鴿的羽翅？鸚鵡的紅嘴？
歡樂是甚麼聲音？像一聲蘆笛？
還是從簌簌的松聲到潺潺的流水？

是不是可握住的，如溫情的手？
可看見的，如亮着愛憐的眼光？
會不會使心靈微微地顫抖，
或者靜靜地流淚，如同悲傷？

歡樂是怎樣來的？從甚麼地方？
螢火蟲一樣飛在朦朧的樹蔭？
香氣一樣散自薔薇的花瓣上？
它來時腳上響不響着鈴聲？

對於歡樂我的心是盲人的目，
但它是不是可愛的，如我的憂鬱？

戴望舒〈雨巷〉

撐著油紙傘，獨自
彷徨在悠長、悠長
又寂寥的雨巷，
我希望逢著
一個丁香一樣地
結著愁怨的姑娘。

她是有
丁香一樣的顏色，
丁香一樣的芬芳，
丁香一樣的憂愁，
在雨中哀怨，
哀怨又彷徨；

她彷在這寂寥的雨巷，
撐著油紙傘
像我一樣，
像我一樣地
默默彳亍著，
冷漠，淒清，又惆悵。

她靜默地走近
走近，又投出
太息一般的眼光，

她飄過
像夢一般地，
像夢一般地淒婉迷茫。

像夢中飄過
一枝丁香地，
我身旁飄過這女郎；
她靜默地遠了，遠了，
到了頹圮的籬牆，
走盡這雨巷。

在雨的哀曲裡，
消了她的顏色，
散了她的芬芳，
消散了，甚至她的
太息般的眼光，
丁香般的惆悵。

撐著油紙傘，獨自
彷徨在悠長、悠長
又寂寥的雨巷，
我希望飄過
一個丁香一樣地
結著愁怨的姑娘。

戴望舒〈我用殘損的手掌〉

我用殘損的手掌
摸索這廣大的土地：
這一角已變成灰燼，
那一角只是血和泥；
這一片湖該是我的家鄉，
（春天，堤上繁花如錦障，
嫩柳枝折斷有奇異的芬芳）
我觸到荇藻和水的微涼；
這長白山的雪峰冷到徹骨，
這黃河的水夾泥沙在指間滑出；
江南的水田，你當年新生的禾草
是那麼細，那麼軟……現在只有蓬蒿；
嶺南的荔枝花寂寞地憔悴，盡那邊，
我蘸著南海沒有漁船的苦水……
無形的手掌掠過無限的江山，
手指沾了血和灰，手掌粘了陰暗，
只有那遼遠的一角依然完整，
溫暖，明朗，堅固而蓬勃生春。
在那上面，我用殘損的手掌輕撫，
像戀人的柔髮，嬰孩手中乳。
我把全部的力量運在手掌　貼在上面，
寄與愛和一切希望，
因為只有那裏是太陽，是春，
將驅逐陰暗，帶來蘇生，
因為只有那裏我們不像牲口一樣活，
螻蟻一樣死……那裏，永恆的中國！

鄭愁予〈錯誤〉

我打江南走過
那等在季節的容顏如蓮花的開落

東風不來，三月的柳絮不飛
你底心如小小的寂寞的城
恰如青石的街道向晚
跫音不響，三月的春帷不揭
你底心是小小的窗扉緊掩

我達達的馬蹄是美麗的錯誤
我不是歸人，是個過客……

鄭愁予〈水手刀〉

長春藤一樣熱帶的情絲

揮一揮手即斷了

揮沉了處子般的款擺著綠的島

揮沉了半個夜的星星

揮出一程風雨來

一把古老的水手刀

被離別磨亮

用於寂寞

被用於歡樂

被用於航向一切逆風的

桅蓬與繩索

北島〈回答〉

卑鄙是卑鄙者的通行證，
高尚是高尚者的墓誌銘。
看吧，在鍍金的天空中，
飄滿了死者彎曲的倒影。

冰川紀已過去了，
為甚麼到處都是冰凌？
好望角發現了，
為甚麼死海裡千帆相競？

我來到這個世界上，
只帶著紙，繩索和身影。
為了在審判之前，
宣讀那些被判決的聲音：

告訴你吧，世界，
我——不——相——信！

如果你腳下有一千名挑戰者，
那就把我算作第一千零一名。

我不相信天是藍的；
我不相信雷的回聲；
我不相信夢是假的；
我不相信死無報應。

如果海洋注定要決堤，
就讓所有苦水都注入我心中，
如果陸地注定要上升，
就讓人類重新選擇生存的峰頂。

新的轉機和閃閃的星斗，
正在綴滿沒有遮攔的天空。
那是五千年的象形文字，
那是未來人們凝視的眼睛。

北島〈是的，昨天〉

用手臂遮住了半邊臉，
也遮住了樹林的慌亂。
你慢慢地閉上眼睛：
是的，昨天……

用漿果塗抹著晚霞，
也塗抹著自己的羞慚。
你點點頭，嫣然一笑：
是的，昨天……

在黑暗中劃亮火柴，
舉在我們的心之間。
你咬著蒼白的嘴唇：
是的，昨天……

紙疊的船放進溪流裡，
裝載著最初的誓言。
你堅決地轉過身去：
是的，昨天……

舒婷〈牆〉

我無法反抗牆
只有反抗的願望

我是什麼？它是什麼？
很可能
它是我漸漸老化的皮膚
既感覺不到雨冷風寒
也接受不了米蘭的芬芳
或者我只是株車前草
裝飾性地
寄生在它的泥縫裏
我的偶然決定了它的必然

夜晚，牆活動起來

伸出柔軟的偽足
擠壓我
勒索我
要我適應各式各樣的形狀
我驚恐地逃到大街
發現同樣的噩夢
掛在每一個人的腳後跟
一道道畏縮的目光
一堵堵冰冷的牆

我終於明白了
我首先必須反抗的是
我對牆的妥協，和
對這個世界的不安全感

舒婷〈致橡樹〉

我如果愛你——
絕不像攀援的凌霄花，
借你的高枝炫耀自己：
我如果愛你——
絕不學痴情的鳥兒，
為綠蔭重複單調的歌曲；
也不止像泉源，
長年送來清涼的慰藉；
也不止像險峰，
增加你的高度，襯托你的威儀。
甚至日光。
甚至春雨。
不，這些都還不夠！
我必須是你近旁的一株木棉，
作為樹的形象和你站在一起。
根，緊握在地下，
葉，相觸在雲裡。
每一陣風過，

我們都互相致意，
但沒有人
聽懂我們的言語。
你有你的銅枝鐵幹，
像刀，像劍，
也像戟；
我有我的紅碩花朵
像沉重的嘆息，
又像英勇的火炬。
我們分擔寒潮、風雷、霹靂；
我們共享霧靄、流嵐、虹霓，
仿佛永遠分離，
卻又終身相依。
這才是偉大的愛情，
堅貞就在這裡：
愛——
不僅愛你偉岸的身軀，
也愛你堅持的位置，足下的土地。

舒婷〈雙桅船〉

霧打濕了我的雙翼

可風卻不容我再遲疑

岸呵，心愛的岸

昨天剛剛和你告別

今天你又在這裏

明天我們將在

另一個緯度相遇

是一場風暴、一盞燈

把我們聯繫在一起

是一場風暴、另一盞燈

使我們再分東西

不怕天涯海角

豈在朝朝夕夕

你在我的航程上

我在你的視線裏

顧城〈一代人〉

黑夜給了我黑色的眼睛
我卻用它尋找光明

顧城〈結束〉
——寫在被污染的嘉陵江邊

一瞬間——
崩坍停止了，
江邊高疊著巨人的頭顱。

戴孝的帆船，
緩緩走過，
展開了暗黃的屍布。

多少秀美的綠樹，
被痛苦扭彎了身軀，
在把勇士哭撫。

砍缺的月亮，
被上帝藏進濃霧，
一切已經結束。

沉重的山影，
代表模糊的歷史，
仍在默默地紀錄。

顧城〈遠和近〉

你，
一會看我，
一會看雲。

我覺得，
你看我時很遠，
你看雲時很近。

顧城〈攝〉

陽光
在天上一閃，
又被烏雲埋掩。
暴雨沖洗著，
我靈魂的底片。

顧城〈眨眼〉

在那錯誤的年代裡，我產生了這樣的「錯覺」。

> 我堅信，
> 我目不轉睛。
>
> 彩虹，
> 在噴泉中游動，
> 溫柔地顧盼行人，
> 我一眨眼——
> 就變成了一團蛇影。
>
> 時鐘，
> 在教堂裡棲息，
> 沉靜地嗑著時辰，
> 我一眨眼——
> 就變成了一口深井。
>
> 紅花，
> 在銀幕上綻開，
> 興奮地迎接春風，
> 我一眨眼——
> 就變成了一片血腥。
>
> 為了堅信，
> 我雙目圓睜。

顧城〈不是再見〉

我們告別了兩年

告別的結果

總是再見

今夜，你真是要走了

真的走了，不是再見

還需要甚麼？

手涼涼的，沒有手帕

是信麼？信？

在那個紙疊的世界裡

有一座我們的花園

我們曾在花園裡遊玩

在乾淨的台階上畫著圖案

我們和圖案一起跳舞

跳著，忘記了天是黑的

巨大的火星還在旋轉轉

現在，還是讓火焰讀完吧

它明亮地微笑著

多麼溫暖

我多想你再看我一下

然而　沒有，煙在飄散

你走吧，愛還沒有燒完

路還可以看見

走吧，越走越遠

當一切在蟲鳴中消失

你就會看見黎明的柵欄

請打開那柵欄的門扇

靜靜地站著，站著

像花朵那樣安眠

你將在靜默中得到太陽

得到太陽，這就是我的祝願

余光中〈鄉愁〉

小時候
鄉愁是一枚小小的郵票
我在這頭
母親在那頭

長大後
鄉愁是一張窄窄的船票
我在這頭
新娘在那頭

後來啊
鄉愁是一方矮矮的墳墓
我在外頭
母親在裡頭

而現在
鄉愁是一灣淺淺的海峽
我在這頭
大陸在那頭

余光中〈長城謠〉

長城斜了，長城歪了
長城要倒下來了啊長城長城
堞影下，一整夜悲號
喉嚨叫破血管
一腔熱
嘉峪關直濺到山海關
喊人，人不見
喊鬼，鬼不見
旋地轉天的暈眩，大風砂裡
磚石一塊接一塊
一塊接一塊磚石在迸裂
搖撼比戰國更大的黑影
壓下來，壓向我獨撐的血臂

最後是樓上，眾人推牆
霹霹靂靂的一陣洗牌聲
拍我驚醒

余光中〈守夜人〉

五千年的這一頭還亮著一盞燈
四十歲後還挺著一枝筆
已經，這是最後的武器
即使圍我三重
困我在黑黑黑無光的核心
繳械，那絕不可能
歷史冷落的公墓裏
任一座石門都捶不答應
空的恫人，空空，恫恫，回聲
從這一頭到時間的那一頭
一盞燈，推得開幾尺的渾沌？
壯年以後，揮筆的恣態
是拔劍的勇士或是拄杖的傷兵？
是我扶它走或是它扶我前進？
我輸它血或是它輸我血？
都不能回答，只知道
寒氣凜冽在吹我頸毛
最後的守夜人守最後一盞燈
只為撐一幢傾斜的巨影
做夢，我沒有空
更沒有酣睡的權力

余光中〈唐馬〉

驍騰騰兀自屹立那神駒
刷動雙耳，驚詫似遠聞一千多年前
居庸關外的風沙，每到春天
青青猶念邊草，月明秦時
關峙漢代，而風聲無窮是大唐的
雄風
自古驛道盡頭吹來，長鬃在風裡
飄動
旌旗在風裡招，多少英雄
潑剌剌四蹄過處潑剌剌
千蹄踏萬蹄蹴擾擾中原的塵土
叩，寂寞古神州，成一面巨鼓
青史野史鞍上鐙上的故事
無非你引頸仰天一悲嘶
寥落江湖的蹄印。　皆逝矣
未隨豪傑俱逝的你是
失群一孤駿，失落在玻璃櫃裡
軟綿綿那綠綢墊子墊在你蹄下
一方小草原馳不起戰塵
看修鬣短尾，怒齒復瞋目
暖黃冷綠的三彩釉身

縱邊警再起，壯士一聲呼哨
你豈能踢破這透明的夢境
玻璃碎紛紛，突圍而去？
仍穹廬蒼蒼，四野茫茫
臀篥無聲，五單于都已沉睡
沉睡了，眈眈的弓弩手射鵰手
窮邊上熊覬狼覦早換了新敵
氈帽壓眉，碧眼在暗中窺
黑龍江對岸一排排重機槍手
筋骨不朽雄赳赳千里的驊騮
是誰的魔指冥冥一施蠱
縮你成如此精巧的寵物
公開的幽禁裡，任人親狎又玩賞
渾不聞隔音的博物館門外
芳草襯蹄，循環的跑道上
你軒昂的龍裔一圈圈在追逐
胡騎與羌兵？不，銀杯與銀盾
只為看臺上，你昔日騎士的子子
孫孫
患得患失，壁上觀一排排坐定
不諳騎術，只誦馬經

余光中〈我之固體化〉

在此地，在國際的雞尾酒會裡，
我仍是一塊拒絕溶化的冰——
常保持零下的冷
和固體的堅度。

我本來也是很液體的，
也很愛流動，很容易沸騰，
很愛玩虹的滑梯。
但中國的太陽距我太遠，
我結晶了，透明且硬，
且無法自動還原。

余光中〈中秋夜〉

那仙鏡裏迷離斑駁的是李白

或是蘇軾的魂魄？一個海客問道

或是阿姆斯壯的靴印？又一人說

頓時，眾人都感到掃興了

怎麼一步踏下，便破了千秋的神話？

悠悠清虛，何處是那逃婦的歸宿？

玲瓏宮闕只賸下一堆亂石崗

也許是流放的好去處，第三人說

低頭步月，舉頭見故鄉

月明星稀，阿瞞的情懷依稀

海客滿座盡是南飛的烏鵲

無枝可依依了三十個中秋

舉觴吧，沙田為杯，月光為酒

杯緣有幾粒星，杯底

隔渡的烏溪沙燈火六七

「看，又一盞孔明燈！」第四人驚叫

指著那蠱魅的紅燈籠自八仙嶺下

飛碟一般冉冉地升起……

羅青〈茶杯定理之三〉

設手中有個杯子

則必須用心拿著

若不小心，打破杯子

那就打破了——

一杯牛奶，一杯溫暖的愛

一杯可樂，一杯衝動的氣泡

一杯檸檬，一杯酸澀的感情思想

一杯烈酒，一杯無法追憶的往事年代

手中破了的杯子，鋒利割手

心中碎了的苦樂，尖銳割心

是悲杯，還是杯悲

是杯悲杯，還是悲悲悲？

悲得是，所有的愛所有的氣泡

所有的感情思想，往事年代

皆將化為細小堅硬且透明的哀怨

化為沉澱在杯底的濕黏灰塵

打碎一杯灰塵

也就等於＝打破了自己

因為，杯子易碎

一如打破杯子的，人

黃國彬〈聽陳蕾士的琴箏〉

他的寬袖一揮,萬籟
就醒了過來。自西湖的中央
一隻水禽飛入了濕曉,
然後向弦上的漣漪下降。

月下,銀暈在鮫人的淚中流轉,
白露在桂花上凝聚無聲,
香氣細細從睡蓮的嫩蕊
溢出,在發光的湖面變冷。

涼露輕輕地敲響了水月,
聲音隨南風穿過窗櫺
直入殿閣。一陣瀲灩
過後,湖面又恢復了平靜。

他左手抑揚,右手徘徊,
輕撥著天河兩岸的星輝。
然後抑按藏摧,雙手
游隼般俯衝滑翔翻飛。

角徵紛紛奪弦而起,鏗然
躍入了霜天;後面的宮商
像一雙雙鼓翼追飛的鷯子
急擊著霜風衝入空曠。

十指在急縱疾躍,如脫兔,
如驚鷗,如鴻雁在大漠陞降;
把西風從竹林捲起,把木葉
搖落雲煙盡斂的大江。

十指在翻飛疾走,把驟雨
撥落窗格和浮萍,颯颯
如變幻的劍花在起落迴舞,
彈出一瓣又一瓣的朝霞。

雪晴,山靜,冰川無聲。
在昆侖之顛,金色的太陽
擊落紫色的水晶。紅寶石裏
珍珠如星雲在靜旋發光。

然後是五指倏地急頓……
水晶和融冰鏗然相撞間,
大雪山的銀光驀然在高空
凝定。而天河也靜止如劍。

廣漠之上,月光流過了
雲漢,寂寂的宮闕和飛簷
在月下聽仙音遠去,越過
初寒的琉璃瓦馳入九天。

黃國彬〈天堂〉

天堂的街道是長期便秘的大腸：
早上，中午，黃昏
都塞著一團團的汽車，
（裡面坐著生活安定的
Executives和靠股票生活的男女）
痛苦地，半寸，半寸，蠕動。
打呵欠的黃昏，被的搭量度夠了
的寫字樓職員，
患神經衰弱的寫字樓職員，西裝
裡的一條公式，
打天星碼頭一星期奏六日單調的
大鐘下跟蹌走過；

迎面是穿得很迷你的女郎，驕傲
地展覽著父母
給她們最原始的每一部分；剝落

的脂粉和口紅
從她們蒼白臉和唇
張牙舞爪撲進你眼裡。
鋼筋水泥是夢魘，
自灰暗的天空向下猙獰，
千萬雙盲瞳空空射滿衢陰森，
自四面八方撲下來撲下來
欲噬你吃罐頭長大的百多磅，
要逃，你會逃入不同牌子的虎群。

天堂居住著幾百萬
時間的書簽，緊夾在
朝九和晚五之間；
買一輛汽車，
（分期付款，免收首期）
便無聲無息地去把生命揭完。

國家圖書館出版品預行編目資料

詩 賞

白雲開著. – 初版. – 臺北市：臺灣學生，2008.10
面；公分
參考書目：面

ISBN 978-957-15-1426-0(精裝)
ISBN 978-957-15-1425-3(平裝)

1. 新詩 2. 詩評 3. 文學鑑賞 4. 欣賞教學法

820.9108　　　　　　　　　　　　　97018886

詩　賞 (全一冊)

著　作　者：白　　　雲　　　開
出　版　者：臺 灣 學 生 書 局 有 限 公 司
發　行　人：盧　　　保　　　宏
發　行　所：臺 灣 學 生 書 局 有 限 公 司
　　　　　　臺 北 市 和 平 東 路 一 段 一 九 八 號
　　　　　　郵 政 劃 撥 帳 號 ： 0 0 0 2 4 6 6 8
　　　　　　電　話 ： (0 2) 2 3 6 3 4 1 5 6
　　　　　　傳　眞 ： (0 2) 2 3 6 3 6 3 3 4
　　　　　　E-mail：student.book@msa.hinet.net
　　　　　　http：//www.studentbooks.com.tw

本書局登
記證字號：行政院新聞局局版北市業字第玖捌壹號

印　刷　所：長 欣 印 刷 企 業 社
　　　　　　中 和 市 永 和 路 三 六 三 巷 四 二 號
　　　　　　電　話 ： (0 2) 2 2 2 6 8 8 5 3

定價：精裝新臺幣三八〇元
　　　平裝新臺幣三〇〇元

西 元 二 〇 〇 八 年 十 月 初 版